古典文學研究輯刊

二三編

曾永義 主編

第 5 冊

清代八股文批評研究（上）

陳水雲、孫達時、江丹 著

國家圖書館出版品預行編目資料

清代八股文批評研究（上）／陳水雲、孫達時、江丹 著 -- 初
版 -- 新北市：花木蘭文化事業有限公司，2021〔民110〕
目 6+200 面；19×26 公分
（古典文學研究輯刊 二三編；第5冊）
ISBN 978-986-518-344-8（精裝）
1. 清代文學 2. 八股文 3. 文學評論
820.8   110000424

ISBN-978-986-518-344-8

9 789865 183448

古典文學研究輯刊
二三編 第 五 冊   ISBN：978-986-518-344-8

清代八股文批評研究（上）

作　　者　陳水雲、孫達時、江丹
主　　編　曾永義
總 編 輯　杜潔祥
副總編輯　楊嘉樂
編　　輯　許郁翎、張雅淋　美術編輯　陳逸婷
出　　版　花木蘭文化事業有限公司
發 行 人　高小娟
聯絡地址　235 新北市中和區中安街七二號十三樓
　　　　　電話：02-2923-1455／傳真：02-2923-1452
網　　址　http://www.huamulan.tw 信箱 service@huamulans.com
印　　刷　普羅文化出版廣告事業
初　　版　2021 年 3 月
全書字數　531612 字
定　　價　二三編 31 冊（精裝）台幣 82,000 元

清代八股文批評研究（上）

陳水雲、孫達時、江丹　著

作者簡介

陳水雲，1964 年生，湖北武穴人，1996 年畢業於南開大學中文系中國文學批評史專業，獲文學博士學位。現為武漢大學二級教授，博士生導師，中國古代文學理論學會理事，主要從事明清文學與文論研究。出版有《清代詩學》（合著）、《清代詞學思想流變》、《二十世紀清詞研究史》等。

孫達時，1989 年生，河南開封人，2018 年畢業於武漢大學文學院中國古代文學專業，獲文學博士學位，現為河南師範大學文學院講師，主要從事古代文學教學與研究。

江丹，1986 年生，湖北荊州人，2017 年畢業於武漢大學文學院中國文學批評史專業，獲文學博士學位，現為深圳職業技術學院人文學院講師，主要從事古代文學教學與研究。

提　　要

本書是對清代八股文批評史的研究，以時代為經，以專家為緯，把清代八股文批評劃分為明清易代之際、順治康熙時期、雍正乾隆時期、嘉慶道光以降四個時段，認為清代近三百年的八股文批評經歷了一個從反思、重建、興盛到集大成的發展進程。在宏觀描述清代八股文批評形成的時代背景後，對三十餘位重要批評家的學術思想、八股文觀念和八股文批評活動作了比較全面的呈現，對清代八股文批評史上比較重要的八股文話、序跋、評點作了較為系統的介紹，是迄今為止第一部對清代八股文批評進行全面論述的文學批評史著作。

本書是 2010 年度國家社科基金項目成果，鑒定等級為「良好」，項目完成人為陳水雲、孫達時、江丹、李群喜、張星星、吳瑩。附錄部分為稀見或未及論述的八股文話 10 種。

國家社科基金項目「八股文批評史」
（10BZW067）

目

次

緒　言

　　在明清文化史上，有一種特殊的現象，這就是八股文的崛起、盛行、泛濫與衰落，從明朝洪武年間推行八股取士制度開始，一直延續到 1901 年，四年後它所寄生的科舉制度，也在一片唾罵聲中走向消亡，十年後在中國有著二千年多年歷史的封建制度走向滅亡。

　　由於長期以來特別是五四運動以來人們對八股文的激烈批評，致使這種曾經風靡明清兩朝近六百年、主宰過無數士子命運的科考文體，走進了歷史，成為一種富有中國特色的文化古董。歷史的雲煙已經消逝，過去被棄之如敝履的八股文，在今天逐漸為人們所重視，曾經的文化古董變成了文化遺產，已有越來越多的學者認識到，八股文是明清兩朝最有代表性、最具時代特徵的文體，它既是一種實用性很強的文章，又是一種融匯古代各種文化成份的文體，是中國古代各種文體的集大成。它既包含著明清兩代統治者的統馭之術，也決定著無數士子的命運與前途，囊括了中國古代文化的眾多要素，其包蘊的文化價值是非常巨大的。

　　自 20 世紀 30 年代起，周作人、盧前、錢基博、商衍鎏等學者開始關注八股文的研究，進入 80 年代又有鄭天挺、王道成、許樹安、喬潤玲等競相繼起，至 90 年代以金克木、啟功、張中行、鄧雲鄉、錢仲聯為代表的老一輩學人，憑著其紮實的國學功底和前瞻性的學術眼光，為 90 年代以來八股文研究的進一步深入和全面的展開做了一些基礎性的工作，並指明了這一領域學術研究的發展前景。90 年代以來的近 30 年從事八股文研究的是一批在 1949 年以後出生成長起來的中青年學者，具有代表性的是龔篤清、劉海峰、吳承學、黃強、孔慶茂等，特別是龔篤清的《明代八股文史探》和黃強的《八股文與明

清文學論稿》是新世紀最先出版的兩部重要的八股文研究專著，接著又有汪小洋、孔慶茂《科舉文體研究》、孔慶茂《八股文史》、龔篤清《中國八股文史》等重要著作問世。此外，還有一些年輕的博士生以八股文研究作為論文選題，這些研究的一個共同點都是著眼於八股文的文體形態及其生成的文化機制，而關於八股文批評的研究，除了潘峰的博士論文《明代八股文論評試探》、王煒博士後出站報告《明代八股文選家考論》初步涉及之外，便只有零星的關於李贄、袁宏道、艾南英、黃宗羲、顧炎武、王夫之、陳名夏、呂留良、王步青、方苞、梁章鉅、劉熙載、鄭獻甫等八股文批評大家的專篇論文，劉明今《明代文學批評史》、孫立《明末清初詩論研究》、何宗美《明末清初文人結社研究》對明清之際的八股文理論批評也稍有涉及。自 2009 年起，筆者開始整理《梁章鉅科舉文獻二種校注》，逐漸意識到「八股文批評史」研究將是中國文學批評史學科的一個重要發展方向，並在 2010 年 6 月成功申請到了國家社科基金項目。

關於明清八股文批評的文化價值，可從三個方面來體認，第一，從文體的角度言，八股文作為明清時期科舉考試應用的主要文體，它吸納了以往各種文體之長，並將之揉為一體，成為一種帶有文體集成性質的文體，它包孕了策、論、詩、賦等多種文體的結構要素——指事、談理、取材之富、持律之嚴，並將之有機的結合在一起。體性研究是八股文批評史研究的重要組成部分，從某種程度講八股文在思想上是無法翻新的，但在語言、修辭、句法、章法等方面卻可以各顯神通，所以，在明清時期有關文章技法方面的評點選本紛紛出籠，其中的評點不僅把評點的表達形式發揮到極至，而且也大大地豐富了古代文章學的技法理論。第二，從批評史的角度言，傳統的純文學文體——詩、詞、曲、賦、小說，有詩學史、詞學史、小說批評史、戲曲理論史、辭賦批評史、散文批評史，但迄今為止，還沒有一部比較系統、全面、完整地梳理八股文理論批評史料的八股文批評史。通過對八股文批評的研究，不但可以開拓傳統文學批評史的研究空間，而且也可借助八股文批評的研究發掘古代文學批評中一些新的理論和觀念，使 21 世紀的文學批評史研究更加完善、更加成熟、更加具有科學性，並為建立一門新興的學科——「八股文學」提供史料和理論的支撐。第三，從思想史的角度看，八股文也是明清思想變遷的「晴雨表」，明清學術思潮的變遷都會在八股文的寫作與批評上反映出來，比如嘉靖萬曆時期的心學思潮對八股文寫作及批評的影響，明末清初實

學思潮的崛起直接促成了八股文風的變化及批評觀念的轉變，乾嘉時期出現的考據學風也促成了清代特有的八股文考據派，就是說八股文是瞭解明清時期思想學術變遷的一個重要視角。

　　在進入正題之前，有必要對八股文批評文獻的現存形態作一些交待，因為迄今為止還沒有一部科舉文獻的專題目錄或大型科舉文獻彙編，過去主要依賴盧前《八股文小史》提供的簡單目錄，進入 90 年代以來部分介紹八股文文體常識的小冊子也會提及《欽定四書文》《制義叢話》《藝概·經義概》等基礎文獻，而對於八股文批評文獻初步形成規模性認識的首推孔慶茂《八股文史》和龔篤清《明代八股文史探》兩書所附「參考文獻」。考察這兩部著作所附的參考文獻，可知明清兩代八股文批評文獻應該由這樣三個部分組成，第一類是有關八股文的專集和選集，這些專集或選集通常有編選者或刊刻者的序跋或評點，個人專集較多茲不論，選集或合集比較有代表性的如陳名夏《國朝大家制義》、俞長城《可儀堂一百二十名家制義》、方苞《欽定四書文》、王步青《塾課八集》、吳蘭陔《八銘堂塾課》、張甄陶《四書翼注論文》、路德《仁在堂時藝》、李元度《小題正鵠》、高嶠《明文鈔》《國朝文鈔》、沈少潭《目耕齋讀本》等；第二類是關於八股文批評的專題文話或輯錄各家評論而成的八股文話，這類文獻目前整理的相對成熟，以蔡德龍的《清代文話簡目》著錄最為完備，以王水照《歷代文話》、余祖坤《歷代文話續編》、陳維昭《稀見明清科舉文獻十五種》所收較為全面，當然還有一些重要的八股文批評文獻如呂留良《呂子評語餘編》、何焯《義門書塾論文》、劉大櫆《海峰時文論》、高嶠《論文雜鈔》、梁章鉅《制義叢話》、路德《仁在堂論文》等，或因篇幅過大，或因資料限制，未能輯入相關叢刊；第三類是散見於作家別集的數量非常龐大的八股文序跋，眾所周知，明清兩代作者數量眾多，存世文獻也非常的豐富，而明清兩代編纂或刊刻的八股文稿更是不計其數，文人在日常往來中通常會把自己的文稿輯錄成冊，並請名家或友人作序刊行，儘管這些八股文稿已銷聲匿跡，但由名家或友人所作序文卻被保存在他們的文集中，通過這些序跋不但能瞭解當時八股文稿的編刻情況，而且也可以看出作序之人的八股文思想，這些序跋文字是瞭解一個時期八股文創作風氣變化的重要文獻。目前王重民《清代文集篇目分類索引》、盧前《八股文小史》對這類序跋有一個初步介紹，但數量非常有限，大量的搜集和整理工作需要後繼者努力前行，通過一個長時間的搜集而輯成一部資料相對完整的八股文序跋文獻索引，這

項工作將對於明清八股文批評史研究而言有重要意義。

在具體研究過程中我們為自己確定了這樣的研究目標——全面地清理清代八股文批評的發展脈絡。不但要對清代八股文批評發展走向進行階段性劃分，弄清有哪些重要的批評著作、重要的批評家和重要的理論流派，而且還要系統地整理出八股文批評發展過程中形成的觀念和範疇，以及上述所說批評家或批評著作所作的歷史貢獻。基於這樣的研究目標，我們採取了比較傳統的批評史寫作模式，即以時代為經，以專家為緯，把清代八股文批評史劃分為明清易代之際、順治康熙時期、雍正乾隆時期、嘉慶道光以降四個時段，在明清易代之際主要論述了黃宗羲、顧炎武、王夫之三大思想家對於明代八股文批評，他們的批評有一個共同特點就是通過八股文批評總結明亡的教訓；順治、康熙時期的八股文批評所面對的情況是對晚明佻巧文風的整肅，一部分在朝主文柄者重建程朱理學的正宗，力圖恢復體大式正的正嘉文風，其代表人物為陳名夏、陸隴其、李光地；另一方面大量的在野文人也希望通過八股文批評的方式在新的時代發聲，如呂留良、戴名世在當時都被視作朝廷的異見者，但他們確實是在探索八股文如何載道的大問題並為此付出了大量的心血；而真正確立新王朝之新文風者是韓菼，雍正、乾隆的儲氏、方氏、王氏都是朝著韓菼指引的「清真雅正」方向前進的，以方苞《欽定四書文》為標誌，雍正、乾隆時期正式確立了「清真雅正」的文體軌範。在這一旗幟號召下，雍正、乾隆時期的八股文批評由此走向全盛，出現了儲氏、方氏、王氏等八股文家族，也有李紱、劉大櫆、管世銘等八股文批評大家，甚至還形成了多部帶有指導性意見的八股文法著作——《論文四則》《論文約旨》《論文集鈔》等，這些文法著作對於廣大應試士子而言確有實踐上的指導意義。嘉慶、道光兩朝是清代八股文批評的總結和轉折期，這一時期出現了幾部八股文批評專書，如學海堂《四書文源流考》、梁章鉅《制義叢話》、鄭獻甫《制義雜話》、劉熙載《藝概·經義概》等，它們是對明清兩朝八股文創作經驗的全面總結和理論探討，也有對八股文文體及其所依附的科舉制度的強力批判，甚至在康有為、梁啟超、陳獨秀、蔡元培等人筆下出現了對於科舉制度弊端的批評之聲和全盤否定態度。

在研究過程中我們採取的主要研究方法是以史帶論、史中有論、史論結合，從掌握第一手材料出發，弄清清代八股文批評發展的基本線索，對於不同時期的重要批評家的思想又要進行細緻入微的辨析。我們認為清代八股文

批評的發展走向受到內外兩個方面因素的制約，內在方面是八股文寫作，外在方面是科舉制度和社會思潮，基於這樣的制約性因素，在具體研究過程中著重從三個方面考察清代的八股文批評，第一，把批評史與八股文史聯繫起來。八股文批評與純文學文體的批評最大的不同是它有很強的針對性，考察清代近三百年的八股文批評，會發現有這樣一種現象：純粹的八股文論著作比較少見，處處充斥的是評點式或序跋式的批評，這說明八股文批評是與八股文寫作緊密結合的一種特殊批評。第二，把批評史與科舉制度史結合起來研究。八股文批評與八股文寫作一樣都受到社會制度因素的制約，批評者在從事點評活動時往往會注意到制度上的要求和規範，在明清兩代都有過官方直接干預和引導八股文風的事件發生，一部八股文批評史實際上也一部科舉制度變遷史的真實反映。第三，把八股文批評史與文學批評史結合起來考察。八股文是以往各種文體的綜合與集成，傳統的文學批評也會直接影響到八股文規範，八股文批評不但要應用傳統文學批評的術語，而且也會受傳統文體規範的制約和影響，甚至出現古文批評與八股文批評相互打通的現象，有的時候談古文文法實際上也是在談八股文文法，談八股文文法同時也是在談古文文法。

一般來說，明代是八股文體的形成、發展和成熟期，明末清初以後才進入八股文批評的全面繁榮期，不但出現了幾部重要的大型八股文選本如陳名夏編《國朝大家制義》、俞長城編《百二十名家制義》、方苞編《欽定四書文》，而且也湧現了一批理論價值較高的批評專著如顧炎武《日知錄》、唐彪《讀書作文譜》、阮元《四書文話》、梁章鉅《制義叢話》、劉熙載《藝概‧經義概》、鄭獻甫《制義雜話》，在當時各類文獻中也大量地散見著從上層官僚到下層文人發表的對八股文的意見，清代的八股文批評無論是研究內容還是研究方法都是可稱之為八股文批評的鼎盛期。進入民國，八股文已不受人重視，八股文批評也走向衰落。但隨著現代科學研究方法的引進，使八股文批評由傳統文體批評進入現代文體研究的新時代，出現了像朱滋萃《八股文研究》、陳德芸《八股文學》、盧前《八股文小史》、商衍鎏《清代科舉考試述錄及有關著作》等重要著作。但是，八股文與傳統的詩文相比，有許多自身的特性，傳統詩文雖然也負載著較多的社會責任——「載道」、「言志」，但總體說來文體自身發展是比較自由的，較少受外在因素制約；作為一種重要的應試文體——八股文，一方面是文體的內容、結構、語言有較強的規範性，另一方面是外

在的政治、思想、文化對它的約束和滲透，一篇八股文寄寓著從上層統治者到下層文人的希望和失望，大的方面關係著國家的國策，小的方面影響著個人的生存。從這個角度講，八股文發展史或八股文批評史從來不是簡單的文體發展史，它既負載有官方意識，又影響著文人心態，它是一部厚重的封建社會末期科舉文化發展史和文人心態發展史。我們的目標就是要緊緊地抓住官方意識和文人心態這兩個重要環節，準確理解八股文批評史上出現的各種聲音，寫出一部呈現朝野互動、眾聲合唱、有豐富文化內涵的、反映封建社會末期文化發展主脈的清代八股文批評史。

第一章　清代八股文創作與批評概觀

　　清朝是中國歷史上最後一個封建王朝，也是把延續了一千多年的科舉制度送進了歷史的朝代。它既延續了自隋唐以來所推行的科舉選官制度，又延續了自明初洪武以來實行的科場考試首重八股的取士方式，清代的八股文批評史正是形成在這樣的歷史前提下。

第一節　清代的科舉考試

　　順治元年，福臨在北京即帝位，宣告了清王朝在中原地區統治的開始。在明代發展起來的八股取士制度，非但沒有隨著明朝滅亡而消失，反而在范文程建議下得到及時恢復。

　　范文程在給順治帝的奏議中提到：「治天下在得民心。士為秀民，士心得則民心得矣，宜廣其途以蒐之。請於丙戌會試後，八月再行分試，丁亥二月再行會試。」〔註1〕這一奏議得到了順治帝的積極回應，諭令准奏，並分別於順治二年秋、三年春，連開科考，仿照前朝舊制，實行鄉試和會試，以期收拾士心、籠絡民心，達到穩定政權的效果，這一政策的實施也為後代開創「文治盛世」做足了人才儲備，為康熙之治的到來招攬了大量的治世之才。

　　從范文程建議恢復科舉的奏疏，以及順治帝相應的實施舉措來看，清代的科舉考試依然沿襲明代舊制。但清代的科舉考試並非是全盤照搬明代，《清史稿·選舉制》記載：「有清以科舉為掄才大典，雖初制多沿明舊，而慎重科名，嚴防弊竇，立法之周，得人之盛，遠軼前代。」〔註2〕據統計，明代277

〔註1〕趙爾巽：《清史稿·列傳十九·范文程》，中華書局，1976年，第9350頁。
〔註2〕趙爾巽：《清史稿·志八十三·選舉三》，中華書局，1976年，第3149頁。

年的統治時間中，共開科 92 次，取士 24636 人；而在清代 267 年的統治時間中，共開科 114 次，取士 26888 人。清代科舉之盛，得人之多，都明顯超過了明代。清代科舉考試在明制基礎上，無論是制度規定，還是八股體式，都有適度調整，這主要體現在政治環境之於科舉人才的需求和科舉制自身之於特定時段的改革需要兩個方面。

首先，明清易代的甲申之變，不同於以往封建王朝一家一姓的興衰更迭，而是由異族政權取代了漢族政權。在以漢民族為主體的中原士人的精神世界裏，「華夷之辨」是自先秦時期就已有並在長期發展過程中形成的觀念。當異族政權入主中原，並強行要求漢族士人接受其統治時，甚至改變其辮髮、服飾及習俗，明朝滅亡之於他們的精神感受也就不單單意味著國家的覆滅了，而是真正意義上亡國滅種的「天崩地坼」了。顧炎武說：「亡國與亡天下奚辨？曰：易姓改號，謂之亡國。仁義充塞，而至於率獸食人，人將相食，謂之亡天下。……知保天下然後知保國。保國者，其君其臣，肉食者謀之；保天下，匹夫之賤與有責焉耳矣。」〔註3〕在清初很長一段時間內，漢族士人對於清廷是持以抗拒和不合作態度的。作為異族入主中原的清朝統治者也十分明白，漢族士人對清廷的態度認同與否，是關係到滿漢民族矛盾能否緩和、清政權在中原地區能否確立穩固統治地位的重大問題。因此，在定鼎中原之初，統治者對於漢族士人採取了籠絡策略，如重用范文程，招攬洪承疇、錢謙益等。但最為有效的手段，還是在順治二年（1645）推行的科舉考試和康熙十八年（1679）開設的博學鴻詞特科。

滿清貴族在取得對全國的統治地位之後，政治上急需大量知識分子為其服務。然而實際情況卻極為尷尬，由於不甘於異族的統治，加之南明小朝廷和鄭成功海上勢力還在繼續活動，故而在時局尚未明瞭之時，不少生活在東南地區的漢族文人，都選擇了以「遺民」自居，拒絕與清廷合作，有的甚至參與了南明政權的反清復明運動。但隨著南明政權的逐步瓦解、老一輩遺民的先後故去、全國各地武力抗清勢力的相繼失敗，滿清貴族以絕對的軍事優勢，確保了對中原地區的統治地位。此時漢族文人所面對的現實是，要麼繼續堅守名節，自甘窮困，藏於深山，病老於林泉之下；要麼投身新朝，獲得功名利祿，使個人才學再一次用之於世。顯然，當復國無望和生計無路成為現實時，

〔註 3〕顧炎武：《日知錄》卷十三《正始》，《日知錄集釋》，上海古籍出版社，2014年，第 297 頁。

大多數漢族文人選擇了後者。而恰逢其時，清王朝推行的科舉考試和特設的博學鴻詞科為他們效忠新朝提供了契機，清王朝也由此獲得了大批漢族知識分子的普遍認可，進而完成了由「武功」向「文治」的過渡。王應奎說：「鼎革初，諸生有抗節不就試者，後文宗按臨，出示，山林隱逸，有志進取，一體收錄。諸生乃相率而至，人為詩以嘲之曰：『一隊夷齊下首陽，幾年觀望好淒涼。早知薇蕨終難飽，悔殺無端諫武王。』」〔註4〕話中雖然大有對「變節」之士的嘲諷之意，但也從側面反映出科舉考試之於新興的清政權，確實起到了籠絡人心、緩和民族矛盾、鞏固統治地位的實際效果。

　　另一方面，科舉延至清初，在傳承歷史的同時，其制度本身的各種弊端也暴露無遺。清代科舉考試沿用了明代「三三八」制〔註5〕，即三級學校制度、三級考試制度以及八股取士制度的科舉程式，並以童試、鄉試、會試、殿試四層金字塔式的考試程式，區分應試者為童生、秀才、舉人、進士的社會身份。與此同時，清代也延續了明代「中行文武皆由科舉而選，非科舉，毋得與官」〔註6〕的用人制度，將科舉確定為普通讀書人獲取功名、進身仕途、取得祿位、榮耀門庭的唯一途徑，而八股文則是士子們進入仕途的必經門坎，是科舉考試中最重要的敲門磚。清代著名小說家吳敬梓就說：「奉事父母，總以文章為主。人生在世，除了這件事，就沒有第二件可以出頭。」〔註7〕在維繫謀求個人生計與實現人生價值雙重動因下，明清兩代士子大都窮盡一生之心力征戰於科舉場屋之中。顏元曾說：「自幼稚從事做破題，捭八股。父兄師友之期許者，入學、中舉、會試、做官而已。自心之悅父兄師友，以矢志成人者，亦入學、中舉、會試、做官而已。萬卷詩書，只作名利引子。」〔註8〕當然，中試者春風得意，功名利祿唾手而得；落第者遍嘗辛酸，卻也始終埋頭不悔。正是這種中第與否的巨大現實落差，使得士子們在面對科舉和八股文時，大多的是抱著以「中式」為現實目的的應試心態，甘心情願為場屋之文所驅使，甚至不惜鋌而走險，犯身干禁，於是不同形式的

〔註4〕王應奎：《柳南續筆》，中華書局，1983年，第165頁。

〔註5〕龔篤清：《明代科舉圖鑒》，嶽麓書社，2007年，第127頁。

〔註6〕顧炎武：《日知錄》卷十六《經義論策》引《太祖實錄》文，《日知錄集釋》，上海古籍出版社，2014年，第369頁。

〔註7〕吳敬梓：《儒林外史》第十五回「葬神仙馬秀才送喪，思父母匡童生盡孝」，人民文學出版社，2002年，第163頁。

〔註8〕顏元：《存人編‧喚迷途》卷二「第四喚」，中華書局，1985年，第18頁。

科場弊端和案獄也就層出不窮。顧炎武說:「明代科場之病,莫甚乎擬題。且以經文言之,初場所試本經義四道,而本經之中,場屋可出之題不過數十。富家巨族延請名士館於家塾,將此數十題各撰一篇,計篇酬價,令其子弟及僮奴之俊慧者記誦熟習。入場命題,十符八九,即以所記之文抄謄上卷。」〔註9〕「天下之人惟知此物可以取功名,享富貴,此之謂學問,此之謂士人,而他書一切不觀。」〔註10〕士子們為求中式的捷徑,或以記誦預先「擬題」之文應試,或以「程墨」、「房稿」等時文範本應試,企圖達成投機中第的現實效果。除投機「機巧」外,有的人還會以各種舞弊手段應試,如懷挾、傳遞、冒籍、槍代等,其中又以行賄考官、打通關節最為嚴重。按順治十四年丁酉順天鄉試中,時大理寺左評事李振鄴、右評事張我樸為同考官。李、張二人通過收受賄賂、私通權貴,使得當年科考出現「爵高者必錄」和「財豐者必錄」〔註11〕的現象,而張我樸在科舉結束後還公開炫耀其為行賄者大開方便之門的行為:「某某,我之力也;某某本不通,我以情故,得副車也。」〔註12〕引起了社會輿論的一片譁然。同一年的江南鄉試舞弊案也是引發士林不滿的重要事件,「正主考左必蕃,副主考趙晉,榜發,兩江士論譁然。雖獲雋者多江南名士,而中式舉人,大半由出賣關節獲選」。當時落榜士子集於貢院,在貢院大門張一聯曰:「趙子龍一身是膽,左丘明有目無珠。」諷刺該科主考官左必蕃、趙晉,並於貢院大字上,將「貢」字改為「賣」字,院字用紙貼去阝旁,變成「完」字。於是貢院變成「賣完」,京師內外一片譁然。〔註13〕

通過以上兩個例子可以看出,科舉制和八股文發展至清代,其弊病已然顯現出積重難返的態勢,於是清代不同時期的統治者也不得不在因襲舊制的

〔註9〕顧炎武:《日知錄》卷十六《擬題》,《日知錄集釋》,上海古籍出版社,2014年,第590頁。

〔註10〕顧炎武:《日知錄》卷十六《十八房》,《日知錄集釋》,上海古籍出版社,2014年,第584頁。

〔註11〕按徐珂:《清稗類鈔》第三冊《獄訟類·順治甲午以前科場案》載:「順治一朝,科場案最多。前乎丁酉者,則有乙酉、丁亥、壬辰、甲午諸案。」自順治二年復科舉,至丁酉,即順治十四年,十二年間就釀生五場案獄。而順治丁酉科案獄,查懲之嚴、牽連之廣,於清初最甚。

〔註12〕信天翁:《丁酉北闈大獄紀略》第2條,《痛史》第三種,上海商務印書館1911年版,第2頁。

〔註13〕劉禺生:《世載堂雜憶》「順治丁酉科場案」條,中華書局1965年版,第17頁。

同時，對其採取行之有效的調整，進而形成了具有「有清一代特色」的科舉考試。這主要表現為如下兩個方面：

第一，八股文內容與形式的適度調整。清朝定鼎之初，一方面有鑒於當時八股文風的衰弊，對其內容做出了重新的規定。如徐珂在《清稗類鈔》中從風格變化的角度，對清代八股文風變遷做了如下描述：「開國之初，屏除大崇險詭之習，而出以深雄博大。……康熙後，益軌於正。……雍、乾間之墨藝，則尚排偶，而魄力雄厚，頗難猝辨。……若夫嘉慶，則當路諸臣，研覃典籍，士子競援僻簡以希弋獲矣。」〔註14〕另一方面，為了加強對士子思想的控制、防止科場舞弊行為的時有發生，清朝統治者還施行了「去大結」和「定磨勘」的措施。「大結」原是在八股文的結尾處以作者自己的話對全文做出概括、凸顯個人見解與思想的八股文組成部分，但因其具有明顯的主觀性而給了投機者賄賂閱卷考官、打通關節的可趁之機，更重要的是有些應試者借機議論朝政，抨擊時弊，於是康熙六十年諭令廢除了八股文中的「大結」。「磨勘」是專為強化對士子思想控制而定，《欽定大清會典事例》規定：「各卷解到之日，禮部會同禮科磨勘，如決裂本題，不遵傳注，引用異教，影合時事，攙入俚言諧語及小結大結不分明，甚至做全不可解之語，並後場空疏，五策原問十不憶五者，酌量所犯輕重察參。」〔註15〕這就從制度上將應試之士的思想由明末干預朝政規引到清代潛心學問的方向上去。

第二，科舉考試採用八股文有過數次「存廢之爭」。順治二年恢復科舉時，沿用明代首場《四書》義三篇，經義四篇，次場論一篇，表一道，判五條，試《五經》者並作詔誥，後場策五道的考試內容與模式。但明末以來的時文之弊並沒有隨明亡而消失，反而在清初有愈演愈烈之勢，就像戴名世所批評的「儒先之精義不明，古文之規矩盡裂」。〔註16〕因此，為徹底革除八股之陋和科舉之弊，康熙帝曾一度廢除八股文，並於康熙二年將科舉減試一場，取消八股，改為首場以策，二場以論、表、判。然而經過康熙癸卯、丙午、丁未三科鄉試、會試之後發現，以策、論、表、判作為考試內容的科舉弊端依然沒有改變，俞長城為此發表議論道：「庚子、癸卯而後，制義之道衰，論者惡其沿

〔註14〕徐珂：《清稗類鈔》第八冊《文學類》，《制義至本朝而極盛》，中華書局，2010年，第3896頁。
〔註15〕《欽定大清會典事例》卷三三二，《禮部貢舉·試藝體裁》。
〔註16〕戴名世：《再上韓慕廬大宗伯書》，《戴名世集》卷一，中華書局，1986年，第9頁。

襲也。議為改之，而沿襲之弊，又甚於制義。」〔註17〕此時，禮部侍郎黃璣上疏康熙帝：「今止用策、論，減去一場，似太簡易。且不用經書為文，則人將置聖賢之學於不講，恐非朝廷設科取士之深意，請復舊制。」〔註18〕康熙帝准允黃璣奏請，於康熙七年再行恢復「八股取士」的科舉模式。到了乾隆三年，又起異議，兵部侍郎舒赫德上疏乾隆帝：「科舉之制，憑文而取，按格而官，已非良法。……時文徒空言，不適於用，墨卷房行，輾轉抄襲，膚詞詭說，蔓衍支離，苟可以取科第而止。」〔註19〕認為八股文膚淺浮華、全無實用的弊端過於明顯，請求停廢八股文，別思他法以遴選真才實學之士。乾隆帝隨即將舒赫德的奏疏交由禮部進行商議。禮部官員認為，與科舉制相比，前代的官學養士和鄉舉里選的選官制度弊端更大。而八股取士中，若考官能夠做到「循名責實，力除積弊，杜絕僥倖」，必然能達到「文風日盛，真才自出」的設科本意。大學士鄂爾泰支持禮部的觀點，指出：「時藝取士，自明至今，殆四百年，人知其弊而守之不變者，非不欲變，誠以變之未有良法美意以善其後。」〔註20〕而乾隆帝最終也站到了鄂爾泰和禮部的一方，八股取士這一制度至止得以延續。乾隆元年，乾隆帝命方苞選錄《四書》文為八股程文，正式確立了八股文的文法規範，並以「清真雅正」為衡文標準。自此，清代「八股取士」的科舉考試機制一直沿用了百餘年，直至戊戌變法時，光緒帝採納了康有為的建議，下令將各級考試中的首場試八股改為試策論。但這一主張遭到了「頑固派」的強烈反對，同年慈禧發動戊戌政變後，便立即中止了戊戌變法的所有改革，八股文再次由廢而立。只是八股文此次的「死而復生」，也不過是臨終前的一次「迴光返照」，在近代西學的衝擊和國民圖強意識的激蕩下，八股文和科舉制最終分別於光緒二十九年和三十一年被廢止，至此完全退出了中國歷史的舞臺。

正所謂「物盈則虧，法久終弊」。自隋代建立起來的以「求才為本」的科舉制，發展至清代，其主旋律儼然蛻變成了「防奸為主」，這不能不算是一種對封建腐朽制度的諷刺。雖然清代科舉考試及其相關的八股文早已淡出了當

〔註17〕俞長城：《國朝程墨後集小引》，《俞寧世文集》卷四，叢書集成初編本，第111頁。

〔註18〕徐珂：《清稗類鈔》第八冊《文學類》，《制義之興廢》，中華書局，2010年，第3896頁。

〔註19〕趙爾巽：《清史稿·志八十三·選舉三》，中華書局，1976年，第3150頁。

〔註20〕梁章鉅：《浪跡叢談》卷五，《科目》，中華書局，1981年，第69～70頁。

下人們的生活，但其對有清一代的政治環境、士人心態、學術思想、文學創作，甚至對當代教育，依然有著深刻且深遠的影響。

那麼，如何對其做出全面、客觀、公允的評價，則勢必關涉到八股文創作、理論、批評標準等多個方面，也必然引發人們對於八股文創作、批評及相關問題的關注。

第二節　清代八股文創作概述

在清代，統治者推行的是「崇儒重道」的基本國策，以程朱理學作為國家治理的思想指南。在確立了程朱理學的正統地位後，他們又以科舉制度作為推行這一思想的重要制度形式，將社會上才學之士的精力導向對儒家經典的精思研讀上，使之把孔孟思想和程朱學說落實為實際行動的自覺上，從而達到控制社會思想、緩和社會矛盾以確保政權穩固的目的。

乾隆帝曾說：「國家以經義取士，將使士子沉潛於《四子》《五經》之書，含英咀華，發攄文采，因以覘學歷之淺深與器識之厚薄。」〔註21〕《四書》《五經》成了清代科舉考試的全部內容，朱熹注解成了衡量士子解經立言是否合乎「道統」與「政統」要求的唯一標準。於是，在既定的考試範圍內，在傳統士人「讀書─取士」、「文人─官員」〔註22〕的人生實踐模式中，整個社會的主導思想得到了規範和統一，各階層人士的凝聚力也得到了鞏固和加強，大一統王朝的政權統治亦隨之走向和諧與穩定，即如鄧雲鄉先生所言：「儒家思想孔孟言論，程朱理學不但武裝了每個進士、舉人，而且武裝了每個讀書人，武裝了整個社會。」〔註23〕因此，清代統治者通過八股取士的科舉制度，大大加深了與當時漢族士子的聯繫，緩和了明末清初以來形成的滿漢矛盾，對社會生產的恢復、社會秩序的穩定乃至有清一代 260 餘年思想文化的繁榮，有著巨大的推進、促成作用。

進入清代以後，八股文是怎樣發展的？又形成了怎樣的時代特色？近代學者盧前說：

> 入清以後，因聖祖好學術，知制藝之足以羈縻人士，乃益倡導；

〔註21〕托津等編纂《欽定大清會典事例》（嘉慶朝），沈雲龍《近代中國史料叢刊三編》第六十七輯第 663／1 冊，臺北文海出版社，1991 年，第 1653 頁。
〔註22〕閻步克：《士大夫政治演生史稿》，北京大學出版社，1996 年，第 5 頁。
〔註23〕鄧雲鄉：《清代八股文》，河北教育出版社，2004 年，第 196 頁。

文章雖不足以超越前明，而在義理上實有進步；其演為考證之學，啟樸學之風，迄乾隆朝之中葉而大振。蓋所求者在經，八股文之同也。舉國之人，皆以窮經為制義，則不復效明代之以新奇耀試官之目，而影響於學術者甚深。及其後，禁學者之博覽，以朱注為之準繩，其風始殺。以是就八股文體而言之，明人已造其峰極，而以內容關係學術者，則清人之八股文然也。〔註24〕

　　一般說來，因為八股文形體在明代基本定型，更因為清廷對於思想界的控制更為嚴厲，因此，清代的八股文風不如明代之活潑多變。但是，作為一種在清代推行達二百餘年之久的科場文體，它也要隨著時勢的變遷而發生轉移，並形成自己的時代特色。商衍鎏先生將它概括為四個方面，一曰義理之求深，二曰音義之是正，三曰以搜奇為制勝，四曰以史事為骨幹。〔註25〕孔慶茂先生也將其為歸納為四點，一是內容充實，義理深厚；二是在技巧和內容上較明代有新的突破，出現了以考據為八股的新形態；三是對明代的八股文能學其所長，兼容並包，不存門戶之見；四是言必有據，內容厚重有力，文章更有氣勢。〔註26〕這是從總體特徵上講的，如果從時代流變角度考察，則是清初沿晚明之餘習，以誇奇鬥靡相尚，進入康熙中葉以後，文風漸而由虛轉實，「重樸學，戒空疏」，以考據為特色的實學風氣開始影響八股文。「雍乾年間作者輩出，律日精而法益備。陵夷至嘉、道而後，國運漸替，士習日漓，而文體亦益衰薄。」〔註27〕到嘉慶時期，經世之學再度崛起，八股文風亦受其浸染，以八股議政之聲重回科場，只是道光以後因為西方新學的進入，僵化不變的八股文體已不能適應時勢所需，逐漸被淘汰，走向衰亡，1901年光緒皇帝諭令在科舉考試中廢除首場試八股這個延用了五百餘年的制度。

　　清初沿明季餘習，心學依然十分流行，空疏不學之風充斥文壇，以尤侗、王廣心為代表的尤王派為其典型。「尤王派的最大特點是以才學為文，運才思於駢麗藻飾之中。」〔註28〕尤王派由晚明雲間、婁東兩派發展而來，不重內容的深刻，講究辭藻的華美，追求六朝駢麗文風，保留有晚明文社餘習。像

〔註24〕盧前：《八股文小史》，《盧前文史論稿》，中華書局，2006年，第235頁。
〔註25〕商衍鎏：《清代科舉考試述錄及有關著作》，百花文藝出版社，2004年，第255頁。
〔註26〕盧前：《八股文小史》，中華書局，2006年，第267～269頁。
〔註27〕趙爾巽：《清史稿·志八十三·選舉三》，中華書局，1976年，第3153頁。
〔註28〕孔慶茂：《八股文史》，鳳凰出版社，2008年，第288頁。

王廣心的八股文驚才絕豔，瑰奇古麗，幾社風流至是而極。沈德潛稱其雕鏤縟積，特為駢體，而韻語疏暢條達，不以律拘，賢者固不可測。〔註29〕孟瓶庵亦謂尤侗以驚才絕豔之筆，率為遊戲之文，世所傳誦各篇，多以側豔見長。〔註30〕但是，這一競尚浮靡的文風，遭到來自社會上不同階層的批判。如清初著名思想家顧炎武認為八股文敗壞天下人才，「而至於士不成士，官不成官，兵不成兵，將不成將，夫然後寇賊奸黨得而乘之，敵國外侮得而勝之」。〔註31〕再如清初八股文名家戴名世，也認為當世舉業之徒為求科途之便捷，「相習為速化之術」〔註32〕，平時只讀爛熟之時文，對於《四書》《五經》無所用心，在科場應試時或是模仿或是抄襲。在這一問題上，清初統治者更是極力排抵，並多次發布諭令，力倡質實、古雅的文風，亦即明代正嘉時期盛行的體大式正的文風。順治規定：「凡篇內字句，務求典雅純粹，不許故撦一家言，飾為宏博。」〔註33〕康熙規定：「文章貴於簡要，可施諸日用。」〔註34〕雍正規定：「所拔之文，務令『清真雅正，理法兼備。』」〔註35〕乾隆規定：「歲科兩試以及鄉會衡文務取清真雅正。」〔註36〕在統治者嚴密的思想鉗制和政治干預下，強調「居敬窮理」、「格物致知」的實學，取代了晚明以來的空疏學風，開啟了有清一代以樸實為宗的文風。「在此大的學術文化背景下，清代八股文程式定型、結構沒有很大變化的情況下，更注重對義理的闡發，而非空言心性……如李光地、韓菼、方苞等的文章都義理深厚、識力高超、不尚詞采，對科場八股文起了良好的導向作用。」〔註37〕

　　新文風的形成始於康熙初年，康熙九年是恢復八股取士制後的第一科，文風已向正嘉時期體大式正的方向發展。「韓菼以超世絕俗之才，起衰式靡，

〔註29〕梁章鉅：《制義叢話》卷八，上海書店出版社，2001年，第169頁。

〔註30〕梁章鉅：《制義叢話》卷八，上海書店出版社，2001年，第176頁。

〔註31〕顧炎武：《日知錄》，上海古籍出版社2006年版，第946頁。

〔註32〕戴名世：《送劉繼莊還洞庭序》，《戴名世集》卷五，中華書局，1986年，第136頁。

〔註33〕《清會典事例》第五冊，卷三八八，中華書局，1991年，第303頁。

〔註34〕《清實錄》第五冊，《聖祖仁皇帝實錄》（二），卷一一四，第187頁。

〔註35〕托津等編纂《欽定大清會典事例》（嘉慶朝），沈雲龍《近代中國史料叢刊三編》第六十七輯第663／1冊，臺北文海出版社，1991年，第1649頁。

〔註36〕《欽定大清會典則例》卷六十七，《文淵閣四庫全書》1451冊，臺北商務印書館，1986年，第206頁。

〔註37〕高明揚：《文體學視野下的科舉八股文研究》，雲南人民出版社2012年版，第66頁。

別開生面，一變明末清初淡滑之習，以古文與時文合為一體，開風氣之先。李光地精熟經典，其文元氣渾穆，名理湛深，精深純粹，被稱為清代八股文之領袖。」〔註38〕到了雍正以後，義理上以程朱為正宗，文法上以正嘉為導向，並以古文為時文作為基本取向，這是清代八股文的特色或曰特徵所在。

　　雍乾時期有代表性的八股名家是儲大文、儲在文、王汝驤、王步青、張江、任啟運、陳宏謀、胡天遊、陳兆崙等，像儲在文的精於義理又含蓄不盡，王步青以單行之神作排偶之體，任啟運以考據為八股之體，還有陳宏謀的博極群書，陳兆崙的包羅史蹟，等等，都表現出一種重理尚實的傾向。乾隆元年玄燁敕命方苞輯成《欽定四書文》，對於乾隆時期八股文風有導向規範作用。諭令明確規定：「考試各官，凡歲、科兩試，以及鄉、會衡文，務取清真雅正，法不詭於先型，辭不背於經文者。」〔註39〕「大比之期，主司何所操以為繩尺？士子何所守以為矩矱？有明制義，諸體皆備，如王、唐、歸、胡、金、陳、章、黃諸大家，卓然可傳。本朝文運昌明，英才輩出，劉子壯、熊伯龍以後，作者接踵，莫不根柢經史，各抒杼軸。此皆足為後學之津梁、制科之標準。」〔註40〕這一方面從文風上作了明確的規定，另一方面也從體式上樹立了具體的典範，使得乾隆時期的八股文在義法上都沒有太多的變化。它卻引導著廣大士子對於儒家經典原始義理的準確把握，投身於對儒家經典的文字、音韻、訓詁的考證，於正經正史之外，還從野史、逸書、諸子之中旁求遠紹，甚至小學、金石、碑帖中有用的材料也被廣泛運用於八股文，從而形成了代表有清一代學術特徵的考據八股。「考據學與八股文發明義理的基本原則是一致的」，考據是求其真，八股文是衍其義，這恰好形成一種互補的關係。「這一時期的八股文在內容的厚實、學問的廣博上確比明代有了新的發展，開創了八股文的新時代。」〔註41〕盧前在《八股文小史》一書中開列的乾隆前期的八股名家達 51 家之多，其中影響較大者有被稱之為「墨卷四大家」的吳玨、田玉、馬國果、李中簡，此外還有杭世駿、袁枚、朱仕琇、周振采、朱珪、周春、陸錫熊、孟超然、邵晉涵、管世銘、汪如洋、阮元等。如杭世俊之以史為

〔註38〕龔篤清：《八股文概述》，《八股文彙編》，嶽麓書社，2014 年，第 28 頁。

〔註39〕《欽定大清會典則例》卷六七，《近代中國史料叢刊三編》第 67 輯第 663 冊，第 2113 頁。

〔註40〕方苞編、王同舟、李瀾校注：《欽定四書文校注》，武漢大學出版社，2009 年，第 1044 頁。

〔註41〕龔篤清：《八股文概述》，《八股文彙編》，嶽麓書社，2014 年，第 30 頁。

論，周春之研經博物，字字典雅，無一俗筆；袁枚泛濫百家，洞燭今古，醞釀發揮，不愧才子之目；翁方剛作八股文細意熨貼，含毫邈然，闡說義理平實而精實；管世銘既有考據家的博學，又有詞章家的才情，在當時盛為流行。無論如何，雍乾兩朝應該是清代八股文史上最為輝煌的年代。

進入乾隆後期，被盧前稱之為八股文之就衰期，龔篤清也認為乾隆末葉到咸豐年間是八股文的衰微期。「從乾隆末葉開始，歷經百餘年興盛的八股文又與明萬曆後期一樣，漸趨華豔巧薄而就衰。士人們背誦程文墨卷，剿襲舊文，剿竊陳言，以捷取功名，其過程與表現形式，與明末驚人地相似。」龔篤清認為是乾隆中後期經濟的繁榮，以及考據八股的枯燥乏味，還有時代趣味的變化，這些不同因素造成了從乾隆末葉開始「尤王體」再度回流。「士人爭學以豔麗詞藻為文，而其義理卻很膚淺。因此，調易學且又能聳動試官之眼球而獲選，少年聰穎之人只需花數月之力，傾才情於此俗腔濫調，便可做到形似。而統治者又無力禁止，故乾隆之後，八股文浮華不實之風大盛，遊戲八股文也盛行一進，一改康乾盛世之清真風神。」〔註42〕盧前《八股文小史》列述了乾隆後期名家有 31 人，其中英和、陳鍾麟、莫晉、王芑孫為其時影響之較著者。英和之文清奇濃淡，無不兼有，而一本理法；陳鍾麟之文以書作史，諡法、祀典作注，言之有物，推陳出新；莫晉最有名的闈墨是《周有八士節》一文，流行一時，人稱舂容大雅，有涵蓋一切之概。嘉慶以後，文風趨於怪異，文體變得更加詭誕，士人往往從冷僻書中尋摘字句以炫奇，而不顧理法。至道光時，時文家揣摩之法愈出愈奇，崇玄尚怪之風愈演愈列，剿襲雷同之習死灰復燃，八股文完全走上了它趨向滅亡的不歸路。

道光以後，隨著西方文化的大量輸入，社會的開放，思想的解放，眼界的拓展，知識的轉型，新式學堂的紛紛成立和逐漸普及，程朱理學已成為時代發展的桎梏，「八股文在主觀上和客觀上到了不得不廢的地步」。〔註43〕光緒三十一年（1905），在張之洞、劉坤一、梁啟超等人的推動下，在廣大士人的一片唾罵聲中，光緒帝下詔廢止了八股文。〔註44〕

雖然八股文作為一種應試文體消失了，但由它帶來的一系列文化現象卻無法從明清歷史中抹去，它為二十世紀以來的中國學術留下了言之不盡的話題。

〔註42〕龔篤清：《八股文概述》，《八股文彙編》，嶽麓書社，2014 年，第 31 頁。
〔註43〕孔慶茂：《八股文史》，鳳凰出版社 2008 年版，第 407 頁。
〔註44〕龔篤清：《八股文概述》，《八股文彙編》，嶽麓書社，2014 年，第 33～35 頁。

第三節　清代八股文批評標準與流變

　　上文說過，自定鼎中原之後，清王朝即遵從范文程建議在順治二年實行開科取士，採取明代科舉首場試八股的方法，並沿用了明代八股文的基本程式，這可看作是晚明八股文的餘脈。康熙以後，隨著清王朝統治地位的全面確立，社會逐步趨於穩定，統治者開始將精力轉向思想文化的全面控制，在原有的科舉制度上做出了一系列重大的改革，如加強八股文創作的功令性，廢除八股文體制中的「大結」，嚴格八股文的磨勘制度，〔註45〕禁止應試士子與當科考官約定門生，並連興科場案獄，禁止文人私結黨社〔註46〕，等等，這一系列改革科舉的措施，極大限制了清代應試士子個人的思想發揮自由和獨立見解空間，在嚴密文網下孕育出來的清代八股文，也遠不似明代八股文那樣流派眾多又極具現實性、批判性和創新性的面貌。因此，由士林講學轉入沉實研究，可以說是清初八股文較明代八股文轉變的第一個表現。

　　但是，清初統治者及明清之際具有敏銳眼光的思想家，都目睹了晚明由腐化到渙散，乃至滅亡的全過程，通過對明亡教訓的反思，都能自覺地認識到「王學」的不良影響在學術思想和社會風氣上造成的雙重敗壞。所以，在思想上革除王學末流「人人可為聖賢」的弊端，重申「忠君愛國」的儒家傳統，加強社會向心力和文人凝聚力；痛斥「束書不觀，遊學無根」的空疏學風，提倡程朱理學「格物窮理」、「下學上達」的實學工夫。清初學風由此為之一變，八股文也隨此思潮的轉變而一改明代之面貌。受理學復興思潮的影響，清初八股文的創作開始全面要求士子向「居敬窮理」上下切實的工夫，以期達到代聖賢闡發義理，直指人心的效果。因此，這一時期的八股文大多內容充實、才情兼備，理充氣盛、厚重有力，且行文清真雅正、體式嚴密，渾然一種講章、傳注的口氣，而判斷八股文優劣品第的衡文標準，往往也是據此而確立。即如戴名世所總結當時八股文的批評取向：「道也，法也，辭也，三者有一之不備焉不能謂之文也。」〔註47〕

〔註45〕按《欽定大清會典事例》卷三三二《禮部貢舉‧試藝體裁》載「各卷解到之日，禮部會同禮科磨勘，如決裂本題，不遵傳注，引用異教，影合時事，摭入俚言諧語及小結大結不分明，甚至作全不可解之語，並後場空疏，五策原問十不憶五者，酌量所犯輕重察參。」
〔註46〕按《國朝右文掌錄》：「生員不許糾黨多人，立盟結社，把持官府，武斷鄉曲。」光緒十四年刻本，山東省蓬萊市慕湘藏書館藏。
〔註47〕戴名世：《乙卯行書小題序》，《戴名世集》卷四，中華書局，1986年，第109頁。

　　那麼，八股文批評又以什麼樣的標準去衡量作品的優劣呢？康熙帝曾有這樣的解釋：

　　　　朕觀周、程、張、朱諸子之書，雖主於明道，不尚詞華，而其著作體裁簡要，析理精深，何嘗不文質燦然，令人神解意釋。〔註48〕

　　　　（士子）必也躬修實踐，砥礪廉隅；敦孝順以事親，秉忠貞以立志；窮經考義，勿雜荒誕之談；取友親師，悉化驕盈之氣；文章歸於醇雅，毋事浮華；軌度式於規繩，最防蕩軼。〔註49〕

　　康熙帝早年就認識到程朱理學有助於樹立綱常倫理從而可以挽救世道人心，故而其理學觀念帶有濃重的道統氣息，強調士子應該將道德、文章、實踐三者相結合，即對「道明」、「文實」、「躬修」的全面要求。「道明」，指學術學問應用於治道，服務統治階級；「文實」，指文章推崇醇雅質樸，遠離浮華虛蕩；「躬修」，指學以致用，履行誠敬工夫。可以說這是康熙帝就「道」的闡釋對八股文批評做出的一個方向上的引導，為以後八股文立意評估標準做好了鋪墊。到了雍正、乾隆時期，這種指向便落實到了「雅正清真、理法兼備」的文章宗旨上。雍正十年諭：「所拔之文，務令『雅正清真、理法兼備』，雖尺幅不據一律，而支蔓浮誇之言，所當屏去。」〔註50〕又乾隆三年諭：「考試各官，凡歲科兩試以及鄉會衡文，務取『清真雅正』，法不詭於先型，辭不背於經義者，擬置前茅，以為多士程式。」〔註51〕乾隆在繼承祖宗成法的基礎上，更是命一代名儒方苞編選《欽定四書文》，作為考官評核八股文、考生訓練八股文的程式典範：「場屋制義，屢以『清真雅正』為訓。前命方苞選錄《四書文》頒行，皆取典重正大，足為時文程式，士子咸當知所崇尚矣。」〔註52〕至此，根植於「道」、「法」、「辭」基礎上，對八股文批評做出的基本要求——「清真雅正、理法兼備」得以確立，並成為有清一代的八股文衡文標準。

〔註48〕中國第一歷史檔案館，《康熙起居注》（第二冊），中華書局，1984年，第1313頁。

〔註49〕《清實錄》第六冊，《聖祖仁皇帝實錄》（三）卷二〇八，中華書局，1985年，第116頁。

〔註50〕托津等編纂，《欽定大清會典事例》（嘉慶朝），沈雲龍《近代中國史料叢刊三編》第六十七輯第663／1冊，臺北文海出版社，1991年，第1649頁。

〔註51〕《欽定大清會典則例》卷六十七，《文淵閣四庫全書》1451冊，臺北商務印書館，1986年，第206頁。

〔註52〕托津等編纂，《欽定大清會典事例》（嘉慶朝），沈雲龍《近代中國史料叢刊三編》第六十七輯第663／1冊，臺北文海出版社，1991年，第1661頁。

　　「清真雅正」和「理法兼備」是針對八股文形式與內容做出的批評要求，其中「理法兼備」容易理解，即對文中闡釋題義的立意要旨和八股體例程式的硬性要求，無需過多贅述。而「清真雅正」則真切關涉到了八股文具體的批評鑒賞準繩，方苞在其所訂輯的《欽定四書文‧凡例》中做了「以發明義理，清真古雅，言必有物為宗」的明確指向，對所錄取的八股文要求能夠對義理有所發明闡釋、辭采標榜質樸古雅、所論言之有物，即如是說：

　　　　文之清真者，惟其理之是而已，……文之古雅者，惟其辭之是
　　而已，……而依於理以達其詞者，則存乎氣。氣也者，各稱其資材
　　而視所學之淺深以為充歉者也。欲理之明，必溯源六經而切究乎宋
　　元諸儒之說。欲辭之當，必貼合題義而取材於三代、兩漢之書。欲
　　氣之昌，必以義理灌濯其心，而沉潛反覆於周、秦、盛漢、唐、宋
　　大家之古文。兼是三者，然後能『清真古雅』而言皆有物。故凡用
　　意險仄纖巧，而於大義無所開通，敷辭割裂鹵莽，而於本文不相切，
　　比及驅駕氣勢而無真氣者，雖舊號名篇，概置不錄。〔註53〕

　　這裡，方苞將「雅正清真」作了進一步的解釋，認為「清真」即「理之是」，「雅正」即「辭之是」，而文章追求「雅正清真」的最終目的則是要做到「言皆有物」，而不是晦澀艱險或泛泛而談。所謂「是」，即真實、貼切。理「是」則文「正」，士人有其可據，有其所依，作文就能做到內容渾厚、充實、純正；辭「是」則文「雅」，士人用允當貼切的言辭作文，就不至於步入追求華麗辭藻、堆砌典故的晦澀歧途。因此，八股文對「雅正清真」的要求，換言之是對士人「依理」、「達辭」、「存氣」的學養工夫要求，並在學養的基礎上達到「理明」、「辭當」、「氣昌」的八股文創作批評要求。至於如何達到「理明」、「辭當」、「氣昌」的標準，方苞也給出了具體的答案，即理遵六經、漢宋傳注；辭效經史、聖賢語氣；氣法周秦、漢唐古文。要理明，其根底在於研習探索《六經》和漢宋諸儒的學說，使其了然於心。要辭達，其根底在於出入汲取三代及漢宋的經史學問，使其成竹於胸。要氣昌，其根底在於熟讀宗奉歷代名家大儒的古文辭章，使其涵養於腹。只有這樣，文章才能做到「雅正清真」。無獨有偶，清代關學名儒李元春對「雅正清真」也有著類似的見解：「國朝定文品四字：清真雅正。清有四：意清，辭清，氣清，要在心清；真有五：題中理真，題外理真，當身體驗則真，推之世情物理則真，提空議論則真；雅有

〔註53〕方苞：《欽定四書文‧凡例》，《文淵閣四庫全書》1451 冊，第 4 頁。

二：自經書出則雅，識見超則雅；正有二：守題之正，變不失常。」〔註54〕
與方苞相比，李氏對「雅正清真」的闡釋更加簡單明白，認為「清」是對八股
文中的立意、言辭、文氣以及士子創作心理的要求，即士子胸懷義理，論文
述作條理純熟、言辭妥帖、文氣淵醇。「真」則是針對文題內外的理和個人的
道德品行而言，即儒家義理對個人學問、道德和實踐的全面要求。八股文中
的理必然是濂、洛、關、閩的儒家義理，只有時時參悟、當身體驗，並修演義
竅、由己及人，才能明白真諦。所以，這裡的「真」既是對文章內容純正、精
當的要求，也是對士人考生學問、道德、行為並舉的要求。而「雅」和「正」，
則是對語言和行文規範而言，即出入經史、發明義理、理法兼備，以古代經
書、聖典及大家名手的文章作為典範，從而語言簡約、典雅，達到與古文文
風和理學文風相一致的境界。這就體現了「以古文為時文」的觀點，提倡八
股文的寫作融入古文筆法，有古文的氣息和時文的聲調，錄取文章因此也引
之為標準。不但在清代統治者和理學家看來，以「雅正清真」為八股文的批
評標準可以格量出八股文創作的品第高低，還有不少並不以理學稱世的思想
家和文學家也對其持相同的主張。如以史學聞名的章學誠說：「夫文章之要，
不外清真。真則理無支也，清則氣不雜也。」〔註55〕以文學名世的劉熙載說：
「文不外理、法、辭、氣。理取正而精，法取密而通，辭取雅而切，氣取清而
厚。」〔註56〕他們對八股文的指導和批評，往往也是落腳在「清真雅正」上，
由是可見，根植於「道」、「法」、「辭」創作層面上衍生出的「清真雅正」的批
評標準，確實是有清一代八股文創作的最高境界和品階。

　　一般說來，清代的八股文批評大約經過清初對晚明文風之反思，到康熙、
雍正時期「清真雅正」標準之提出，乾隆時期正式出現《欽定四書文》的官方
範本。在「清真雅正」批評標準形成過程中，作為清初理學家的李光地、陸隴
其是作出了重要貢獻的，前者強調以弘揚義理為第一要務，理法相融，辭尚
清通，後者要求弘揚程朱之學，將制義與理學相結合，並重提以古文為時文
的主張。以唐彪、俞長城、戴名世、呂留良為代表的中下層文人，從另一方面

〔註54〕李元春：《四書文法摘要》（後編），引自《青照堂叢書》第四函，道光十五年
　　　　刻本，上海圖書館藏。
〔註55〕章學誠：《為梁少傅撰杜書山時文序》，《章學誠遺書》，文物出版社，1985年，
　　　　第320頁。
〔註56〕劉熙載：《藝概·經義概》，《劉熙載文集》，江蘇古籍出版社，2001年，第196
　　　　頁。

即「理」、「法」、「辭」、「氣」的層面，進一步豐富了清初八股文批評的具體內涵。如唐彪主張多讀書，以實學為根柢；俞長城講求八股文的「理、氣、法」；呂留良將時文與古文相打通，主張文道合一，把文以氣為主作為時文與古文創作的努力目標；戴名世強調以舉業為學問，做到「道、法、辭」的結合與「精、氣、神」的充實。他們的批評不但具有理論的深度，要求為文者立意高遠，以「道」、「理」、學問作為追求的目標，而不是滿足於科場的得失；更重要的是他們把這樣的追求化為一種具體的批評標準，落實到選本的點評和對學生的引導上，俞長城的《可儀堂一百二十名家稿》、唐彪的《讀書作文譜》、呂留良的《呂晚邨先生論文彙鈔》等，成為當時舉子熱捧的入門讀物和作文指南。進入雍正、乾隆以後，隨著「清真雅正」的官方標準確立，清代八股文批評進入了全面的文法總結時代，比較有代表性的批評家是宜興儲氏、桐城方氏、金壇王氏，他們是集創作與批評於一體的八股文派，標誌著清代八股文創作與批評的全面繁榮。宜興儲氏是一個以古文為時文的文章流派，它在時文寫作上主張「鑄唐宋以探秦漢之精，採天崇以化正嘉之貌」，認為文章的寫作不能追逐時風，隨人隨時俯仰，而應該「惟其是而已」，亦即「求古者立言之意」，「闡明經傳之微言，發為事理之極致」。而桐城方氏則是一個對時文並無明顯的興趣或不以為意的文章流派，他們秉持文不苟作的觀點，認為時文雖小技，但應以經史為其根柢，不可作浮巧、庸爛時文，以博取功名，為學為文當志存高遠，心懷濟世之志。在時文趣味上，他們都體現出了一致的「尚雅」的傾向，這既是對文辭典雅的要求，亦是對內容雅正的要求。金壇王氏指的是王汝驤、王步青、王澍叔侄，他們受宜興儲氏的影響，但並不惟儲氏馬首是瞻，前者以古文濟時文，後者則專力於時文，王汝驤有論文四字訣（曰鮮、曰先、曰銛、曰仙），王步青編有指導初學者入門讀物──《塾課八集》。當時頗有影響的八股文批評家還有韓菼、李紱，他們身處高位，確立了清真雅正的八股文標準，還通過典試的方式引領科場風氣的轉移，他們的主張也得到官方的認可，這直接影響到乾隆以後八股文批評的發展走向。由乾隆年間尚實風氣發展而來的乾嘉樸學，不但對這一時期的八股文風有影響，而且對乾、嘉時期的八股文批評也有深刻影響。這種影響表現在兩個方面，一個是主張以考據為八股，強調博學多識，「精闡名理，包羅史事，洞達物情」，管世銘為其代表；但這時崇尚理學的風氣並沒有完全消失，承方苞而來的另一大家劉大櫆，把古文的「神氣」運用到時文領域，提出了「神理」之說，充實

了乾隆時期八股文批評的理論內涵。這一時期另一個傾向是強調文法的重要性，從袁守定《時文蠡測》、楊繩武《論文四則》、夏力恕《菜根堂論文》、王元啟《惺齋論文》到張泰開《約文約旨》、姚鼐《文法直指》、李元春《四書文法摘要》等等，都是把時文文法作為核心討論內容，特別是高嵣的《論文集鈔》更是成為明清兩代時文的「文法大全」，對於明清兩代關於古文與時文的關係、讀書與作文的關係，以及八股文題、文法、文品的論述作了全面而系統的總結。嘉慶以後的八股文批評進入了一個新的發展階段，出現了阮元、梁章鉅、路德、劉熙載、鄭獻甫等理論大家，他們的八股文批評已從文法總結進入文論建構的新時代，他們把八股文作為一種文化史現象進行分析，對八股文源流、體制、文風都有比較深刻的論析，使得八股文批評從一種創作現象描述轉入到一種理論問題的總結和歸納，就是說在嘉慶道光以後八股文批評進入到理論總結的時期，這也是一種文體走向衰亡的徵兆和標誌。

第二章　反思：易代之際三大家八股文批評

顧炎武、黃宗羲、王夫之是清初三大著名思想家，他們生活在明清易代之際，曾經參加過抗清復明運動，目睹有著近三百年歷史的明王朝的快速滅亡，面對著朝政的腐敗、社會秩序的混亂和士人精神的衰頹，他們開始有意識總結明朝亡國的教訓，並對有著一千多年歷史的封建制度展開反思與批判，倡導通經汲古，經世致用，特別是對於晚明空疏不學的學風批評尤為嚴厲，當然也對晚明的八股文風發表了比較深刻的見解，顧炎武《日知錄》、黃宗羲《明文海》、王夫之《夕堂永日緒論》是清初關於明代八股文文體及文風批評的重要著述。

第一節　顧炎武的八股文批評

顧炎武（1613～1682），字寧人，初名絳，弘光建元時改名炎武，江蘇崑山亭林鎮人。晚明為諸生，講求經世之學，學者稱其為「亭林先生」，與黃宗羲、王夫之並稱「清初三大家」。少時參加復社，明亡後積極參與武裝抗清活動。南都破亡後，又與楊永言、歸莊等義士起兵吳江，志謀恢復，事敗得脫。顧炎武為人至孝，侍奉嗣母王氏避兵常熟，清兵南下破常熟，王氏以不食而死，遺囑炎武「弗事二姓」，故其終身恪守，以遺民自處，事蹟見《清史稿·儒林傳》。顧炎武生平博學好思，自少至老，未嘗離書，畢其生精力心血著於《日知錄》一書，兼有《音學五書》《天下郡國利病書》《肇域志》《亭林文集》等著作傳世。曾言：「能文不為文人，能講不為講師。吾見近日之為文人講師

者，其意皆欲以文名、以講名者也。」終其一生，恥作文人，若非「以明道也，以救世也。……見諸行事以躋斯世於治古之隆，而未敢為今人道也。」〔註1〕故其著述巨富，但散佚較多。

顧炎武少承家學，讀書自史（《史記》《資治通鑒》）入經，故其學問根底在於史學。晚明諸儒喜談心性，偏重危微精一，多講治內治心，以求一貫之方。而顧氏則偏重律己救世，心究經世之學，以期振衰起弊。其學術思想大旨體現在以史學家的眼光，開拓了自漢唐注疏到探索原始儒學真諦的道路〔註2〕，沿著這條道路，他全面地審視儒學的發展脈絡，再從當下實際出發，擇揀、發揚出那些有益於國計民生的實質性內容。因此，顧炎武尤為注重經世之學和實事求是的治學方法，極力主張為學、為文要有切實的根底和內容，提倡「文須有益於天下」，〔註3〕認為「凡文之不關於《六經》之指，當世之務者，一切不為。」〔註4〕《四庫全書總目》亦贊其為「學有本原，博贍而能貫通，每一事必詳其始末，參以證佐而後筆之於書，故引據浩繁而牴牾者少，非如楊慎、焦竑諸人，偶然涉獵，得一義之異同，知其一而不知其二者。」〔註5〕他的傳世名著《日知錄》以明道、濟世為宗旨，以經世致用和民族氣節為主線，將數十年對經義、世風、吏制、禮制、兵事、天文、數術、地理詳以勘考、加以貫通，全面地反映了顧炎武全部的學術、政治思想，以此為基本出發點，他對明末清初的中國社會進行了較為深刻的審視。由於中國古代社會中各類典章制度的製作者以士人群體為主，而士人群體的選拔產生則是直接來源於科舉，明清時期更是以「八股取士」的形式來劃分社會中的知識分子和精英階層。因此，《日知錄》中關於科舉制度和八股文批評的內容幾乎佔了近三分之一的篇幅。其中卷一至卷七論經義，與八股文內容直接相關；卷十六、十七論科舉，是對其制度層面的闡釋；卷十八至卷二十一論藝文，詳盡探討了制義方法和文章故實，對我們全面瞭解科舉制度及科舉文化提供了寶貴的文獻材料。

〔註1〕顧炎武：《與人書》二十三、二十五，《亭林文集》卷四，《顧亭林詩文集》，中華書局，1959年，第97～98頁。

〔註2〕馬積高：《清代學術思想的變遷與文學》，湖南人民出版社，2002年，第7頁。

〔註3〕顧炎武：《日知錄校釋》（下冊）卷二十一《文須有益於天下》，嶽麓書社，2011年，第775頁。

〔註4〕顧炎武：《與人書》三，《亭林文集》卷四，《顧亭林詩文集》，第91頁。

〔註5〕永瑢：《四庫全書總目》卷一一九，中華書局，1965年，第1029頁。

一、正本清源，弘揚實學

　　顧炎武是一個十分注重並倡導實學的學者，一切以事實為根柢，對於任何現實與歷史問題都強調從事實出發，所以其對社會歷史問題的判斷也往往是極其準確可信的。在對科舉制度和八股文批評進行相關論述之前，顧炎武首先對「何謂進士」和「何謂八股」做出了還原性闡釋。

　　　　唐制有六科，一曰秀才，二曰明經，三曰進士，四曰明法，五曰書，六曰算。當時以詩賦取者謂之『進士』，以經義取者謂之『明經』。今罷詩賦而用經義，而今之進士則唐之明經也。唐時入仕之數，明經最多。考試之法，令其全寫注疏，謂之帖括。議者病其不能通經，權文公謂：『注疏猶可以質檢，不者，倘有司率情，上下其手，既失其末，又不得本，則蕩然矣。』今之學者並注疏而不觀，殆於本末既喪，然則今之進士亦不如唐之明經也乎？」〔註6〕

　　文中原引《大唐新語》《金史・移剌履傳》和《避暑錄話》三則文獻，標注「明經」、「進士」兩科由隋煬帝所置，唐承隋制而加以增設，共為「六科」，此為唐代的常貢科目，此為科舉制度發生時期的最原始面貌。按《唐六典》記載：「凡貢舉人，有博識高才、強學待問、無失俊選者為秀才；通二經以上者為明經；明閑時務、精熟一經者為進士；通達律令者為明法。」〔註7〕唐代以科舉作為人才選拔的重要機制，「秀才」科第最高，其要求是既要「博識高才」、「強學待問」，即學問深厚；又要「無失俊選」，即品德高尚，足見唐人科舉注重「德才兼備」的選拔標準。由於客觀原因，符合「德才兼備」標準者極少，更多的是出入經史、精通典籍之類，「秀才」科在唐高宗永徽二年（651）被停用，故將擇選標準放在經義、詩賦上，發展「明經」、「進士」兩科。「明經」科以儒家經學為內容，注重經術和注疏；「進士」科以詩賦為內容，講究辭藻文章。從品階地位和錄取數額上看，「明經」均高於「進士」。這說明，唐代沿襲並發展的科舉制度，無論從選拔意圖、選拔標準，還是選拔實際上，都體現出以經義學問為本位，貫以道德實踐，以期達到有益於社會國家的思想宗旨，亦可看作是後代設科取士制度之原始。

　　有唐一代，「明經」和「進士」兩科在科舉體系中彼此消長，經義、詩賦

〔註6〕顧炎武：《日知錄校釋》（上冊）卷十九《明經》，嶽麓書社，2011年，第670頁。

〔註7〕李林甫：《唐六典》卷三十，中華書局，1992年，第748頁。

之論爭也往來不絕。這種情況直到北宋初期依然沒有得到很好的解決：「唐制，取士用進士、明經兩科。本朝初，唯用進士，其罷明經，不知自何時。仁宗患進士詩賦浮淺，不本經術，嘉祐三年始復明經科。」〔註8〕到了宋神宗熙寧四年（1071），王安石推行變法，徹底改革科舉，廢除「明經」科，將「進士」科的考試內容改為以經義、策論為主，又將其所著《三經新義》作為經義考試中的文題範圍和評判依據。至此，中國古代的科舉由進士科一統。宋南渡後，理學思潮興盛，濂、洛、關、閩四家之學的聲勢在社會上反響強烈。在朱熹及其弟子的推動下，程朱理學成為了宋元時期科舉考試的重要內容，朱著《四書章句集注》也因之取代《三經新義》成為考試中新的文題範圍和評判標準。從這裡可以看出，宋元時期廢「明經」、舉「進士」，並不是降低了經學的地位，或忽略了經義的內容。北宋仁宗患進士「不本經術」，王安石進而推重經義策論，朱熹也直言學者應「知其性分之所固有，職分之所當為，而各俯焉以盡其力」。這些都是把科舉的立足點放在選拔有經邦濟世之志和真才實幹之學的人才的層面上。因此，在兩宋、金元時期，統治者及社會關於科舉選拔機制本旨思想的認同上，依然沒有背離科舉創立之初的原始本旨，這是顧炎武對於宋元時期科舉取士的制度梳理。

　　進入明代，初期科舉依然沿用經義取士的選拔方法，按《（明）太祖實錄》：「洪武三年八月，京師及各行省開鄉試。初場《四書》疑問，本經義及《四書》義各一道。第二場，論一道。第三場，策一道。中式者，後十日復以五事試之，曰：騎、射、書、算、律。騎，觀其馳驅便捷。射，觀其中之多寡。書，通於六義。算，通於九法。律，觀其決斷。詔文有曰：『朕特設科舉，以起懷才抱德之士，務在經明行修，博通古今，文質得中，名實相稱。其中選者，朕將親策於廷，觀其學識，第其高下，而任之以官。果有材學出眾者，待以顯擢。使中行文武皆由科舉而選，非科舉，毋得與官。敢有遊食奔競之徒，坐以重罪，以稱朕責實求賢之意。』」〔註9〕顧炎武認為，明初統治者以程朱理學為根基，注重實學，設立科舉的考核內容既有對學問、道德、政事的考核，也有文藝、技能、武略的考核，其目的是為了選拔真正有實學，能夠治國興邦

〔註8〕顧炎武：《日知錄校釋》（上冊）卷十九《明經》注引葉石林《避暑錄話》語，嶽麓書社，2011年，第670頁。

〔註9〕顧炎武：《日知錄校釋》（上冊）卷十九《經義論策》引《太祖實錄》文，嶽麓書社，2011年，第681頁。

的全面人才。然而這一切，無非是儒家學術中「先王之道」、「經術治國」的內在要求和外在體現，從洪武時期涉及《四書》《易》《書》《詩》《春秋》《禮記》到永樂時期《四書五經性理大全》的考試內容上看，明初理學統攝下的學術環境，其內核依然是儒家經學。因此，在自幼深受史學和經學的實學家風影響下，顧炎武對此種考試內容和形式尤為認同和激賞，並發出了「伏讀此制，真所謂求實用之士者矣」〔註10〕的讚歎。

與倡導啟用「實用之士」相對，顧炎武所痛斥的是在明代中後期以後的科舉體制下產生的大批「無用之士」，並對晚明科舉和八股取士的制度所造成的流弊予以猛烈的抨擊與鞭笞，如：「愚以為八股之害等於焚書，而敗壞人才有甚於咸陽之郊，所坑者但四百六十餘人也。」〔註11〕這是後世得出「顧炎武反對科舉制度」這一論斷的依據，但實際情況卻並非如此簡單，顧氏在《日知錄》中考證並總結了有明一代八股文行文格式的因襲流變時，如是說：

> 經義之文，流俗謂之「八股」，蓋始於成化以後。股者，對偶之
> 名也。天順以前，經義之文不過敷演傳注，或對或散，初無定式，
> 其單句題亦甚少。成化二十三年，會試《樂天者保天下》文，起講
> 先提三句，即講「樂天」，四股；中間過接四句，復講「保天下」，
> 四股；復收四句，再作大結。弘治九年，會試《責難於君謂之恭》
> 文，起講先提三句，即講「責難於君」，四股；中間過接二句，復講
> 「謂之恭」，四股；復收二句，再作大結。每四股之中，一正一反，
> 一虛一實，一淺一深。則每扇之中各有四股，其次第之法，亦復如
> 之。故今人相傳，謂之「八股」。若長題則不拘此。嘉靖以後，文體
> 日變，而問之儒生，皆不知「八股」之何謂也。《孟子》曰：「大匠
> 誨人，必以規矩。」今之為時文者，豈必裂規価矩矣乎？發端二句，
> 或三四句，謂之「破題」。大抵對句為多，此宋人相傳之格。下申其
> 意，作四五句，謂之「承題」。然後提出，夫子為何而發此言，謂之
> 「原起」。至萬曆中，破止二句，承止三句，不用原起。……明初之
> 制，可及本朝時事。……至萬曆中，大結止三四句，於是國家之事

〔註10〕顧炎武：《日知錄校釋》（上冊）卷十九《經義論策》，嶽麓書社，2011 年，第681 頁。

〔註11〕顧炎武：《日知錄校釋》（上冊）卷十九《擬題》，嶽麓書社，2011 年，第 684 頁。

閩始閩終，在位之臣畏首畏尾，其象已見於應舉之文矣。……後來
學政苟且成風，士子試卷省卻《四書》《五經》字，竟從題目寫起，
依大場之式概下二格。聖經反下，自作反高，於理為不通，然後日
用而不知，亦已久矣。」〔註12〕

　　顧炎武將明代八股文的發展劃分為三個時期。從明初至成化的八股文，
稱為經義文，尚未脫「宋元經義」的舊制，以經解、注疏為主。從成化至嘉靖
是八股文的定型期，且將古文技法融於其中，孕育了「以古文為時文」的風
尚，開啟了明代八股文的鼎盛局面。總體說來，此時的八股文依然淵源有自，
並沒有偏離其本初之道，還是屬於「宋人相傳之格」。因此，顧氏非但不對其
持有異議和反對，反而引《孟子》「大匠誨人，必以規矩」的話表示認同和肯
定。然而到了隆慶、萬曆以後，在政治腐敗、黨爭激烈、心學盛行等多種原因
的促成下，程朱理學的尊崇地位開始動搖，傳統理學於此時也開始走向渙散，
八股文也由此發生了重大變革。這一時期制義流派眾多，各有所重、各顯其
能，但大多離實就虛，偏重機法文辭一路。此外，由於各種文章技巧得到了
充分的運用，故而這一時期八股文的文學性被發揮得淋漓盡致，一時以八股
文名家者，如湯顯祖、顧憲成、袁宏道、陶望齡、董其昌等，不勝枚舉。從文
學性和藝術性的角度看，文章題材的拓廣、內容的豐富，文人作文追求思想
的獨立，這本應是作為文學繁榮昌盛的表現而大加提倡和贊許的。但在顧炎
武看來，這種現象是「文體日變」，「苟且成風」，這說明他是站在「義理精實」
和「經世致用」的功令立場上去看待這一問題的。他認為八股文的存在意義，
不是供人遣情逞才、遊戲辭采的閒逸小品，而是能夠發揮「見諸行事」和「有
用於天下」職能的日用經濟大文。因此，對於「隆、萬能手復以清微淡遠取
勝……自萬曆己丑陶石簣以奇矯得元，壬辰踵之，論者遂議其開凌駕之習」
〔註13〕，這樣沒有經史學術、僅有空疏機法的「今之時文」，予以了「聖經反
下，自作反高」的批判嘲諷，這可見其對於晚明八股文風的批評立場。

　　從梳理八股文發生、發展、源流變遷的角度，顧炎武一方面充分肯定了
科舉制度和八股取士的原初意義，另一方面又認為科舉制度和八股文自身內

〔註12〕顧炎武：《日知錄校釋》（上冊）卷十九《試文格式》，嶽麓書社，2011年，第
　　　　688～689頁。
〔註13〕楊懋建：《四書文源流考》，《學海堂集》卷八，道光五年（1825）啟秀山房刻
　　　　本，第31～32頁。

部都有很多細節在當下發生了變化，這些變化與其存在的最初本旨已經背道而馳，而晚明以來的應舉之士大多不通經史，自然也無法把握科舉和時文真正的要義，不能把握要義，則就更談不上有用於天下，服務於當下，於是只能在歧途上愈走愈遠，成為對國家、時局、民眾、學術百無一益的「無用之士」。因此，他堅持立足本旨的態度，以史學家的眼光和視野，通過明白冷峻地剖析論述，回顧了八股文的「前世今生」，闡釋其功令要義，明確其本位要求，並針對空疏學風和時文流弊的現實背景，提出了正本清源、弘揚經學、文須有用於天下的八股文批評思想。

二、以經學為八股

　　顧炎武所處的明末時代，正是傳統學術醞釀變革的關鍵時期，嵇文甫先生將其稱之為「在超現實主義的雲霧中，透露出現實主義的曙光」〔註14〕的斑駁陸離的過渡時代，這一時期的傳統學術正值王學、朱學、禪學、經學、實學等交替消長。自明中期陽明「良知」之學風靡南北後，心學取代理學成為一時之主流學術，到晚明王心齋泰州學派逐步流衍為禪學，再到清初一些有識之士起而反撥，批判王學，提倡實學，重視經學，理學又慢慢被人重提。然而這種消長過程，不是簡單的依次登場、然後各自謝幕，而是彼此互相通融，相互滲透，呈現出交叉演進的發展態勢。在這種複雜的思想環境下，顧炎武慨然以「明學術，正人心，撥亂世，興太平」為任，以其深厚淵博、寬廣視野和撥雲見日的洞察眼光，矯宋明理學之弊，開清代樸學之風，引領了清初學術由空言浮誇朝求真尚實方向的移步轉型。童年時期的顧炎武，受到了家庭教育中濃厚的經史之學的薰陶，青年時又常年致力於科舉制義，但屢試不第。因此在其後來對八股文及八股文批評的反思中，都體現出以經學為八股的特色。

　　然而，學問廣博紮實的顧炎武，為什麼會在科場屢屢失利呢？清人江藩在《國朝漢學師承記》有過這樣一段文字：「有明三百年，四方秀艾困於帖括，以講章為經學，以類書為博聞，長夜悠悠，視天夢夢，可悲也夫。在當時豈無明達之人、志識之士哉？然皆滯於所習，以求富貴，此所以儒罕通人，學多鄙俗也。」〔註15〕眾所周知，由於明太祖「非科舉勿得與官」的諭令，科舉考試成了明代士子唯一的進身之階。這種帶有強烈功令色彩的舉

〔註14〕嵇文甫：《晚明思想史論》，河南大學出版社，2008年，第 1 頁。
〔註15〕江藩：《國朝漢學師承記》，中華書局，1983年，第 4 頁。

措發展到明代後期，士子已普遍將其功利化和世俗化，於是功令本身出於對家國天下「經世致用」的初衷，於此時變為了完全服從個人「謀取功名」的目的，這就促成了大多士子只用習得當時暢銷的「時文」範本，不必過多地去熟諳經史即可博取功名的意識。在這種應試之風的推動下，科舉和八股文都變得徒有空疏的形式，而無有用的內容。此外，晚明學術思潮的轉變也引起了整個社會價值觀念、認識觀念以及學風、世風、文風的變化，天啟、崇禎年間的八股文大多不再如以前那樣恪遵傳注、融液經史，而是「務為奇特，包絡載籍，刻雕物情，凡胸中所欲言者，皆借題以發之」。〔註16〕因此，以經史之實學為根基，遵經守正的顧炎武，在創作八股文時就無法與當時借題發揮、務為奇詭的時文風尚相契合。顧炎武與時代世風之間，確實存在著對八股文兩種不同的理解和價值取向，且二者的分歧從思想認識上和寫作程式上都沒有相互融通的餘地，所謂：「國家之所以取生員而考之以經義、論、策、表、判者，欲其明《六經》之旨，通當世之務也。今以書房所刻之譯，謂之『時文』，捨聖人之經典，先儒之注疏與前代之史不讀，而讀其所謂『時文』。時文之出，每科一變，五尺童子能誦數十篇而小變其文，即可以取功名，而鈍者至白首而不得遇。老成之士，既以有用之歲月，消磨於場屋之中，而少年捷得之者，又易視天下國家之事，以為人生之所以為功名者，惟此而已。」〔註17〕這就從現實層面印證了江藩對為什麼明代沒有「明達之人」和「志識之士」的論斷，也間接地回答了顧炎武無法在科場中獲得功名的原因。當然，由此也可以看出，八股文發展至晚明，其試士初衷和選拔功能出現了極大的扭曲，具有真才實學和博古通今的人才無法進入正常的入仕之路，反而是那些好為機巧、圓滑投機者能夠躋身士林。時文之弊，至此已是人所共見。

在對八股文的文體和功能做了正本清源的工作後，針對晚明以來的科場弊端，顧炎武積極倡導八股文創作應回歸到以經史實學為思想本位的原初立場，並大力弘揚經學，提出「經學即理學」的理論主張。

眾所周知，八股文具有換位思考的理解模式和代聖賢語氣的表達方式，

〔註16〕方苞：《進四書文選表》，《方苞集・集外文》卷二，上海古籍出版社，1983年，第579頁。

〔註17〕顧炎武：《生員論中》，《亭林文集》卷一，《顧亭林詩文集》，中華書局，1959年，第22頁。

因此即便它的文風會因時而變，但以闡釋程朱思想為核心內容的這一基本要素卻是固定不變的。在這樣的大前提下，明末清初「繽紛多彩」的學術環境，心學、禪學、實學紛紛進入八股文場，就可看作是對理學多元化理解和取向的重要表徵。八股文以理學為其基本要求，對理學理解的多元，就勢必會造成八股文取向的相互衝突。有多元衝突，則必有優劣正歧，故而顧炎武「經學即理學」的主張，即是對當時多元並存現象的一次糾偏匡正。有鑑於此，我們不妨以當時八股文作者對理學理解的兩種取向為視角，分別來看顧炎武對它們的批評與審視。

第一種取向是死守程朱門戶，記誦程朱語錄，即方苞稱為「直寫傳注，寥寥數語，及對比改換字面而意義無別者」。〔註18〕然而，這並不意味著顧氏站在了反對程朱的立場上，相反從總體上看來，顧炎武基本是維護程朱理學正統地位的。如其對宋理宗淳祐元年「周、程、張、朱，四子之從祀」的行為大加肯定，並給予「由此之後，國無異論，士無異習。歷胡元至於我朝，中國之統亡，而先王之道存，理宗之功大矣」〔註19〕的高度評價。此外，王守仁曾輯《朱子晚年定論》一書，書中專輯朱、陸所論謀合的章句，欲彰顯程朱與陸王早異晚同、持論相當，並以此為己正名。顧炎武對王守仁這一行為屬聲斥責，認為其是「顛倒早晚，以彌縫陸學而不顧矯誣朱子，誼誤後學之深。」〔註20〕可見顧炎武對程朱理學的維護與推重之意。

但是，認同並不代表沒有質疑。宋明理學從濫觴到分化再到變異，至中、晚明時期，其理論框架和現行制度顯得格格不入，這也使其無法再承載更多有用於世道的重任，王學誕生即是此時理學走向衰落的最好例證。因此，顧炎武雖然推崇程朱理學，但對當下由於對理學認識偏差而產生的不良影響，卻發出了激烈地抨擊和批判之聲，它反映在八股文批評上，就是對士子專以宋明「語錄」來做八股的行為進行口誅筆伐。顧炎武有一段非常著名的話：

> 理學之傳，自是君家弓冶。然愚獨以為「理學」之名，自宋人始有之。古之所謂理學，經學也，非數十年不能通也。故曰：「君子

〔註18〕方苞：《進四書文選表》，《方苞集·集外文》卷二，上海古籍出版社，1983年，第579頁。

〔註19〕顧炎武：《日知錄校釋》（上冊）卷十八《配享》，嶽麓書社，2011年，第625頁。

〔註20〕顧炎武：《日知錄校釋》（下冊）卷二十《朱子晚年定論》引羅文莊語，嶽麓書社，2011年，第761頁。

之於《春秋》，沒身而已矣。」今之所謂理學，禪學也，不取之五經而但資之語錄，校諸帖括之文而尤易也。又曰：「《論語》，聖人之語錄也。」捨聖人之語錄而從事於後儒，此之謂不知本也。〔註21〕

這段話出自顧氏寫給清初理學名家施閏章的一封信。在這裡，顧炎武對盲從朱熹語錄而無視漢唐注疏和經史文本的理學行徑嗤之以鼻，指出：「夫子述《六經》，後來者溺於訓詁，未害也；廉洛言道學，後來者藉以談禪，則其害深矣。孔門弟子不過四科，自宋以下之為學者，則有五科，曰『語錄』科。」〔註22〕顧氏對理學的理解，是在考察理學自身的發展脈絡後，揭示了其本質上就是經學的認識後得出的。經學是素樸的，理學的本原也是樸實的，只是南宋後禪悅之風的滲透才使得後代理學逐漸變得玄虛空洞、偏離實際，至晚明愈演愈烈。而恰恰這一時期上層統治者已無力控制思想，應試之士功利意識強烈，社會上大肆刊傳「程墨」、「房稿」、「行卷」、「社稿」等時文範本，他們只需記誦類似於禪僧偈語的程朱語錄，再套用時文範本，即使不讀經史元典，亦可以僥倖獲取功名。於是，語錄和程墨就成了社會士子爭相研習的對象，誠如顧氏所言：「天下之人惟知此物可以取功名，享富貴，此之謂學問，此之謂士人，而他書一切不觀。」〔註23〕

朱子語錄最大的特點是「通貫經文，條舉眾說，而斷於己意。」〔註24〕前兩者都是顧氏所認可的，但他對朱注部分「斷於己意」，尤其所講「義理」、「天理」等卻不能苟同。究其原因，是顧氏所秉承的傳統經學與宋明理學之間有不能調和的認識分歧使然。傳統經學注重具體的學問根柢，以史學和音韻、訓詁等小學研究方法為主，其特點是求真實，重實際，且「疏不破注」。宋明理學注重抽象的思辨闡釋，以哲學思辨的研究方法為主，其特點是求認識、重思想且「以己意求經」。如顧氏言：「夫子之教人文、行、忠、信，而性與天道在其中矣，故曰『不可得而聞。』」〔註25〕經學未嘗不做哲學或宗

〔註21〕顧炎武：《與施愚山書》，《亭林文集》卷三，《顧亭林詩文集》，中華書局，1959年，第58頁。

〔註22〕顧炎武：《日知錄校釋》（上冊）卷九《夫子之言性與天道》，嶽麓書社，2011年，第310頁。

〔註23〕顧炎武：《日知錄校釋》（上冊）卷十九《十八房》，嶽麓書社，2011年，第679頁。

〔註24〕顧炎武：《日知錄校釋》（上冊）卷十九《擬題》，嶽麓書社，2011年，第685頁。

〔註25〕顧炎武：《日知錄校釋》（上冊）卷九《夫子之言性與天道》，嶽麓書社，2011年，第309頁。

教意識範疇中談天論道的工夫，日本學者本田成之即認為中國傳統經學是一門「在宗教、哲學、政治學、道德學底基層上加以文學的藝術要素，以規定天下國家或者個人的理想或目的的廣義的人生教育學」〔註26〕的學問。但在經學視野中，「天」、「道」與人倫日用是一體的。換言之，「天」、「道」也是一種生活中的實際，惟有腳踏實地的從切實學問處出發，才能夠上達於「道」，即所謂「形而上者謂之道，形而下者謂之器，非器則道無所寓」。〔註27〕因此，顧氏特別看重在「器」上所下的工夫，而「器」的內容則是「關於六經之指、當世之務」的經史故實。但在宋明理學的理論視域中卻不這樣認為，在理學視域中「道」、「理」、「人」多數時候是孤立分裂的。朱熹說：「未有天地之先，畢竟是先有此理。」因此，宋明理學家往往架空實際，脫離「下學」的工夫而談「上達」的認識，這種情況在明代社會中更加明顯，即顧氏所說：「後之君子，於下學之初即談性道，乃以文章為小技，而不必用力。」〔註28〕所以，顧炎武極力反對士子記誦朱子對理學「斷於己意」的空洞語錄，認為「夫舉業之文，昔人所鄙斥，而以為無益於經學者也。今猶不出於本人之手，何其愈下也哉。」〔註29〕意在使宋明理學回歸到經學的軌道上，使士子重新拾起經史注疏，來認識理學及經學的本來面目，從而重視篤行實踐、通經致用的學問工夫，成為名副其實的「士」。「讀書不通《五經》者，必不能通一經，不當分經試士。且如唐宋之士，尚有以《老》《莊》諸書命題，……今不過《五經》，益以《三禮》《三傳》，亦不過九經而已。此而不習，何名為士？」〔註30〕

　　第二種取向是借題發揮、遊言清談。如焦竑曰：「聖賢之言，豈一端而已？學者當曲暢旁通，各極其趣。」〔註31〕袁中道云：「時義雖云小技，要亦有抒自性靈、不由聞見者……蓋剪綵作花與出水芙蓉，一見即知，不待摸

〔註26〕本田成之：《中國經學史》，中華書局，1935 年，第 2 頁。
〔註27〕顧炎武：《日知錄校釋》（上冊）卷一《形而下者謂之器》，嶽麓書社，2011 年，第 37 頁。
〔註28〕顧炎武：《日知錄校釋》（下冊）卷二十一《修辭》，嶽麓書社，2011 年，第 784 頁。
〔註29〕顧炎武：《日知錄校釋》（上冊）卷十九《擬題》，嶽麓書社，2011 年，第 685 頁。
〔註30〕顧炎武：《日知錄校釋》（上冊）卷十九《擬題》，嶽麓書社，2011 年，第 685 頁。
〔註31〕焦竑：《焦氏筆乘續集》卷三，上海古籍出版，1986 年，第 271 頁。

索也。」〔註32〕這種取向顯然受到了陽明心學的濃厚浸染。從事實上看，顧炎武對王學末流的批判於清初思想家中是最為有力的。身為「遺民」，顧炎武無時無刻不在總結、反思著明亡的教訓。他認為明朝的滅亡與思想教化和朝廷綱紀的敗壞有關，如說：「目擊世趨，方知治亂之關，必在人心風俗。而所以轉移人心整頓風俗，則教化紀綱為不可闕矣。」〔註33〕維繫世道、人心、風俗的關鍵在教化與綱常，而綱常和教化敗壞的根源均在陽明心學。因此，在《日知錄》一書中，他非常深刻地分析道：「以一人而易天下，其流風至於百有餘年之久者，古有之矣。王夷甫之清談，王介甫之新說，其在于今，則王伯安之良知也。」〔註34〕並在「王介甫之新說」後自注：「《宋史》林之奇言：『昔人以王、何清談之罪甚於桀、紂。』本朝靖康禍亂，考其端倪，王氏實負王、何之責。」顧炎武將北宋的滅亡歸責於王安石變法帶來的隱患，那麼以同樣的眼光考量明王朝的滅亡，其責則應歸咎於王守仁心學之流弊。單從此處即可看出，顧炎武對因王學而興起的士林「清談」之風是深惡痛絕的。

然而「遊言清談」絕不僅僅是一種講學活動，亦或是單純的價值取向。它往往會滲透到社會的方方面面，如有些士子在寫作、衡量八股文時同樣帶有「清談」的特點。顧炎武說：

> 永嘉南渡，本於清談之流禍，人人知之，孰知明代之清談有甚於前代者。昔之清談，談老、莊。明之清談，談孔、孟。未得其精而已遺其粗，未究其本而先辭其末。不習六藝之文，不考百王之典，不綜當代之務，舉夫子論學、論政之大端一概不問，而曰「一貫」，曰「無言」，以明心見性之空言，代修己治人之實學。〔註35〕

又艾南英說：「自興化、華亭兩執政尊王氏學，於是隆慶戊辰《論語程義》首開宗門，此後浸淫，無所底止。科試文字，大半剿

〔註32〕袁中道：《成元岳文序》，《珂雪齋集》卷一〇，上海古籍出版社，1989年，第482頁。

〔註33〕顧炎武：《與人書》九，《亭林文集》卷四，《顧亭林詩文集》，中華書局，1959年，第93頁。

〔註34〕顧炎武：《日知錄校釋》（下冊）卷二十《朱子晚年定論》，嶽麓書社，2011年，第763頁。

〔註35〕顧炎武：《日知錄校釋》（上冊）卷九《夫子之言性與天道》，嶽麓書社，2011年，第311頁。

竊王氏門人之言，陰詆程、朱。」〔註36〕

以空言代實學，可以說是「清談」八股文的最大特點。在王學士人看來，區分八股文品階高低，最主要的是視其能夠顯現出「曲暢旁通」、「各極其趣」、「獨抒性靈」的藝術特質，而該種藝術性追求勢必使作者對文章中機法和言辭的重視大於其「載道」的功用。對文章、理學認識的雙重偏向，表明王學思想影響下的士人將八股文的文學性提升到創作第一高度，於是八股文原始的通經致用的職能也逐漸被議論以新辟為奇、文詞以駁雜為美的「清談」文風所取代。另一方面，王學在社會上的廣泛流行也間接促成了其門徒在政治上獲得了引導科舉文風走向的話語權。如艾南英所說的隆慶戊辰年的主考官李春芳即是其代表，李春芳（1510～1584），字子實，南直隸揚州興化人，嘉靖二十六年狀元及第，嘉靖四十四年武英殿大學士，隆慶二年內閣首輔，進中極殿大學士。先後受學於歐陽德、王艮，均屬王學門人。所以，這一時期士人以「遊言清談」做八股的傾向，絕不是一種意到筆隨的文章遊戲，亦不是單純意義上個人認識的失誤，而是有著深刻的社會根源，即顧炎武所指出的「欲道德一，風俗同，其必自大人不倡遊言始。」〔註37〕

綜合來看，無論是以「語錄」為八股，還是以「清談」為八股，都是出於對理學多元化的理解和取向，而這種「多元」在八股文經義本位的立場下，不免顯得離經叛道。再兼之二者共有的弊端——以空言代實學，對學術、國運而言，更顯得一無是處。於是，顧炎武提出「經學即理學」的主張，意在對士人關於理學的認識偏差進行撥亂反止，它是在理學發展至階段性瓶頸時，特別是衍生出王學末流及其控制了整個社會、學術風氣的背景下提出的。清初學者潘耒有言：「至於歎禮教之衰遲，風俗之頹敗，則古稱先，規切時弊，尤為深切著明。」〔註38〕這一句話可謂是對顧氏「經學即理學」主張所做出的準確詮釋。

在「經學即理學」主張的驅動下，顧炎武努力提高經學在八股文創作中的地位，從而抑制頹弊的理學和空疏的王學，進而推行以經學為八股，其具

〔註36〕顧炎武：《日知錄校釋》（下冊）卷二十《舉業》，嶽麓書社，2011年，第754頁。

〔註37〕顧炎武：《日知錄校釋》（下冊）卷二十《舉業》，嶽麓書社，2011年，第753頁。

〔註38〕潘耒：《日知錄序》，《日知錄校釋》（下冊）附錄三，嶽麓書社，2011年，第1430頁。

體的做法可歸結為「博學於文」一語。關於「博學於文」，顧炎武有兩段專門論述。其一是《日知錄》卷七：

> 君子博學於文，自身而至於家國天下，制之為度數，發之為音容，莫非文也。「品節斯，斯之謂禮。」孔子曰：「伯母、叔母疏衰，踊不絕地。姑姊妹之大功，踊絕於地。知此者，由文矣哉！由文矣哉！」《記》曰：「三年之喪，人道之至文者也。」又曰：「禮減而進，以進為文；樂盈而反，以反為文。」《傳》曰：「文明以止，人文也。觀乎人文，以化成天下。」故曰：「文王既歿，文不在茲乎。」而《謚法》：「經緯天地曰文。」與弟子之學《詩》《書》六藝之文，有深淺不同矣。〔註39〕

在「經學即理學」的觀念下，顧炎武強調士子為文要擺脫宋明理學和陽明心學的雙重桎梏，應該直接溯源本經，重視真知。中國古代的「文」，有廣義和狹義之別，廣義之「文」泛指一切封建社會的文明和文化，狹義之「文」專指古代文人創作的文學和文章。上古時期，「文」的使用範圍很廣，多採用其廣義。而到了中古及近古時期，文的內涵開始逐漸走向狹義的一面。而這裡，顧炎武將上古儒家傳統之「文」與這一時期士子所習之「文」進行了跨語境對比，得出了古今對「文」認識和習作上具有「深淺不同」的結論。對「文」認識得深刻，理解才能全面，再以此為基準，才算是真正意義上的「為文」。對「文」認識得淺，則無法正視「文」的全部內涵，也就容易走向歧途，「為文」也更無所謂談起了。以此來看，在經學視野觀照下的「文」，更多層面上偏重於文化，應該首先體現在人倫日用和禮制綱常之中。

時值明末清初，學術頹廢、思想渙散、朝綱敗壞，作為選拔人才的唯一方式——八股文，更應該擔負起文化救亡的責任，傳承以文運扭轉國運的儒家精神，以明道救世為宗旨，而不是耽於文章機法和藻辭麗句。因此，顧炎武呼籲士子從本經、本原出發，以文獻考證和文史徵實的方式博聞強識，做好「下帷十年，讀書千卷」〔註40〕的切實工夫。如其勸誡子甥在習作八股文時，要「將先正文字注解一二十篇來，……除事出《四書》不注外，其《五

〔註39〕顧炎武：《日知錄校釋》（上冊）卷九《博學於文》，嶽麓書社，2011 年，第312 頁。
〔註40〕顧炎武：《日知錄校釋》（上冊）卷十九《三場》，嶽麓書社，2011 年，第 683頁。

經》子史，古文句法，一一注之，如李善之注《文選》，方為合式。此可以救近科杜撰不根之弊也。」〔註41〕

其二見於《亭林文集》：

> 愚所謂聖人之道者如之何？曰：「博學於文。」……自一身以至
> 於天下國家，皆學之事也。……非好古而多聞，則為空虛之學。以無
> 本之人而講空虛之學，吾見其日從事於聖人，而去之彌遠也。〔註42〕

「尤務本原之學」〔註43〕可以說是顧炎武為學面貌的直觀體現。「務本原」，一方面是要學者廣泛涉獵，以期掌握經史典籍中所涉知識的本初意義；另一方面，顧氏並非以經學強調學術的復古，而是從認識上強調為學的方向應該是向外用功於事，而不是向內求學於心。他說：

> 古之聖人所以教人之說，其行在孝悌、忠信，其職在灑掃、應
> 對、進退，其文在《詩》《書》《禮》《易》《春秋》，其用之身在出處、
> 去就、交際，其施於天下在政令、教化、刑罰。雖其和順積中，而
> 英華外發，亦有體用之分，然並無用心於內之說。〔註44〕

顧炎武批評王學末流求心於內的「今之所謂時文」，屬於「既非經傳，復非子史，展轉相承，皆杜撰無根之語」。〔註45〕並指出以此為方向而施行的八股取士，必然會敗壞人才，無用天下。所以其「本原之學」觀照下之為文，是要揭示「文」所涵有載道和致用的功能，載道和致用都是於自身之外事能夠有所用功。倘若一味地向內用功，求學於心，則顯然是離經判道，不符合聖賢賦予「文」的基本要求的。作為「代聖賢立言」的八股文，同樣應該遵循聖賢對「文」的基本要求，使其負有載道和致用的功能。而聖人言道之文，即在《五經》，以經學為八股，就是「載道」。聖人所致之用，即「自一身至於天下國家」，通經以有益於天下，就是「致用」。因此，顧炎武提出的「經學即理

〔註41〕顧炎武：《與彥和甥書》，《亭林文集》卷三，《顧亭林詩文集》，中華書局，1959年，第58頁。

〔註42〕顧炎武：《與友人論學書》，《亭林文集》卷三，《顧亭林詩文集》，中華書局，1959年，第41頁。

〔註43〕顧炎武：《與周籀書書》，《亭林文集》卷四，《顧亭林詩文集》，中華書局，1959年，第90頁。

〔註44〕顧炎武：《日知錄校釋》（下冊）卷二十《內典》，嶽麓書社，2011年，第747頁。

〔註45〕顧炎武：《日知錄校釋》（上冊）卷十九《經義論策》，嶽麓書社，2011年，第681頁。

「學」思想和以經學為八股的批評主張，並不僅僅是停留在元典經籍的辭章內容層面，也就是說，顧氏所為之經學，不在於經學本身，而是通過對經學的本原闡釋，使其在當下發揮出對政治、學術、社會、人心的匡正作用，即通過對經傳一字一句的訓釋，來使人自覺地將目光和精力投放到對社會的禮法治化上，以「通經」的方式達到「致用」的效果。這一批評理念在實際的實踐中，又進一步演為「文須有益於天下」的八股文批評主張。

三、「文須有益於天下」

明末清初的社會中，由於士人身份、價值觀念、地域風尚等表現出較為明顯的差異，這一時期人們對文章和文學的思考也尤為多樣，形成了流派眾多、門戶角立、關係錯雜的局面。在歷經了前後七子、唐宋派、公安竟陵派、東林雲間派次第擅場文壇後，有識之士開始有意識地總結並反思有明一代文章學術的功過得失，從而整合、推演出關於文學理念的正確取向，可謂是清初學術思想的一大解放。從八股文批評看，這種思想的解放和文學的反思，同樣是明顯且耀眼的。在這一背景下，尤以顧炎武所強調的學問以經史實學為根柢，以經世致用為目的，在文章理論和八股文批評中標舉「文須有益於天下」的創作原則最為突出顯著。

顧炎武指出了晚明八股文存在著兩個影響極惡劣的弊端——道德淪喪的創作動機和空洞無物的創作內容。明末清初，士人處在朝野離立、士林清濁、進退失據等多種矛盾並呈的現實環境中，學術、政治立場急遽分化，對待科舉和八股文的態度也往往偏重於巧取個人功名，而無關家國天下。如王學傳人王畿說：「舉業不出讀書、作文兩事。讀書如飲食入胃，必能盈溢輸貫，積而不化，謂之食痞。作文如寫家書，句句道實事，自有條理。若替人寫書，周羅浮泛，謂之沓舌。於此只所用心，即舉業便是德業，非兩事也。」〔註46〕認為通過八股取士取得功名，便是成就了道德功業。於是在王氏看來，八股文創作的動機應該完全是出於個人的立場，如寫家書一般的自我意識的表述，更是反對以個人之外為立場，且譏之為「沓舌」。在這樣的創作觀念和道德取向下，一方面造成人們將八股文創作與個體抒情的文學寫作等同起來的認識，進而在言辭、機巧、藝術表現上用心留意，認為只要是出於自身的感想聞見，都可以

〔註46〕錢謙益：《牧齋有學集》（下冊）卷四十五，上海古籍出版社，1996年，第1506頁。

用於八股框架、舉業軌範。另一方面，還擴大了人們的功名功利意識，給人以有個人功名即有道德功業，即可受人尊崇的價值評判，而以天下為己任的國家興衰、民族榮辱的道德觀念，連同八股文最初的用事世功和經史精神都被蕩滌一空，八股文也儼然淪為了個人「心性」、「性靈」的遊藝寓所，競尚辭藻，不務實學，而在其影響下的八股文作者也就成了「徒以詩文而已，所謂雕蟲篆刻，亦何益哉？」〔註47〕的無用之士。誠如李贄所說：「天下之至文，未有不出於童心焉者也。苟童心常存，則道理不行，聞見不應，無時不文，無人不文。……詩何必古選，文何必先秦。降而為六朝，變而為近體。又變而為傳奇，變而為院本，為雜劇，為《西廂曲》，為《水滸傳》，為今之舉子業，皆古今至文，不可得而時勢先後論也。」〔註48〕「時文者，今時取士之文也，非古也。……彼謂時文可以取士，不可以行遠。非但不知文，亦且不知時矣。夫文不可以行遠而可以取士，未之有也。國家名臣輩出，道德功業，文章節氣，於今燦然，非時文之選歟？」〔註49〕這種以個人功名為道德功業，以八股文寫作為進身之階的創作動機和以言辭遊戲八股、「止為一人一家之事，而無關於經術政理之大」〔註50〕的空洞形式，在顧炎武看來，對社會風氣和國家人才選拔的影響是惡劣的。有鑑於此，他提出了「文須有益於天下」的文章觀，說：

> 文不可絕於天地間者，曰明道也，紀政事也，察民隱也，樂道人之善也。若此者有益於天下，有益於將來，多一篇，多一篇之益也。若夫怪力亂神之事、無稽之言，剿襲之說，諛佞之文，若此者有損於己，無益於人，多一篇，多一篇之損也。〔註51〕

　　緊接著，他又從兩個方面給出了評判八股文「有益天下」的批評標準。首先是「出入經史，達於世用」的八股文認識論。「夫昔之所謂『三場』，非下帷十年，讀書千卷，不能有此三場也。今則務於捷得。不過四書、一經之中擬題

〔註47〕顧炎武：《與人書》二十五，《亭林文集》卷四，《顧亭林詩文集》，中華書局，1959年，第98頁。

〔註48〕李贄：《童心說》，《焚書》卷三，《李贄文集》第一卷，社會科學文獻出版社，2000年，第92頁。

〔註49〕李贄：《時文後序》，引自《劉熙載文集》，江蘇古籍出版社，2000年，第109頁。

〔註50〕顧炎武：《與人書》十八，《亭林文集》卷四，《顧亭林詩文集》，中華書局，1959年，第96頁。

〔註51〕顧炎武：《日知錄校釋》（上冊）卷二十一《文須有益於天下》，嶽麓書社，2011年，第75頁。

一二百道，竊取他人之文記之，入場之日，謄抄一過，便可僥倖中式，而本經之全文有不讀者矣。」〔註52〕揭示了晚明士子專注於獵取科名、為應試而寫作，卻無視於學問根底、經史出處的八股文寫作習氣，並以此對其做出了「營求患得，言不及義」〔註53〕的尖銳批評。與之相呼應，同為「清初三大家」的黃宗羲也指出，晚明八股文作者多有不讀經書的積習：「科舉之弊，未有甚於今日矣。余見高、曾（祖）以來，為其學者，《五經》《通鑒》《左傳》《國語》《戰國策》《莊子》，八大家，此數書者，未有不讀以資舉世之用者也。自後則束之高閣。」〔註54〕經史之書，對於古代文化來說，具有深厚的社會根基和悠久的自生歷史，是政治、經濟、文化、倫理等知識的集大成，故而也被歷代封建統治者和士人群體視作傳統儒學的知識典範和學問正道，學者依此門徑留心學問，經過反覆鑽研，然後通過「學而優則仕」的途徑，進而實現其修、齊、治、平的儒家道德功業理想。因此，從一個時期士人對經史之書的關注程度，可以大致看出該時期學術的整體水平。然而晚明恰恰是一個對此並無太多用心的時期，「學而優則仕」的內涵在此時發生了變異，人們不用花費太多的時間精力去鑽研經史，或在考前記誦幾篇現成的「擬題時文」，或在八股文中做一些晦澀玄虛的「遊言清談」，或以奇詭浮誇的言辭、圓熟油潤的機法穿鑿八股之間，以僥幸的態度獲取功名，博得進身士林的虛榮。於是人們對八股文的認識發生了根本的轉變，紛紛視其為「取士之文」，而不再是其創制之初的「經世之文」，一時之間，士子用心所在也因其認識的偏差，由最初的「為經世」變為後來的「為取士」，造成了「八股盛而六經微，十八房興而《廿一史》廢」〔註55〕和「自八股行而古學棄，《大全》出而經說亡」〔註56〕的局面。

因此，顧炎武以經史實學為八股文正名，以通經致用相號召，力圖扭轉士人對八股文認識的偏差。他說：「夫《春秋》之作，言焉而已，而謂之『行

〔註52〕顧炎武：《日知錄校釋》（上冊）卷十九《三場》，嶽麓書社，2011年，第683頁。

〔註53〕顧炎武：《日知錄校釋》（上冊）卷十九《擬題》，嶽麓書社，2011年，第686頁。

〔註54〕黃宗羲：《科舉》，載《清經世文編》卷五十七，中華書局，1992年，第1443頁。

〔註55〕顧炎武：《日知錄校釋》（上冊）卷十九《十八房》，嶽麓書社，2011年，第679頁。

〔註56〕顧炎武：《日知錄校釋》（下冊）卷二十《書傳會選》，嶽麓書社，2011年，第746頁。

事」者，天下後世用以治人之書，將欲謂之『空言』而不可也。愚不揣，有見於此，故凡文之不關於六經之旨、當世之務者，一切不為。而既以明道救人，則於當今之所通患，而未嘗專指其人者，亦遂不敢以避也。」〔註57〕鮮明地表達了顧氏對士子為文應直追六經本原，響應用世之旨的呼籲。所謂「通患」，即是晚明八股文風、士人積習的普遍弊病。在經學衰微至極、八股文功用日益扭曲之時，顧氏為經史張本，使人們重新認識經史本位下的八股文，及其所具有的規切時弊、教化人倫、見諸行事的作用。當然，在八股文中做一些空疏機巧或無稽之言，顯然要比在經史實學上痛下苦功來的容易得多，避難就易也往往是普通人正常的行為方式，因此顧炎武通過倡導通經汲古，在轉變士子們對八股文認識的同時，還提倡科舉應由「易」轉「難」，充分發揮出其為朝廷選拔人才的職能。「科場之法，欲其難不欲其易，使更其法而予之以難，而覬幸之人少。少一覬幸之人，則少一營求患得之人，而士類可漸以清。抑士子之知其難也，而攻苦之日多。多一攻苦之人，則少一群居終日言不及義之人，而士習可漸以正矣。」〔註58〕由此可以看出，顧炎武通過對經史之學的提倡和科舉制度的變革，恢復八股文和科舉制度的原始面貌和職能作用，從士人的思想認識處著手，試圖達到清士類、正士習、扭世風，救時弊的目的，即所謂「通經致用」的實效。

其次是「知音考文，無所模擬」的八股文創作論。在八股文創作中，除卻「怪力亂神之事」和「無稽之言」的內容外，顧炎武還對「剿襲之說」和「諛佞之文」的創作傾向予以義正辭嚴的批判，認為當時八股文有「摹仿」和「求古」之病，而八股文作者也多有「巧言」和「欺人」之弊。「摹仿」和「求古」是中國古代文人在為學作文時的兩種常用方式，其利弊關係也應時而互有消長。如唐之韓愈、柳宗元的「古文運動」和明代前後七子的「文學復古」運動，都是針對當時文學之弊，而做出的以復古口號為革新時弊的積極舉措，其利是大於弊的。然而到了晚明，在八股文創作中，這種「摹仿」和「求古」卻發生了變異，演變為「竊書」、「改書」和「摹仿」等專為應試投機的劣習。「竊書」指的是將前人之書改名換姓，作為自己之書，即顧氏所斥的

〔註57〕顧炎武：《與人書》三，《亭林文集》卷四，《顧亭林詩文集》，中華書局，1959年，第91頁。

〔註58〕顧炎武：《日知錄校釋》（上冊）卷十九《擬題》，嶽麓書社，2011年，第686頁。

「今代之人，但有薄行，而無雋才，不能通作者之意，其盜竊所成之書，必不如元本，名為鈍賊何辭！」〔註59〕並指出永樂年間集全國儒臣修纂的《四書五經大全》，即是一次官方的「竊書」行為。據顧氏考證，《春秋大全》竊自元代汪克寬的《胡傳纂疏》，《詩經大全》竊自元代劉瑾《詩傳通釋》，顧氏將其指責為「而僅取已成之書抄謄一過，上欺朝廷，下誑士子，……而制義初行，一時士人，盡棄宋元以來所之實學，上下相蒙，以饕祿利，而莫之問也。」〔註60〕在上行下效的心理驅動下，晚明士子或抄襲前人舊文，或記誦已有時文範本的投機行為，是有其社會根源的。「改書」指的是不經過詳實的考究，全憑己見肆臆古人舊說，顧氏以此專指晚明士子的弊習：「萬曆間人多好改竄古書，人心之邪，風氣之變，自此而始。……不知其人，不論其世，而輒改其文，繆種流傳，至今未已。」〔註61〕晚明士人一方面未諳經史，學無根柢，所以在八股文創作中往往只能憑意會借題發揮、信口開河。另一方面，臆改古書的行為，從動機上看是為了求新求奇，從而迎合當時以新奇為尚的八股文風。如鍾惺在《詩歸》中，將曹丕《短歌行》中「長吟永歎，思我聖考」一句，改為「長吟永歎，思我聖老。」並自評「聖老字奇。」由此可以看出，晚明士人在審視八股文創作時，並不在意經史內容的真偽，而是以「奇」代「真」，甚至以「奇」勝「真」。顧炎武對此給予了「此皆不考古而肆臆之說，豈非小人而無忌憚者哉」〔註62〕的嘲諷。「摹仿」指的是專門在作文內容和語言形式上對古人亦步亦趨的逼肖複製行為，顧炎武譏之為「遺其神理而得其皮毛」〔註63〕的邯鄲學步。晚明士子大多自幼即記誦時文、荒廢經史，所謂「不經之字，搖筆輒來。」〔註64〕因此，這一時期機巧圓熟的八股文少有雅韻之作，

〔註59〕顧炎武：《日知錄校釋》（下冊）卷二十《竊書》，嶽麓書社，2011年，第767頁。

〔註60〕顧炎武：《日知錄校釋》（下冊）卷二十《四書五經大全》，嶽麓出版社，2011年，第746頁。

〔註61〕顧炎武：《日知錄校釋》（下冊）卷二十《改書》，嶽麓書社，2011年，第769頁。

〔註62〕顧炎武：《日知錄校釋》（下冊）卷二十《改書》，嶽麓書社，2011年，第770頁。

〔註63〕顧炎武：《日知錄校釋》（下冊）卷二十一《文人摹仿之病》，嶽麓書社，2011年，第785頁。

〔註64〕顧炎武：《日知錄校釋》（下冊）卷二十《破題用莊子》，嶽麓書社，2011年，第755頁。

於是就有士子刻意摹仿古書中的言辭、稱謂去創作八股文，從而達到「新奇」的效果。但古語、古稱使用不當，則往往會更加凸顯作者的浮淺做作。對於「摹仿」，顧氏一針見血地指出：「捨今日恒用之字，而借古字之通用者，皆文人所以自蓋其俚淺也。」〔註65〕由此可以看出，八股文創作中士子「竊書」、「改書」、「摹仿」的習氣，其目的在於投機迎合對八股文錯誤認識下的「時尚」。而這種「時尚」，是顧炎武最不屑的，他認為八股文創作的目的，不是逞炫一己才性，而是要發揮「明道」、「紀政事」、「察民隱」和「道人之善」這種樸素切實的致用功能，使之有益於天下、有益於將來。

在以「致用」為主導的八股文創作動機下，應用於八股文創作過程中的語言和文字，也勢必要滿足「便於致用」的現實需要，即對士子「知音」與「考文」兩方面的創作要求。古代文人學者，自研習學問之初，首先需要經過漫長的一整套的文字、音韻、訓詁的知識訓練，這一過程極耗時間和精力，通常需要十年甚至更多的時間才能做到深厚紮實。但這項艱難、辛苦的訓練卻直接決定了文人學問的高低和根柢的深淺。顧炎武痛斥晚明士人荒廢經史實學、熱衷遊言清談的創作風氣，批評其「求其省《四書》本經全文，百中無一。更求通曉六書，字合正體者，千中無一也」〔註66〕的淺陋和無學，進而提出「知音」、「考文」的創作主張就極具針對性和獨到性。在顧炎武看來，八股文創作要想有益於天下、有益於將來，作者首先要具備貫通經史的實學知識和通經致用的創作意識。若要獲得經史知識，做到通經致用，則必須有對經史典籍的認知、理解基礎。於是顧炎武通過以音韻和文字為門徑，演示了一套篤實規範的治學方法，從而將經史知識的詮釋與注疏建立在了切實可靠的文本基礎上，對士人為學作文起到了指導規引的範式效應。顧炎武在分析了經史典籍中大量的文字、音韻的演變實例之後，提倡「讀九經自考文始，考文自知音始。以至諸子百家之書，亦莫不然。」〔註67〕顧炎武的學問觀和治學方式往往是從大處著眼，於小處入手。在八股文創作中，重視文字的音韻，由「知音」做起，通過對音韻文字的訓詁、分析、考證來獲得經史義理，

〔註65〕顧炎武：《日知錄校釋》（下冊）卷二十一《文人求古之病》，嶽麓書社，2011年，第790頁。

〔註66〕顧炎武：《日知錄校釋》（上冊）卷十九《經文字體》，嶽麓書社，2011年，第691頁。

〔註67〕顧炎武：《答李子德書》，《亭林文集》卷四，《顧亭林詩文集》，中華書局，1959年，第73頁。

進而考文、通經，從原始經典中通明聖道、經世濟民，使文章達到致用的目的。這種治學路徑和八股文創作方法，對當時理學和王學末流偏離經典、漫談心性的習氣予以了有力的批判，其實事求是的實學精神也被之後的乾嘉學者所承襲，引領了學術思想和文學創作向求實方向演進的潮流。

需要注意的是，顧炎武在這裡提倡以文字、音韻入手的創作宗旨，是在其「經學即理學」的立場下提出的。換言之，與顧氏反對的宋明理學空疏內容不同，其口中的文字和音韻只是一種介入經學的手段，與思考「當世之務」有著深層次的緊密關聯，即所謂「通經知古今，可為天子用。」〔註68〕在斑駁紛呈的明末清初，學術、思想、觀念取向多元並存，優劣叢生。顧氏以經世實學思想為指導，為士人指出了一條為學務本的正確途徑，沿著這條道路，士人可以自覺地革除晚明社會中的種種創作弊病，從而做到「文須有益於天下」。因此，顧炎武強調文字和音韻的八股文創作實踐，其落腳點還是在「經學即理學」的思想上，而經學的歸宿是致用的實學，而不是後代乾嘉學者那種對考據學、文章學和文獻學的專門研究。從實際情況來看，顧炎武是反對那些以文章和學究為能事的做法的，指出：「君子之為學，以明道也，以救世也。徒以詩文而已，所謂雕蟲篆刻，亦何益哉！某自五十以後，篤志經史，其於音學深有所得。……有王者起，將以見諸行事，以濟斯世於治古之隆。」〔註69〕又引陳半山《談叢》中王安石的話說：「本欲學究變秀才，不謂變秀才為學究也。」〔註70〕足見顧炎武經世致用的實學精神與入清以後「求理於經」及「樸學」思潮之間的淵源和差異。

在中國學術史和思想史上，明末清初與春秋戰國時期一樣，無疑是一個百家爭鳴、百花齊放的黃金時代。顧炎武即是在這一時代催生出的眾多思想家中名聲最大的，他學有根柢，目光敏銳，思考精深，且能以身實踐，學以致用。在八股文批評領域，顧氏提倡以溯本求源、直追本經的八股文認知意識，去恢復八股文載道經世的本初功能。在「經學即理學」的立場下，主張通過以音韻、文字等實學途徑，去反覆強調學有根底、言有所指的八股文

〔註68〕顧炎武：《生員論》上，《亭林文集》卷一，《顧亭林詩文集》，中華書局，1959年，第21頁。

〔註69〕顧炎武：《與人書》二十五，《亭林文集》卷四，《顧亭林詩文集》，中華書局，1959年，第98頁。

〔註70〕顧炎武：《日知錄校釋》（上冊）卷十九《經義論策》，嶽麓書社，2011年，第680頁。

創作標準，從而實現能夠通經致用的八股文的「有益」意義。這些對晚明士子長期以來關於八股文創作及批評的積弊無疑有著釐清匡正的作用和影響。

第二節　黃宗羲的八股文批評

黃宗羲（1610～1695），字太沖，號南雷，浙江餘姚人，學者稱為「梨州先生」。黃宗羲與其弟黃宗炎、黃宗會，並負異才，才名聲望盛極一時，有「浙東三黃」之譽。他生於「天崩地解」的時代，早年參加過反對閹黨的鬥爭，明亡以後又積極投身武裝抗清鬥爭。清朝建立後，黃宗羲堅持不仕新朝，以遺民自居，終身講學著述，學術成果極為豐富，有《明儒學案》六十二卷、《宋元學案》一百卷、《明夷待訪錄》一卷和《南雷文集》十卷等著作傳世。

在明末清初八股文批評史上，黃宗羲以其對理學、經學等學術思想的批評整合和編選《明文海》而享譽後世。從洪武時期涉及《四書》《易》《書》《詩》《春秋》《禮記》，到永樂之後以程朱《四書五經性理大全》為主的科舉考試內容看，有明一代於理學統攝下的學術環境，其內核依然是儒家經學。而明代士人學子在對待理學和經學的態度上，在前、中、後期卻截然不同，黃宗羲通過《明文海》的編纂展現了這一歷史進程。作為有明一代的散文總集，它凡四百八十卷，收錄作者近千人，涉及明代政治、經濟、文化、武備、社會風俗等多方面內容。《明文海》對科舉制度和八股文批評予以了足夠的關注，選錄了大量與科舉制度、應試學子和八股文相關的序文，並在選文中特設「時文」類目，將八股文納入文學批評的視域，使其首次進入斷代文學總集之列，對後世八股文批評及各種八股文選的編著產生了深遠的影響。《明文海》還通過選錄風格各異、形式不一的八股範文和褒貶兼有的批評序跋，也在一定程度上體現了黃宗羲本人有科舉制度和八股文批評等相關問題上的看法。

一、根柢理學，淹貫百家，導向實學

黃宗羲出生於書香門第，仕宦世家。其父黃尊素（1584～1626），字真長，號白安，萬曆四十四年進士，官御史，為人剛正不阿，與顧憲成、趙南星友善，係東林黨人。後上疏論事，力陳時政十失，於天啟六年被閹黨迫害致死。受乃父家風的影響，黃宗羲早年便對黑暗的政治深惡痛絕，積極投身到對抗

閹黨的鬥爭之中，表現出濃烈的用世熱情。在為父報仇之後，黃宗羲返回浙江老家，從父遺命就學於著名的浙東大儒劉宗周，開始勤勉地學習經史和理學，以科舉入仕為期。劉宗周（1578～1645），字啟東，號念臺，浙江紹興府山陰人，因講學於山陰蕺山，學者稱「蕺山先生」。劉宗周與黃道周並稱兩大儒，陽明心學的殿軍人物，是晚明以程朱理學修正陸王心學的代表人物，其理學思想主旨在「慎獨」和「敬誠」，既強調道德修養，也注重道德實踐。因此，追隨劉宗周求學的黃宗羲，其學問根柢亦在理學。然而就事實情況來看，青年時期的黃宗羲，似乎並非有志於對理學核心的心性之學有所建樹，反而更多的是以理學為門徑，志在科舉，躋身仕途。黃宗羲對此也曾直言不諱：「余學於子劉子，其時志在科舉，不能有得，聊備蕺山門人之一數耳。」〔註71〕「某幼離黨禍，廢書者五年。二十一歲，始學為科舉，思欲以章句揚於當時，委棄方幅典誥之書而不視。」〔註72〕

有明一代的學者，在對待理學的態度上分歧較大，將理學奉為圭臬的有之，視作批判對象的有之，當成進身之階的亦有之。以劉宗周為例，黃宗羲認為劉氏的理學思想前後共有三次大的變化：「始而疑、中而信、終而辯難不遺餘力。」〔註73〕劉宗周一派為學隸屬王學宗傳，雖然是理學框架下的「教外別傳」，但其思想已有明顯的反理學色彩。如在本體論方面，劉宗周極力反對理學家將理、氣分離的觀點，主張氣一元論，認為「盈天地間一氣而已矣」。〔註74〕在認識論方面，劉宗周又極力反對理學家將「理」視作脫離實際的形而上存在，主張良知不離聞見，認為「良知與聞見之知，總是一知。良知何嘗離得聞見，聞見何嘗遺得心靈？」〔註75〕劉宗周在接受王學的同時，也對王學有過反覆辯難，如駁陽明天泉四句教曰：「如心體果是無善無惡，則有善有惡之意，又從何而來？知善知惡之知，又從何處起？為善去惡之功，又從何

〔註71〕黃宗羲：《南雷詩文集（上）·序類·惲仲昇文集序》，《黃宗羲全集》第十冊，浙江古籍出版社，2005 年，第 4 頁。

〔註72〕黃宗羲：《南雷詩文集（上）·書類·與陳介眉庶常書》，《黃宗羲全集》第十冊，第 167 頁。

〔註73〕黃宗羲：《子劉子行狀（下）》，《黃宗羲全集》第一冊，浙江古籍出版社，2005 年，第 254 頁。

〔註74〕劉宗周：《語類九·原旨·原性》，《劉宗周全集》第二冊，浙江古籍出版社，2005 年，第 280 頁。

〔註75〕黃宗羲：《明儒學案·蕺山學案·語錄》，《黃宗羲全集》第八冊，浙江古籍出版社，2005 年，第 914 頁。

處用？無乃語語絕流斷港乎？」〔註76〕最後，劉宗周在肯定「本程朱之說而求之」的王學的基礎上，又以理學家的「慎獨」和「敬誠」作為研學、入德、立命的不二法門，則完全可以視為對明末逐步走向危機的王學進行的補偏救弊。作為劉宗周的弟子，黃宗羲秉其師承，並結合自身多年科舉應試的實踐經驗後，逐漸對理學形成了自己的認識和思考。

　　大體來說，黃宗羲的理學思想是以綜合經史百家之長為表徵的。他在《明儒學案》的開篇就認定朱子之學和陽明之學皆重「慎獨」與「敬誠」，如其有言曰：「二先生所最吃緊處，皆不越慎獨一關，則所謂因明至誠，以進於聖人之道，一也。」〔註77〕他認為陽明的「致良知」是得孔孟學脈之真傳，是「自孔孟以來，未有若此之深切著明者也。」〔註78〕這種認識和理解，調和了明末理學與心學的對立態勢，從學術源流上將王學重新納入到理學的體系之下，在一定程度上消弭了當時人們在學術思想上的門戶之見。於此之後，黃氏又進一步強調，學術思想不應該固守一家成說，而是應該綜合經史百家之長。他說：「學術之不同，正以見道體之無盡也。奈何今之君子，必欲出於一途，剿其成說，以衡量古今，稍有異同，即詆之為離經畔道，時風眾勢，不免為黃茅白葦之歸耳。」〔註79〕當然，黃宗羲眼中的百家之學並非對舊學的堆砌和羅列，而是在理學的統籌下，淹貫百家之長，最後得出真正「用得著的」自得之學。他說：「從來理學之書，前有周海門《聖學宗傳》，近有孫鍾元《理學宗傳》，諸儒之說頗備。……學問之道，以各人自用得著為真。凡倚門傍戶，依樣葫蘆者，非流俗之士，則經生之業也。此編所列，有一偏之見，有相反之論。學者於其不同處，正宜著眼理會，所謂一本而萬殊也。」〔註80〕可以說，六十二卷《明儒學案》中體現出來的為學宗旨和學術態度，既是黃宗羲對其師劉宗周王學宗傳的繼承，又是對明末清初理學的發明與創見，也是對當時

〔註76〕黃宗羲：《子劉子行狀（下）》，《黃宗羲全集》第一冊，浙江古籍出版社，2005年，第 254 頁。

〔註77〕黃宗羲：《明儒學案・師說・王守仁陽明》，《黃宗羲全集》第七冊，浙江古籍出版社，2005 年，第 15 頁。

〔註78〕黃宗羲：《明儒學案・師說・王守仁陽明》，《黃宗羲全集》第七冊，浙江古籍出版社，2005 年，第 14 頁。

〔註79〕黃宗羲：《南雷詩文集（上）・序類・明儒學案序（改本）》，《黃宗羲全集》第十冊，第 79 頁。

〔註80〕黃宗羲：《明儒學案・發凡》，《黃宗羲全集》第七冊，浙江古籍出版社，2005年，第 5 頁。

文人默守陳規、因襲舊說的強力批判。

　　黃宗羲對理學的繼承與發明，以「各人自用得著」為落腳點，這又是一種實學的導向。從現實來看，黃宗羲受家學和師門的影響，秉承東林遺緒，注重以實學倡導實踐，強調「致良知」即付諸行動的思想，對封建專制制度諸如政治、經濟、文教等都有獨到的認識，他的思想在當時已極具啟蒙意義。同時，黃宗羲本人又淹貫經史百家、精通天文曆算，長於《易》理，論學注重事實和依據，能關注歷史和現實中的問題，故而也是明末清初博學多才的學問家。但即便如此，黃氏依然沒有在科舉之路上獲得成功。究其原因，清人江藩認為：「有明三百年，四方秀艾困於帖括，以講章為經學，以類書為博聞，長夜悠悠，視天夢夢，可悲也夫。在當時豈無明達之人、志識之士哉？然皆滯於所習，以求富貴，此所以儒罕通人，學多鄙俗也。」〔註 81〕由此觀之，黃宗羲的理學思想和實學導向之於當時「以講章為經學」的場屋風氣而言，顯得尤為不適。

　　黃宗羲生於明末亂世，強烈的時代危機感和責任感使他迫切地想要成為具有真才實學、能夠經世致用的有用之士。在他看來，科舉考試，就是為國選賢。選賢的標準，就是能夠通經致用。「學者必先窮經，經術所以經世，乃不為愚儒。」〔註 82〕然而當時的場屋風氣卻是「襲語錄之糟粕，不以《六經》為根柢，束書不讀，但從事於遊談。」〔註 83〕應試之人無視對經學元典的研究，反以坊刻時文為習模對象，一味地以章句而解章句，「尋行數墨，以附會一先生之言」，以致「聖經賢傳皆是糊心之具。」〔註 84〕對此，黃宗羲深感「舉業盛而聖學亡。」〔註 85〕但時風所至，黃宗羲自身亦難避免。在經歷了青年時期「學為科舉，思欲以章句揚於當時，委棄方幅典誥之書而不視」〔註 86〕的階段後，黃宗羲從親身經歷中體認到「聖學亡」的根源，在於「士之不學，

〔註81〕江藩：《國朝漢學師承記》，中華書局，1983 年，第 4 頁。

〔註82〕江藩：《國朝漢學師承記》卷八《黃宗羲》，第 123 頁。

〔註83〕江藩：《國朝漢學師承記》卷八《黃宗羲》，第 123 頁。

〔註84〕黃宗羲：《南雷詩文集（上）·序類·陳叔大四書述序》，《黃宗羲全集》第十冊，第 44 頁。

〔註85〕黃宗羲：《南雷詩文集（上）·序類·惲仲昇文集序》，《黃宗羲全集》第十冊，第 4 頁。

〔註86〕黃宗羲：《南雷詩文集（上）·書類·與陳介眉庶常書》，《黃宗羲全集》第十冊，第 167 頁。

由專工於時藝也；時藝之不工，由專讀於時文也。」〔註87〕為了扭轉「士之不學」的風氣，他振臂疾呼：「歎有明之文，莫盛於國初。……國初之盛，當大亂之後，士皆無意於功名，埋身讀書，而光芒卒不可掩。」〔註88〕呼籲當下士人學子要跳出專習時文的窠臼，消除功利性的應試心理，回歸到明初科舉所提倡的博覽群書、通經窮理、以經學為思想本位和批評標準的立場上。

在明初，科舉考試依然沿用的是宋代以經義取士的方式，據《(明)太祖實錄》記載：

> 洪武三年八月，京師及各行省開鄉試。初場《四書》疑問，本經義及《四書》義各一道。第二場，論一道。第三場，策一道。中式者，後十日復以五事試之，曰，騎、射、書、算、律。騎，觀其馳驅便捷。射，觀其中之多寡。書，通於六義。算，通於九法。律，觀其決斷。詔文有曰：「朕特設科舉，以起懷才抱德之士，務在經明行修，博通古今，文質得中，名實相稱。其中選者，朕將親策於廷，觀其學識，第其高下，而任之以官。果有材學出眾者，待以顯擢。使中行文武皆由科舉而選，非科舉，毋得與官。敢有遊食奔競之徒，坐以重罪，以稱朕責實求賢之意。」〔註89〕

它以理學為根基，以經史為內容，以實學為落實，考核內容既重視士人的學問涵養，也重視他們的道德水準、政事水平和武略能力。黃宗羲認為，明初的科舉之所以能夠選拔出真才實學和實乾興邦的有用之士，正是得益於統治者對士人學子「經明行修」「博通古今」的選才要求。故而「嘉、隆以前之士子，皆根柢經史，時文號為最盛。」〔註90〕同樣，與黃宗羲同時代的顧炎武也對明初的考試內容和形式尤為認同和激賞，贊其「真所謂求實用之士者矣。」〔註91〕

〔註87〕黃宗羲：《南雷詩文集（上）·序類·馮留仙先生詩經時藝序》，《黃宗羲全集》第十冊，第42頁。

〔註88〕黃宗羲：《南雷詩文集（上）·序類·明文案序上》，《黃宗羲全集》第十冊，第18頁。

〔註89〕顧炎武：《日知錄校釋》（上冊）卷一九《經義論策》引《太祖實錄》，嶽麓書社，2011年，第681頁。

〔註90〕黃宗羲：《南雷詩文集（上）·序類·馮留仙先生詩經時藝序》，《黃宗羲全集》第十冊，第42頁。

〔註91〕顧炎武《經義論策》，《日知錄校釋》（上冊）卷十九，嶽麓書社，2011年，第681頁。

在黃宗羲看來，晚明的科舉考試已完全悖離了明太祖設科取士的初衷，他說：

> 儒者之學，經天緯地。而後世乃以《語錄》為究竟，僅附答問一二條於伊、洛門下，便廁身儒者之列，假其名以欺世。治財賦者則目為聚斂，開闔捍邊者則目為粗材，讀書作文者則目為玩物喪志，留心政事者則目為俗吏，徒以「生民立極、天地立心、萬世開太平」之闊論鈐束天下。一旦有大夫之憂，當報國之日，則蒙然張口，如坐雲霧。世道以是潦倒泥腐，遂使尚論者以為立功建業別是法門，而非儒者之所與也。〔註92〕

即便明朝的滅亡不能完全歸咎於學風的敗壞，但由於經學和理學強調的經世致用被功利的應試功能所淹沒，專習記誦時文、持守一家章句反而成為了治經治學的唯一內容，卻確實促成了當時科場內外不講現實功用的空疏學風。於是，黃宗羲嚴厲地批評了那些競相奔走科舉，以自守章句為能事的士人學子，「蠑蠑章句，錮人性命；視一科名，以為究竟。正如海師，針經錯亂；妄認魚背，指曰洲岸。」〔註93〕因此，他特別強調經史實學和百家之學在科舉取士中的重要性，指出：「取近代理明義精之學，用漢儒博物考古之功，加之湛思，直欲另為傳注，不墮制舉方域也。」〔註94〕他認為八股文即是揚明義理，而揚明義理，既取用兼採漢宋博古之學、并取通經致用之法。「士生千載之下，不能會眾以合一，山谷而之川，川以達於海，猶可謂之窮經乎？自科舉之學興，以一先生之言為標準，毫秒摘抉，於其所不必疑者而疑之；而大經之法，反置之不道。童習自守，等於面牆。聖經興廢，上關天道，然由今之道，不可不謂之廢也。」〔註95〕在他看來，應試士子僅僅有兼採漢宋、以經為理的傳注的學養學殖還不夠，更要有淹貫經史百家之學、以成會眾合一之功的真知灼見。顯然，這種通經、窮經的提倡是帶有濃厚的經世致用的實學色彩的。

〔註92〕黃宗羲：《南雷詩文集（上）·碑誌類類·贈編修弁玉吳君墓誌銘》，《黃宗羲全集》第十冊，第433頁。

〔註93〕黃宗羲：《南雷詩文集（上）·碑誌類類·進士心友張君墓誌銘》，《黃宗羲全集》第十冊，第398頁。

〔註94〕黃宗羲：《南雷詩文集（上）·碑誌類類·陸文虎先生墓誌銘》，《黃宗羲全集》第十冊，第349頁。

〔註95〕黃宗羲：《南雷詩文集（上）·碑誌類類·萬充宗墓誌銘》，《黃宗羲全集》第十冊，第417頁。

二、科舉，時文與古文

　　雖然黃宗羲對晚明的科舉考試深惡痛絕，並多次發出「科舉盛而聖學亡」、「科舉盛而學術衰」、「制科盛而人才絀」〔註96〕、「科舉抄撮之學，陷溺人心」〔註97〕、「自科舉之學盛，而史學遂廢」〔註98〕等激烈的言辭。但他批判的並非科舉取士制度的合理性，而是破壞天下人才的「今日科舉之法」：「今日科舉之法，所以破壞天下之人才，唯恐不力。經、史，才之藪澤也，片語不得攙入，限以一先生之言，非是則為離經畔道，而古今之書，無所用之。言之合於道者，一言不為不足，千言不為有餘，限之以七義，徒欲以荒速困之，不使其才得見也。……以取士而錮士，未有甚於今日者也。」〔註99〕在黃宗羲看來，「今日科舉之法」有兩大弊端，一曰無視經史，二曰限定成說。於是，黃宗羲以淹貫百家為出發點，以經世致用為落實處，對士人學子認識、寫作八股文，提出了一系列的具體要求，並指明其努力的方向。

　　先說批評「無視經史」，主張以經史為根柢。八股文雖然是科舉考試的應試文體，但士人學了必須對其保持清醒的認識，堅持八股文創作應根於埋學、本於經學、取法史學，不能懷有功名速成之心，以時文樣式來看待、創作八股文。黃宗羲指出：「昔之為詩者，一生經、史、子、集之學，盡注於詩。夫經、史、子、集，何與於詩？然必如此而後工。時文亦然，今顧以時文為師，經、史、子、集，一切溝為楚漢，且並諸儒之理學，視之為塗毒鼓聲。」〔註100〕他認為八股文是散文的一種變體，二者都屬於文學的範疇，彼此關聯密不可分。並舉例證：「昔之為時文者，莫不假道於《左》《史》《語》《策》《性理》《通鑒》，既已搬涉運劑於比偶之間，其餘力所沾溉，雖不足以希作者，而出言尚有根柢，其古文固時文之餘也。」〔註101〕所謂「昔之為時文者」究竟指

〔註96〕黃宗羲：《南雷詩文集（上）·碑誌類類·陳夔獻墓誌銘》，《黃宗羲全集》第十冊，第452頁。
〔註97〕黃宗羲：《南雷詩文集（上）·序類·姚江詩序》，《黃宗羲全集》第十冊，第11頁。
〔註98〕黃宗羲：《南雷詩文集（上）·序類·補歷代史表序》，《黃宗羲全集》第十冊，第80頁。
〔註99〕黃宗羲：《南雷詩文集（上）·碑誌類類·蔣萬為墓誌銘》，《黃宗羲全集》第十冊，第493頁。
〔註100〕黃宗羲：《南雷詩文集（上）·序類·馬虞卿制義序》，《黃宗羲全集》第十冊，第74頁。
〔註101〕黃宗羲：《南雷詩文集（上）·序類·李杲堂文鈔序》，《黃宗羲全集》第十冊，第27頁。

誰，黃宗羲在這裡沒有明說，但從黃氏其他形諸文字的顯性文論和編錄選文的隱性文論中，可以獲悉此處是指以提倡和實踐「以古文為時文」聞名的歸有光。在《明文案序上》中，黃宗羲提出了「明文三盛」的觀點：「而歎明之文莫盛於國初，再盛於嘉靖，三盛於崇禎。國初之盛，當大亂之後，士皆無意於功名，埋身讀書，而光芒卒不可掩；嘉靖之盛，二三君子振起於時風眾勢之中，而鉅子嘵嘵之口舌，適足以為其華陰之赤土；崇禎之盛，王、李之珠盤已墜，郐、莒不朝，士之通經學古者耳目無所障蔽，反得以理既往之緒言。」〔註102〕嘉靖年間，唐順之、王慎中、歸有光等人不為前後七子時風和科舉功名眾勢所拘，標榜唐宋古文傳統，對文壇有振衰起敝的作用。對於歸有光的散文，黃宗羲曾給予了較高的評價：「震川之文，一往情深，故於冷淡之中，自然轉折無窮，一味夐兀雄健之氣，都無所用也。其言為文，以《六經》為根本，遷、固、歐、曾為波瀾。聖人復起，不易斯言。」〔註103〕此外，《明文海》收錄了歸文23篇，《明文授讀》收錄了歸文11篇，其比重雖不及明初的宋濂和方孝孺，但也大大地超過了李夢陽、何景明、王世貞、李攀龍、袁宏道、袁中道、袁宗道、鍾惺、譚元春等一時的名家作者。黃宗羲將歸有光作為明文「再盛」的表率，在明文選本的收錄實踐中，又廣收歸文，足見對其評價贊許之意。

在黃宗羲看來，歸有光的古文成就和八股文成就是一脈相承的，都是根於理學、本於經學、取法史學，不以時文樣式為痼習，如歸有光在《山舍示學者書》中說：「第今所學者雖曰舉業，而所讀者即聖人之書，所稱述者即聖人之道，所推衍論綴者即聖人之緒言，無非所以明修身、齊家、治國、平天下之事，而出於吾心之理。」〔註104〕這種堅持通經學古，實踐以古文為時文的主張，與黃宗羲強調八股文創作須有窮經、會眾合一的思想頗為一致。「文必本之《六經》，始有根本。唯劉向、曾鞏多引經語，至於韓、歐，融聖人之意而出之，不必用經，自然經術之文也。」〔註105〕

〔註102〕黃宗羲：《南雷詩文集（上）・序類・明文案序上》，《黃宗羲全集》第十冊，第 18 頁。

〔註103〕黃宗羲：《明文授讀評語匯輯》，《黃宗羲全集》第十一冊，第 114 頁。

〔註104〕歸有光：《震川先生集》卷七《山舍示學者書》，上海古籍出版社，2007 年，第 151 頁。

〔註105〕黃宗羲：《南雷詩文集（上）・雜文類・論文管見》，《黃宗羲全集》第十冊，第 669 頁。

　　然而，士人學子一旦將古文與八股文的聯繫割裂，以功利之心將八股文作為應試速成之物，視其為專門學習記誦的對象，則勢必會釀成「科舉盛而學術衰」和「人物多憔悴」的時代悲劇。對此，黃宗羲在推許歸有光的同時，又指出歸有光在場屋風氣下亦不能免染時文的陋習，他說：「議者以震川為明文第一，似矣。試除去其敘事之合作，時文境界，間或闌入，求之韓、歐集中，無是也。此無他，三百年人士之精神專注於場屋之業，割其餘以為古文，其不能盡如前代之盛者，無足怪也。」〔註106〕歸有光的古文與時文，文法嚴密、互為表裏。但其後學為求八股文速成，將他貢若神明，競相摹擬，甚至將他奉為「明文第一」。黃宗羲對此種現象更是大加撻伐：「近時文章家，共推歸震川為第一，已非定論，不過以其當王、李之波決瀾倒，為中流之一壺耳。然震川之所以見重於世者，以其得史遷之神也。……顧今之學震川者，不得其神，而求之於枯淡。夫春光之被於草木也，在其風煙縹緲之中，翠豔欲流，無跡可尋，而乃執陳根枯乾，以覓春光，不亦悖乎？……今日時文之士，主於先入，改頭換面而為古文，競為摹仿之學，而震川一派遂為黃茅白葦矣。古文之道，不又絕哉！」〔註107〕他認為歸有光的功績，並不是創制一種時文範式，供後人摹擬沿襲。而是在「文必秦漢，詩必盛唐」之風盛行時，能夠不為摹擬的時風所動，對文學創作保持了清醒的認識，故得司馬遷《史記》之風神。黃宗羲正是通過對歸有光的客觀評述，向人們闡釋了自己對古文與時文關係的認識，主張士人學子回歸「以古文為時文」的創作正途。

　　其次，批評「限定成說」，提倡殊途百慮。八股文創作的基本要求是「代聖賢立言」，出題的範圍圈定在《四書》《五經》和《性理大全》中，文章格式由由破題、承題、起講、入題、起股、中股、後股、束股八個部分組成。以歷史主義的立場看，八股文既重立意，又重文法，對應試者的學殖涵養和文學水平都有極高的要求。明代早期的應試者，往往注重個人學問的訓練，故而能夠做到通經窮理。當然，這也與刊刻時文範本的坊間風氣尚未形成不無關係。但是到了晚明以後，文壇風氣發生了改變。黃宗羲說：「自科舉之學盛，不復知有書矣。六經、子、史，亦以為冬花之桃李，不適於用。先儒謂傳注之

〔註106〕黃宗羲：《南雷詩文集（上）・序類・明文案序上》，《黃宗羲全集》第十冊，
　　　　　第 18 頁。
〔註107〕黃宗羲：《南雷詩文集（上）・序類・鄭禹梅刻稿序》，《黃宗羲全集》第十冊，
　　　　　第 66 頁。

學興，蔓詞衍說，為經之害，愈降愈下。傳注再變而為時文，數百年億萬人之心思耳目，俱用於揣摩剿襲之中，空華腐臭。」〔註108〕由於明代官方對科舉做出了許多規範和界定，加之學術思想領域門戶之見流行，致使在注經、評史、論人等方面都有了「一定之說」。而此時，書坊刊刻八股文的選本又在市面上汗牛充棟。於是，應試者不必再去花費數十年潛心經史的水磨工夫，只用記誦一些時文套路和範式，去迎合那些「一定之說」，就能夠輕易地完成了一篇中規中矩的八股文。

如此種種亂象，顯然背離了明初統治者創制八股文、推行八股取士、鼓勵經明行修、博通古今的初衷。有著科舉經歷的黃宗羲對此甚是深惡痛絕，他說：

> 舉業盛而聖學亡。舉業之士，亦知其非聖學也，第以仕宦之途寄跡焉爾。而世之庸妄者，遂執其成說，以裁量古今之學術，有一語不與之相合，愕眙而視曰：「此離經也，此背訓也。」於是六經傳注，歷代之治亂，人物之臧否，莫不有一定之說。此一定之說，皆膚論瞽言，未嘗深求其故，取證於心，其書數卷可盡也，其學終朝可畢也。〔註109〕

> 學術之不同，正以見道體之無盡也。奈何今之君子，必欲出於一途，剿其成說，以衡量古今，稍有異同，即詆之為離經畔道，時風眾勢，不免為黃茅百葦之歸耳。〔註110〕

在他看來，科場亂象的根源，是對注經、評史、論人的「一定之說。」朱熹對《四書》進行章句注疏的工作，為八股文創作樹立了「天下之準繩」，後世學者只要據朱注成說，身體力行，便是通往聖學的正途大道。這固然是功德無量的。但隨著時代和社會的發展，人們專習時文選本的熱情空前高漲，大有取經史而代之的勢頭，逐漸滋生出對成說和準繩的迷信心理。固守成說，勢必導致學術的僵化，使人寡於自得。治學不求其故，不證於己，又勢必導致思想的空疏，使聖學消亡。於是，黃宗羲主張八股文創作應打破思想成說

〔註108〕黃宗羲：《南雷詩文集（上）‧記類‧傳是樓藏書記》，《黃宗羲全集》第十冊，第136頁。

〔註109〕黃宗羲：《南雷詩文集（上）‧序類‧惲仲昇文集序》，《黃宗羲全集》第十冊，第4頁。

〔註110〕黃宗羲：《南雷詩文集（上）‧序類‧明儒學案序（改本）》，《黃宗羲全集》第十冊，第79頁。

和批評準繩，回歸程朱理學「道非一家之私」和「學續殊途百慮」的本意。在八股文創作中，雖然尊崇理學、恪守朱注的創作原則人所共識，但尊理學和守朱注，並非對章句語錄和朱注成說的記誦與復述，而是繼承發揚程、朱等人的學術思想和治學態度。黃宗羲認為，理學的教義在於使人能夠深思而自得，即所謂「朱子之教欲使人深思而自得之也。」〔註111〕深思，要求應試者學有根柢；自得，要求應試者打破成說。因此，作為引申聖言、尊朱揚義的八股文，絕不是將學術思想壟斷為「一家之私」，而是在通經窮理之後，能夠淹貫百家，使其殊途同歸。「昔明道泛濫於諸家，出入於老、釋者幾十年，而後反求諸六經。考亭於釋、老之學，亦必究其歸趣，訂其是非，自來求道之士，未有不然者。蓋道非一家之私，聖賢之血路散殊於百家。」〔註112〕

　　需要注意的是，黃宗羲強調的打破成說與王學末流的反理學不同，他對理學的態度不是全盤否定，而是接受改良。八股文創作到了晚明，受天下之準繩、一定之成說的影響，已然使其表現出滿紙陳言、言之不文。黃宗羲在折衷融合理學思想和心學體系的合理成分後，對「一定之說」予以了深刻地批判，認為成說就是陳言，「所謂『陳言』，每一題，必有庸人思路共集之處，纏繞筆端，剝去一層，方有至理可言。」〔註113〕那麼如何才能做到「陳言務去」呢？黃宗羲認為必須「熟讀三史八家，將平日一副家當，盡行籍沒，重新積聚，竹頭木屑，常談委事，無不有來歷，而後方可下筆。」〔註114〕誠然，明代的八股取士因對士人學子有著思想上的禁錮和束縛而為人唾棄，但客觀來說，那些晚明奔走於科舉場屋之間、記誦章句文法語錄、懷著功名功利之心的應試者，又何嘗不是心甘情願受其「束縛」和「禁錮」呢？「今之為時文者，無不望其速成，其肯枉費時日於載籍乎？」〔註115〕顯然，八股文的一系列弊端反而促成了晚明應試者在科舉之途上的投機心理。於是，他們「以時

〔註111〕黃宗羲：《南雷詩文集（上）・序類・惲仲昇文集序》，《黃宗羲全集》第十冊，第 4 頁。

〔註112〕黃宗羲：《南雷詩文集（上）・碑誌類・清溪錢先生墓誌銘》，《黃宗羲全集》第十冊，第 351 頁。

〔註113〕黃宗羲：《南雷詩文集（上）・雜文類・論文管見》，《黃宗羲全集》第十冊，第 668 頁。

〔註114〕黃宗羲：《南雷詩文集（上）・雜文類・論文管見》，《黃宗羲全集》第十冊，第 668 頁。

〔註115〕黃宗羲：《南雷詩文集（上）・序類・李杲堂文鈔序》，《黃宗羲全集》第十冊，第 27 頁。

文為牆壁,驟而學步古文,胸中茫無所主,勢必以偷竊為工夫,浮詞為堂奧,蓋時文之力不足以及之也。」〔註116〕畢竟,有著現成的程式規範、句式模板和一成不變的立意套路,八股文的創作對其而言是容易的。而黃宗羲所提倡的熟讀三史八家而後方可下筆的創作要求,對其而言則是尤為不易的。

三、時文觀點與《明文海》的編選

黃宗羲視八股文為古文之一種,在《明文海》中特設「時文」一欄,將其納入到文學的範疇之中進行觀照與批評,對後世八股文批評及各種八股文選的編著產生了深遠的影響。

首先,黃宗羲的八股文批評觀點與其文論思想保持了一致。他在《李杲堂先生墓誌銘》中說:「文之美惡,視道合離;文以載道,猶為二之。聚之以學,經史子集。行之以法,章句呼吸。無情之辭,外強中乾。其神不傳,優孟衣冠。五者不備,不可為文。」〔註117〕道、學、法、情、神,是文學創作與批評的五項要素。道,即立意、主旨,代表了文章的思想性。關於文、道關係的解讀,在黃宗羲之前不乏大家名家之論,如唐代韓愈的「文以明道」、柳宗元的「文以貫道」,宋代周敦頤的「文以載道」等等。值得一提的是,自宋代開始,程朱理學將文與道二者分離割裂開來,認為「文」是明「道」的工具。如果「文」不能承載道義、彰顯義理,只在作「文」上下工夫,再華麗的語言也是無用的徒言,於是就形成了「作文害道」的意識。這種意識傳續到了明代,受「一定之說」和「一先生之言」的影響,「道」的境界和內涵都被圈定為語錄和陳言。於是,科舉考試成為「抄撮之學」,應試者在創作八股文時將鋪衍虛空的「道」的工拙技巧視作當務之急,「誰復以此不急之務,交相勸勉」,對經世致用、揚榷大義的具有思想性的文章更是不屑一顧了。因此,黃宗羲特別強調,評判文章優劣的標準,應該以能夠載道致用、具有實際思想為主,他先說:「大凡古文傳世,主於載道,而不在區區之工拙。」〔註118〕文章的功能固然是要載道的,但此處的「道」,不是那些

〔註116〕 黃宗羲:《南雷詩文集(上)‧序類‧李杲堂文鈔序》,《黃宗羲全集》第十冊,第 27 頁。

〔註117〕 黃宗羲:《南雷詩文集(上)‧碑誌類‧李杲堂先生墓誌銘》,《黃宗羲全集》第十冊,第 412 頁。

〔註118〕 黃宗羲:《南雷詩文集(上)‧書類‧與李杲堂陳介眉書》,《黃宗羲全集》第十冊,第 161 頁。

狹隘的「一定之說」和「一先生之言」，而是具有更為深廣的內涵，「道一而已，修於身則為道德，形於言則為藝文，見於用則為事功名節。」〔註119〕道不是一個空懸高掛的命題和概念，它有著多樣且具體的存在方式，即道德、藝文和事功名節。換言之，載道之文，也就不僅僅是計較工拙等寫作技巧的文字，還包含彰顯道德修養和體現實際作用等內容。基於這樣的認識和思考，黃宗羲認為，八股文創作的思想性，是文章的靈魂和核心，統領著其餘四個要素。

既然八股文寫得好不好，首先要以思想性的高低來審視，那麼如何才能擁有認識絕倫、切實致用的思想呢？黃宗羲給出的答案是依靠士人學子長期勤勉的學問積累，這也是他八股文批評中的第二個要素——學。學，即學力、學識。黃宗羲認為，當時八股文創作之所以腐臭濫俗，是因為應試者的學力不足和學識不夠造成的。學力不足、學識不夠，又體現在他們對經史、理學的學習方法的錯誤上。他說：「夫窮經者，窮其理也。世人之窮經，守一先生之言，未嘗會通以理，則所窮者一先生之言耳。」〔註120〕因此，黃宗羲強調，在學力上痛下工夫是八股文創作的根基，只有知識儲備量提升了，學力充足，才能夠有足夠的學識去揚榷真正的先儒之理。於是，他主張「文必本六經，始有根本」〔註121〕的學力訓養，以博學苦讀的學習方法，在理解各家學術思想的基礎上，做到融會貫通，進而積思自悟，發先儒之所未發。「每講一經，必盡搜郡中藏書之家，先儒注說數十種，參伍而觀，以自然的當不可移者為主，而又積思自悟，發先儒之所未發者。」〔註122〕唯有如此，才能破除當前的八股流弊，創作出「春容典雅，辭氣平和，無訓詁餖飣之習」〔註123〕的八股文來。

有了思想立意和學力學識之後，應試者就具備了創作八股文的基本條件。八股文從名稱上即可看出，它最大的特點就是有著獨特的體式框架——八股。

〔註119〕黃宗羲：《南雷詩文集（上）·記類·重修餘姚縣學記》，《黃宗羲全集》第十冊，第134頁。
〔註120〕黃宗羲：《明儒學案·諸儒學案中六》，《黃宗羲全集》第八冊，第545頁。
〔註121〕黃宗羲：《南雷詩文集（上）·雜文類·論文管見》，《黃宗羲全集》第十冊，第669頁。
〔註122〕黃宗羲：《南雷詩文集（上）·序類·陳鑾獻偶刻詩文序》，《黃宗羲全集》第十冊，第30頁。
〔註123〕黃宗羲：《南雷詩文集（上）·序類·陳鑾獻偶刻詩文序》，《黃宗羲全集》第十冊，第30頁。

因此，黃宗羲在對八股文的文本進行批評時，繼「道」、「學」之後，接著提出了「法」。法，即文法、章法，代表了文章的結構性和程式性。在黃宗羲看來，優秀的八股文要有法度。他說：

> 作文雖不貴模仿，然要使古今體式，無不備於胸中，始不為大題目所壓倒。有如女紅之花樣，成都之錦自與三村之越異其機軸。今人見歐、曾一二轉折，自詫能文。余嘗見小兒搏泥為銑，擊之石上，鏗然有聲，泥多者聲宏。若以一丸為之，縱使能響，其聲幾何？此古人所以讀萬卷也。〔註124〕

對文法和章法的學習，他反對當時學習時文範式、苦練章句結構的風氣，主張從典範文章中學其精神。他還說：「昔人所以上下於千古者，用以自治其性情，非用以取法於章句也。」〔註125〕由此可見，黃宗羲對文法的強調，是為其強調學力、學識的張本與延伸，其目的是為了將學力和學識，導向於真性情的流露和展現。

情，即性情、情感，代表了文章的主體意識。黃宗羲視八股文為古文之一體，同屬文學範疇。而世間萬物皆可作假，唯有文學創作不可作假。他說：「自有宇宙以來凡事無不可假，唯文為學力才稟扁成筆才點爐則底裏上露。」〔註126〕文學創作基於個人的學力和學識，內容體現為個人的真情實感，這兩者都是難以虛偽和作假的。他甚至認為，明代的文人雖然在學力、學識上不足以與漢魏唐宋文人並論，但卻能夠憑藉真性真情之文與之並稱。「若以《文案》與四選（《昭明文選》《唐文萃》《宋文鑒》《元文類》）並列，文章之盛，似謂過之。夫其人不能及於前代而其文反能過於前代者，良由不名一轍，唯視其一往深情，從而掘擭之。」〔註127〕在他眼中，天下至文，皆出於至情深情。那麼優秀的八股文又是怎麼產生，怎麼體現至情深情的呢？黃宗羲說：「夫文章，天地之元氣也，元氣之在平時，崑崙磅礴，和聲順氣，發自廊廟。而鬱狹於幽遐，無所見

〔註124〕黃宗羲：《南雷詩文集（上）·雜文類·論文管見》，《黃宗羲全集》第十冊，第668頁。

〔註125〕黃宗羲：《南雷詩文集（上）·序類·姜友棠序》，《黃宗羲全集》第十冊，第93頁。

〔註126〕黃宗羲：《南雷詩文集（上）·序類·鄧禹梅刻稿序》，《黃宗羲全集》第十冊，第65頁。

〔註127〕黃宗羲：《南雷詩文集（上）·序類·明文案序上》，《黃宗羲全集》第十冊，第19頁。

奇；逮夫厄運危時，天地閉塞，元氣鼓蕩而出，擁勇鬱遏，坌憤激訏，而後至文生焉。」〔註128〕他用「元氣」解釋了「性情」，並且將性情之發，即元氣之始，分為「和聲順氣」和「厄運危時」的兩種存在方式。言下之意，即文學創作要真實地反映出承平之時的和順氣象和動盪之時的厄危現實。換言之，八股文的載道功能，就是在社會承平和動盪時體現出實用的價值，使盛世得以延續，使衰世轉危為安。因此，在八股文創作中，黃宗羲強調要把個人命運、性情與時代、國家、民族的治亂興衰相聯繫，言之有物且言有所指。

因為文章出於性情，而每個人的性情又是千差萬別的，所以在八股文創作中，黃宗羲還特別強調應保持鮮活生動的文采風貌，使文章富有才情神韻。「神」，即文采、神韻，代表了文章的藝術性。他說：

> 敘事須有風韻，不可擔板。今人見此，遂以為小說家伎倆。不觀《晉書》《南北史》列傳，每寫一二無關係之事，使其人之精神生動，此頰上三毫也。史遷《伯夷》《孟子》《屈賈》等傳，俱以風韻勝。〔註129〕

在黃宗羲眼中，優秀的八股文亦如優秀的經史之文，總是聲情並茂，能夠以情感人，使人讀之如在目前。結合現實而言，當民族的危機加劇，國家的滅亡來臨時，任何人都無法游離於社會現實之外，故而在這種特殊時期，人的性情最容易被激發。性情一旦被激發，再將其真實地書寫成筆端文字，就必然會形成真切真實的至文。於是，黃宗羲指出：「凡情之至者，其文未有不至者也，則天地間街談巷語、邪許呻吟，無一非文，而游女、田夫、波臣、戍客，無一非文人也。」〔註130〕當這種「文以情至，無人不文」的主張表現在八股文批評上時，既否定了那些固守章句、無情可發的應試者，又拓展了八股文創作中的道德素材，使游女、田夫、波臣、戍客等普通百姓的街談巷語和邪許呻吟得以進入「文」的範疇，這在當時是令人耳目一新的見解。

其次，編選入《明文海》的八股文反映了黃宗羲求新求變的八股文批評

〔註128〕黃宗羲：《南雷詩文集（上）·序類·謝象羽年譜遊錄注序》，《黃宗羲全集》第十冊，第 34 頁。
〔註129〕黃宗羲：《南雷詩文集（上）·雜文類·論文管見》，《黃宗羲全集》第十冊，第 669 頁。
〔註130〕黃宗羲：《南雷詩文集（上）·序類·明文案序上》，《黃宗羲全集》第十冊，第 19 頁。

觀。大體來看，黃宗羲認為八股文的新與變，體現在對其形式、內容與評價三個方面。就形式而言，八股文又被稱為程文，即符合程式規範之文。眾所周知，八股文的格式由由破題、承題、起講、入題、起股、中股、後股、束股八個部分組成。其中，起股、中股、後股、束股，這四大股是八股文的核心。四大股中，每股又各由兩小股使用對偶手法行成文字，組成八個小股。因此，起股、中股、後股、束股又稱為起比、中比、後比、束比，即後世所謂的「四比八股」。但《明文海》中有些八股文卻省略了破題、承題、起講、入題這四個部分，只保留了最核心的起股、中股、後股、束股，故而顯得十分短小，如章世純的《太行程生文序》：

> 天下有無與於兵，而情相召者二。文章太盛，兆於兵端。富侈已
> 極，兆於兵端。今科甲莫多於三吳，而刻核為文章，則幾為舉世之事。
> 向見房選盛行邊方，慮非佳事，不幸億而中。遂愈信所見。〔註131〕

顯然，這不能算作一篇形式合乎要求的八股文，但黃宗羲依然將其編選到《明文海》的時文欄中，足見其對八股文的形式體貌有著較大的包容性。

就內容而言，八股文又稱四書文、經義文，即解說經義之文。與黃宗羲同時代的王夫之曾說：「經義之設，本以揚榷大義，剔髮微言；或且推廣事理，以宣昭實用。小題無當於此數者，斯不足以傳世。」〔註132〕八股文創作要在領會儒家的經典大義的基礎上，去引申聖人之言和聖賢之意，作者更是要以「代聖賢立言」的姿態，用最少的語言去引申本經，從而闡釋儒家經典的微言大義。但《明文海》中有些八股文並不以解說經義為內容，如方應祥的《〈莊尚之北遊草〉引》：

> 文章之道，節度淺深之所至，莫不各憑其廣與澤以為候。澤者
> 精之所茹也。光者神之所迸也。人之生也，四肢百骸，總灌輸於一
> 氣之津潤，以能和柔其骨節，而通理於動息。其群萹懵愴，發揚昭
> 著於空與形之間互相為摩盪，執途之子而問之，至於聖人無以異也。
> 乃其中節度淺深之懸別，極於霄壤而不可算數，所攝受於天地萬物
> 之精神，有至有不至焉耳。故曰：文有可為而不可為。此即世之工

〔註131〕黃宗羲：《明文海·卷三百十二·序一百三·時文·太行程生文序（章世純）》，
　　　　張思齊：《八股文總論八種》，武漢大學出版社，2009 年，第 476 頁。
〔註132〕王夫之：《夕堂永日緒論·外編》四十九，《船山全書》第十五冊，嶽麓書社，
　　　　2011 年，第 867 頁。

於文者未必辨也。〔註133〕

方應祥是明末八股文名家，清代方苞在奉旨編選《欽定四書文·隆萬四書文》時曾錄其八股文甚多。但即便是這樣一位以八股文名世的作者，這篇文章顯然也是不符合八股文解說經義的內容要求的。而黃宗羲同樣把這篇文章選入《明文海》，說明了他對流行於明末的以新奇、遊戲為時文的八股創變之風，也予以了一定程度上的肯定。

就評價方面而言，作為應試文體的八股文，有人對其褒揚肯定，也有人對其批判否定。黃宗羲清醒地認識到，八股文和科舉制度的產生與發展，都有其特定的社會的和歷史的條件。儘管八股文和科舉制度的弊端在當時已為人所共知，但黃宗羲卻以客觀冷靜的目光回顧科舉制度演變的過程，在反思中尋求改良。如他立足於致用，對科舉制度提出了「取士八法」的改革；立足於經義，對八股文提出了「不限於一先生之言」的改革。因此，在對待八股文的評價上，在編著《明文海》時採取了歷史主義的立場，對褒貶兩方面的文章都有所收錄。這種處理方式也與黃宗羲的學術思想彼此吻合，他在編著《明儒學案》時就已言明：「此編之所列，有一偏之見，有相反之論。學者於其不同處，正宜著眼理會，所謂一本而萬殊也。」〔註134〕明代的八股文作者，受時代和生活環境所限，在創作時別無選擇。而《明文海》正是以清醒的歷史意識，保留了一個時代的真實史料，從而令後人能夠藉此瞭解這一時代裏的風物和人文的真實情況。

綜上所述，黃宗羲的八股文批評在明清八股文批評史上有著重要且深遠的意義。他通過對學術思想的整合及對當日科舉之法的批判，呼籲應試者向「深思而自得」理學教義回歸，提倡以經史根柢、以百家為藪澤的八股文創作態度，並且將八股文納入文學的視域進行觀照，以「道、學、法、情、神」五個要素展開創作批評，表明了他對八股文的認可與肯定。同時，他還採取歷史主義的立場編選《明文海》，對不同體貌類型和褒貶各異的八股文均予以收錄，既保存了有明一代的科舉史料，也展現了明代八股文自創制到鼎盛再到變異的全景式的發展進程，更為後世八股文批評和各類八股文選的編著

〔註133〕黃宗羲：《明文海·卷三百七·序九十八·時文·莊尚北遊草引（方應祥）》，張思齊：《八股文總論八種》，武漢大學出版社，2009年，第417頁。
〔註134〕黃宗羲：《明儒學案·發凡》，《黃宗羲全集》第七冊，浙江古籍出版社，2005年，第6頁。

產生了深遠的影響。

第三節　王夫之的八股文批評

　　王夫之（1619～1692），字而農，號薑齋，別號夕堂、雙髻外史、一瓠老人等，湖南衡陽人。幼承家學，四歲入家塾，十四歲中秀才。明崇禎十五年舉人，甲申之變後不仕新朝，以遺民自處，晚居衡陽石船山，自署船山老人、船山遺老，學者敬其博學精思，稱為「船山先生」。王夫之係明末清初具有愛國情懷的哲學家、思想家、文學家和文藝理論家，清人劉獻廷稱其為「洞庭之南，天地元氣，聖賢學脈，僅此一線耳。」〔註135〕生平著述百餘種，其著錄有名者凡 88 種，分為經 24 種，史 5 種，子 18 種，集 41 種，共 800 餘萬言，其中關於文學批評的著作有《詩繹》《夕堂永日緒論》《南窗漫記》等。

　　王夫之天資聰穎，思維活躍。其前半生為科途而奔走，曾與同道好友共結「匡社」，研習八股，勤學互勉，彼此匡正。甲申之變後，王夫之於家鄉衡陽起兵，投身武裝抗清運動，後因機事不密，事敗投奔永曆朝，被薦翰林院庶吉士，出任行人司行人一職。其後半生隱居石船山，「築土室曰『觀生居』，朝夕杜門。」〔註136〕在極艱苦的條件下從事學術研究，終其半生對明亡教訓和宋明理學及封建社會中部分制度、文化多有反思與批判。近人錢穆先生說：「明末諸老，其在江南，究心理學者，浙有梨洲，湘有船山，皆卓然為大家。然梨洲貢獻在《學案》，而自所創獲者並不大。船山則理趣甚深，持論甚卓，不徒近三百年所未有，即列之宋明諸儒，其博大閎括，幽微精警，蓋無多讓。」〔註137〕與並稱「清初三大家」的顧炎武和黃宗羲不同，王夫之的實學工夫並不直接體現在對儒家本經義理的還原上，更多的是憑藉其深厚紮實的經史根柢，結合去蕪存菁的辨識力，對漢宋以來的理學乃至以往的傳統文化思想取精用宏，並對其做出深刻的總結、闡釋、演繹和發展，使傳統經史之學得到發揚光大，且用於之實踐。換言之，顧、黃實學在經史，重實證，其方法是「述而不作」，其作用是以文本使人自覺。而王氏實學在哲學，重思辨，其方法是「述後而作」，其作用是以思想教人後覺。《四庫全書總目》評王氏所作《尚書稗疏》曰：「診

〔註135〕劉獻廷：《廣陽雜記》卷二，中華書局，1957 年，第 57 頁。

〔註136〕趙爾巽：《清史稿‧列傳二六七‧王夫之》，中華書局，1976 年，第 13106 頁。

〔註137〕錢穆：《中國近三百年學術史》，商務印書館，1997 年，第 96 頁。

釋名物，多出新意。」又評《詩經稗疏》曰：「確有依據，不為臆斷。」以王夫之學術思想的這種思辨性為基礎，再去觀照他對科舉制度和八股文創作的批評理論，很能發現王夫之對其具有獨拔於同代的理解與見地。

一、述史而作，尊崇科舉

　　王夫之對以科舉為選拔人才的制度是十分尊崇的。眾所周知，人才選撥是維繫封建社會生機與活力的一項重要政治舉措，在中國古代歷史中，影響最大的人才選撥方式，按年代先後劃分依次有世襲、薦舉和科舉三種。王夫之以其極具哲學的思辨意識和獨具時代性的批評眼光，在比較、分析了這三種選才制度的優劣得失之後，得出了科舉是封建社會最先進的選才制度的結論，並相應找到了當下科舉制度在實施時造成的弊端及可供改良的方案。

　　首先，他否定了夏、商、周三代以世襲制為主的選才制度，指出：「古者諸侯世國，而後大夫緣之以世官，勢所必濫也。士之子恒為士，農之子恒為農，而天之生才也無擇，則士有頑而農有秀。秀不能終屈於頑，而相乘以興，又勢所必激也。」〔註138〕他認為世襲制的弊端，一方面在於其阻礙了社會對優秀人才的選拔，而優秀的人才如果得不到合理、暢通的進身途徑，且長期積壓在社會底層而不能為國家、社會所用，則必然會激化社會矛盾，促成王朝的興廢交替；另一方面，伴隨著官階爵位的世襲，官宦士人的身份、爵祿、享有的社會地位、獲得的社會資源因世襲為其後代不勞而獲，於是相應就滋生出不具備士之條件的人卻佔據士之權位的現象，而國家也終將會被這樣的仕宦制度所敗壞。因此，王夫之充分肯定秦漢以後以薦舉代替世襲的制度變革，認為「封建毀而選舉行，守令襲諸侯之權，刺史牧督司方伯之任，雖有元德顯功，而無所庇其不令之子孫」〔註139〕的舉措，可以杜絕社會資源被「不令之子孫」竊獲的現象，既有助於國家篩選優秀的人才，又可以在社會上樹立善、惡、賢、劣的典範標準，達到懲惡揚善、優劣得所和勸勉為賢的教化目的。誠如其所言：「貢舉者，一事而兩道兼焉。選天下之才，任天下之事，以修政而保國寧民，此一道也。別君子於小人，榮之以爵，養之以祿，俾天下相勸於善，而善者不抑，不善者以俊，此又一道也。兩道具，

〔註138〕王夫之：《秦始皇·變封建為郡縣》，《讀通鑑論》卷一，《船山全書》第十冊，嶽麓書社，2011 年，第 67 頁。
〔註139〕王夫之：《秦始皇·變封建為郡縣》，《讀通鑑論》卷一，《船山全書》第十冊，第 68 頁。

而勸民以善之意，尤聖人之所汲汲焉。」〔註140〕

其次，在王夫之看來，薦舉制縱然優於上古三代的世襲制，但在實施過程中也不免有較為嚴重的弊端。「郡縣之天下，統中夏於一王。郡國之遠者，去京師數千里。郡守之治郡，三載而遷。地遠，則賄賂行而無所憚。數遷，則雖賢者亦僅採流俗之論，識晉謁之士，而孤幽卓越者不能遽進於其前。」〔註141〕在郡縣體制下，由於郡守並不能完全掌握所管轄地區民眾的愚賢情況，在任用官員時只能根據一己認識做出判斷，於是會造成優秀人才流失和滋生郡守貪腐的現象。此外，薦舉制在施行過程中還存在著極強的主觀片面性和政治投機性。王夫之分別引漢景帝舉富家子弟為官和漢元帝舉「質樸、敦厚、遜讓、有行」之人為士兩個史例，說明了在片面標準下薦舉選才的弊端和危害：「舉富人子而官之，以謂其家足而可無貪，畏刑罰而自保，然則畏人之酗飲，而延醉者以當筵乎？富而可為吏，吏而益富，富而可貽其吏於子孫。毀廉攘，奔貨賄，薄親戚，獵貧弱，幸而有貲，遂居人上，民之不相率以攘奪者無幾也。」〔註142〕漢景帝以富家子弟為官的舉薦動機類似於現今社會的「高薪養廉」，意在杜絕官員腐敗，但實際上在實行過程中恰恰適得其反，在社會上醸成了寡廉恥、貪資財、無仁愛的風氣。「自是以後，漢無剛正之士，遂舉社稷以奉人，而自詡其敦厚、樸讓之多福。」〔註143〕他認為西漢的衰敗是由於選官的標準片面，且固定在敦厚和樸讓的性格上，而一味地追求敦厚、樸讓，則是懦弱的體現，即形成了西漢「無剛正之士」的整體士人面貌，於是由他們做出「舉社稷以奉人」的行為也就不難理解了。因此，王夫之對薦舉的選才形式雖不像世襲制那樣直接否定，但也不持肯定的態度。

真正得到王夫之肯定並加以推崇和讚揚的選才方式是科舉制。他說：「以文取士而得真才，以行取士而得篤行，則行愈於文多矣。以文取士而得偽飾之文，以行取士而得偽飾之行，則偽行之以害人心，壞風俗，傷政理者，倍於偽飾之文，支離浮曼，而害止於言也。且設科以取士，則必授之以式矣。文

〔註140〕 王夫之：《唐玄宗‧貢舉改授禮部》，《讀通鑑論》卷二十二，《船山全書》第
　　　　 十冊，第845頁。
〔註141〕 王夫之：《漢武帝‧封建貢士之法不可行與郡縣之世》，《讀通鑑論》卷二，
　　　　 《船山全書》第十冊，第124頁。
〔註142〕 王夫之：《漢景帝‧富人字第得官》，《讀通鑑論》卷三，《船山全書》第十冊，
　　　　 第121頁。
〔註143〕 王夫之：《漢元帝‧四科銷天下之氣節》，《讀通鑑論》卷四，《船山全書》第
　　　　 十冊，第174頁。

者，言治而要之事，言道而要之理，即下至駢偶聲韻之文，亦必裁之以章程，可式者也。行而務為之成法，則孝何據以為孝之程，廉何據以為廉之則邪？不問其心，而但求之外，非梟獍皆可云孝，非盜賊皆可云廉，不可式者也。」〔註144〕首先，他將科舉制和薦舉制進行對比之後得出，薦舉制的「孝廉」標準在實施時沒有完善的章程法式可以遵循，因此在評判選拔時，有司的主觀隨意性和備選的虛偽投機性成分就很大，這種機制往往不能選出在保國安民層面上名副其實的優秀人才。而科舉制以「文」為標準，具有公平公正和明確的考核程式，以及可以提供對備選對象相對準確的檢驗方式，故而科舉制對人才的選拔較為純粹和精確。其次，科舉制與薦舉制相比，更有助於密切統治者和社會人才之間聯繫，從而也更有利於維持國家機器穩定、健康、有序的運行，減少社會矛盾。王夫之說：「隋設進士科，而唐以下因之，益以明經、學究、童子諸科，與太學上舍之選，學校歲貢之士；逮及任子掾吏，皆特達而登仕籍，士無不可目達於天子。」〔註145〕科舉制下，士子和天子之間建立起了直接的聯繫，既保證了天子對優秀士子的掌控，又使士子對朝廷、國家、社會的責任感、使命感、榮譽感得到了極大的灌輸。同時科舉制以「文」為試的考核程式也刺激了社會的勤學風氣，人們想要獲得天子尊寵、獲得社會認可就必須通過勤學，然後作文，才能獲得取士顯貴的機會。而反觀薦舉制，則是「士之欲致貴顯者，知有州郡而不知有朝廷也，知有請託扳附而不知有學術事功也。」〔註146〕薦舉制中，天子和士子之間隔著許多中間環節，士子的進身榮辱取決於郡守、有司的賞識和推舉。顯然，士子與郡守之間的依附關係要大過與天子之間的聯繫，士子對社稷國家的責任感就遠遠不及對郡守、有司的個人好惡的關切程度。因此在薦舉制下會出現大量「有家無國」、「攀援權貴」的現象，這對國家、社會的健康發展固然是百害而無一益的。

　　正是通過這種歷史比較的方法和歸納反思，在總結了歷代各種選官制度的利弊得失後，王夫之肯定了科舉制存在的歷史進步意義。並以科舉因文取士為基礎，提出了與之相應的一系列揚利抑弊的建議措施，如「鄉舉之法，

〔註144〕王夫之：《唐代宗‧楊綰欲復孝廉之舉終不可行》，《讀通鑑論》卷二十三，《船山全書》第十冊，第 879 頁。

〔註145〕王夫之：《後漢安帝‧楊震崔瑗受鄧騭閻顯關詔》，《讀通鑑論》卷七，《船山全書》第十冊，第 297 頁。

〔註146〕王夫之：《後漢順帝‧左雄四十舉孝廉非隘》，《讀通鑑論》卷八，《船山全書》第十冊，第 302 頁。

與太學相為經緯；鄉所賓興，皆學校之所教也。」〔註147〕提倡眾採歷代選才制度之所長，彼此促進，相互補充，來彌補科舉制度在普及和具體實施中的有所不當之處。又「然則行不足以取真士，而以文取者可得士乎？夫非謂文之可以得士也，設取士之科者，止以別君子野人而止耳。雖有知人之哲，不能於始進而早辯其賢奸也。……若夫學校之設，清士類於始進，不當專求之文，而必考其閨門之素履；正士習，育賢才，嚴不淑之懲，又不待登進之日也。」〔註148〕提倡設立學校作為基礎教育之所，對士子在為學之初即先進行德育教導，為其日後道德、文章並重打下先天基礎的同時，也避免其形成以獵取功名為目的的應試功利心理。

通過王夫之對各種選才制度的比對分析，可以看出王夫之始終是站在經世濟民的立場，去衡量選才制度的優劣利弊，這大可看作是明末清初以「經世致用」為時代之音的著述觀的一種體現。從王夫之的言論中可以清楚地看到他強烈的出仕渴望和入世熱情，而科舉是決定古代文人能否踏入仕途的唯一途徑，因此王夫之在結合自身及觀照歷史後對科舉制度予以充分肯定。正是在其積極入世心態的引導下，以儒家經義為核心內容的八股文，成了他為學時尤為關注的對象，其文學理論著作幾乎全部與八股文相關，如《詩繹》是對《詩經》的演發闡釋，而王氏恰恰認為八股文與《詩經》同源出自於樂：「《詩》抑不足以盡樂德之形容，又旁出而為經義。」〔註149〕故而其對《詩經》的闡釋也是作為發揮經義，以供文思的一項體認工夫。又如《夕堂永日緒論·內編》是其對明代及明代之前詩人、詩作的匯評，而王夫之恰巧也認為在八股文和詩之間，無論從創作內容和創作手法，甚至藝術特徵上都有共通之處（王夫之重視和強調八股文的藝術表現與美學特徵，後文會作詳細論述），換言之，在王夫之身上所體現的，其實是一種以詩文一體觀為視野的文學批評思想，他對於詩的批評解釋與其對八股文的批評觀點是不謀而合的。再有《夕堂永日緒論·外編》是對作文之法的專門論述，其內容集中在對經義和八股文的評點上，可以看作是一部關於八股文批評的專著。以此明顯的

〔註147〕王夫之：《漢武帝·董仲舒專以六藝之科孔子之術取士》，《讀通鑑論》卷二，《船山全書》第十冊，第 125 頁。

〔註148〕王夫之：《唐代宗·楊綰欲復孝廉之舉終不可行》，《讀通鑑論》卷二十三，《船山全書》第十冊，第 880 頁。

〔註149〕王夫之：《夕堂永日緒論序》，《薑齋詩話》，人民文學出版社，1965 年，第 145 頁。

著作傾向和論述對象來看，王夫之對科舉和八股文的看重與尊崇是十分明確的。

二、「正統」與「不朽」

在認同科舉制是當時最具有先進性的選才制度後，王夫之還對科舉制度的主要考核內容——經義文，即八股文，也表現出極為推崇的態度。這主要體現在他是從八股文文體的正統性及八股文作用的不朽性兩方面給予肯定的。

首先，王夫之從八股文的發生淵源上論述了其是與《詩》同源異體的「文之正統」。

> 《周禮》大司樂以樂德、樂語教國子，成童而習之，迨聖德以成，而學《韶》者三月。上以迪士，君子以自成，一惟於此。……世教淪夷，樂崩而降於優俳。乃天機不可式遏，旁出而生學士之心，樂語孤傳為《詩》。《詩》抑不足以盡樂德之形容，又旁出而為經義。經義雖無音律，而比次成章，才以舒，情以導，亦所謂「言之不足而長言之」，固則樂語之流也。〔註150〕

王夫之的實學思想重在教化，而學術教化意義的源頭則是禮樂，樂德和樂語是禮樂的最初承載者。但自「世教淪夷」之後，禮樂也隨之消散，部分樂語成了後代的《詩經》，但由於《詩經》受到了語言形式的表達侷限，還不足以展示樂德的全貌，於是就有了與「言之不足」的《詩經》相對應的「長言」的經義。王氏在這裡表達的意思很明確，《詩經》和經義文的產生，都有一個共同的來源，即樂語。同時也都有一個共同的目的，即「盡樂德之形容」。樂語、樂德是上古禮樂的承載者，而《詩經》和經義文又是樂語的兩個部分，因此《詩經》和經義文也就可以說是樂語的承載者，進而可以被看作是上古禮樂的傳承者。而後世之文又作為「道」的載體，承載著彰顯禮樂精神的責任。因此，作為禮樂傳承者的《詩經》和經義文，自然就分別成了後世詩、文最為正宗、正統的文體。

既然經義文，即八股文，被王夫之奉為「文之正統」，那麼，它必然具有不同於他種「非正統」文體的功用意義。在這裡，王夫之繼承了傳統價值觀

〔註150〕王夫之：《夕堂永日緒論序》，《薑齋詩話》，人民文學出版社，1965 年，第 145 頁。

中「立言不朽」的觀念，提出了八股文具有「不朽」的體用意義。

　　「文之不朽」意義的提出，最早可見於《左傳》中叔孫豹「太上有立德，其次有立功，其次有立言，雖久不廢，此之謂三不朽」的著名論斷。後唐人孔穎達又注之為「立言謂言得其要，理足可傳。」又曹丕在《典論·論文》中說：「蓋文章經國之大業，不朽之盛事。年壽有時而盡，榮樂止乎其身，二者必至之常期，未若文章之無窮。是以古之作者，寄身於翰墨，見意於篇籍，不假良史之辭，不託飛馳之勢，而聲自傳於後。」〔註151〕可見，歷代文人都將「立言」視作一種超越了個體生命而追求的永恆存在的價值體現。然而，「文之不朽」可以說是一種共識，但什麼樣的文可以「不朽」，每個人都會給出不同的解釋。如曹丕認為能夠經濟國家的文可以不朽，而在李贄看來「詩何必古選，文何必先秦。降而為六朝，變而為近體。又變而為傳奇，變而為院本，為雜劇，為《西廂曲》，為《水滸傳》，為今之舉子業，皆古今至文。」〔註152〕詩歌、散文、傳奇、院本、雜劇、小說、時文等都是至文，可以不朽。由此可見，「文之不朽」的命題，必須要建立在一定的文體功能或作用的立場上才能夠獲得成立。王夫之是從八股文的三種特定文體功用上，賦予了其「不朽」的意義。

　　首先，「樹德」的功用。在王夫之看來，八股文和《詩經》作為樂語之流衍支脈，共同承載著傳承、彰顯禮樂精神的責任，因此八股文具有「盡樂德之形容」的樹德功用。他並不把八股文僅僅看作一種單純意義上的文學或應試文體，而是將八股文放在了為其構建的文章體系的中心，賦予了其「文之正統」的地位。所謂「德」，即是文體本身之於現實的功用意義，即劉勰所稱「文之為德也大矣。」〔註153〕王充亦有言曰：「夫文德世服也。空書為文，實行為德，著之於衣為服。」〔註154〕而八股文所要樹的「德」，則顯然就是符合禮樂「上以迪士，君子以自成」要求的教化功能，所以王夫之說：「嘗於《九經》有所撰述，而此藝缺然，亦緣早歲雕蟲之陋，深自慚忸。先儒言科舉業非

〔註151〕曹丕：《典論·論文》，《文選（李善注）》卷五十二，第六冊，上海古籍出版社，1986年，第2271頁。

〔註152〕李贄：《童心說》，《焚書》卷三，《李贄文集》卷一，社會科學文獻出版社，2000年，第92頁。

〔註153〕劉勰：《文心雕龍·原道》，人民文學出版社，1987年，第1頁。

〔註154〕王充：《論衡·書解》，見劉勰《文心雕龍·原道》注釋三，人民文學出版社，1987年，第6頁。

不可學，況經義本以引申聖言，非詩賦者比。」〔註155〕「對偶句出於詩賦，……
況經義以引申聖賢意立言，初非幕客四六之比。」〔註156〕他從「樹德」的層
面上，指出了八股文不同於詩賦和駢文的兩個重要文體原因。其一，八股文
是「引申聖言」和「引申聖賢意」，使之不離聖賢立言之道，即對應試士子的
社會教化。而與之相比的詩賦、駢文，則被王夫之視作為「雕蟲」小技。其
二，八股文「非不可學」，即八股文文體的習得不如詩賦、駢文文體那樣靠因
襲、繼承、貫通、摹仿等前輩創作已成的程式技法，而是具有「君子以自成」
的獨立品格，所謂「自非與聖經賢傳融液吻合，如自胸中流出者不能」〔註157〕。
這也是王夫之反對「以古文為時文」的純粹八股文思想的理論基礎。在王夫
之所構建的文章體系中，八股文作為「文統」，處於中心地位，而詩賦、駢文
等則明顯被疏離、邊緣化了。由於八股文佔有的「文統」地位及其所具備的
傳承禮樂精神的「樹德」功用，故而八股文和與其同為一體的八股文作者，
被王夫之視作是「偉人傑作，睥睨今古」，〔註158〕可堪不朽。

　　其次，具有「揚義」的功用。前文說到，王夫之的實學工夫不是對儒家
本經義理的還原闡釋，而是在對經史之學和傳統文化加以辨識的基礎上，取
精用弘並使其精神發揚光大，服務於社會教化。在他看來，「引申聖言」的八
股文所獨有的「揚義」功能，正是將禮樂、經典的精神發揚光大和用於實踐
的體現。王夫之說：「經義之設，本以揚榷大義，剔發微言；或且推廣事理，
以宣昭實用。小題無當於此數者，斯不足以傳世。」〔註159〕他認為八股文的
創制有兩個目的，一是「揚榷大義」，即通過對「聖言」和「聖賢意」的引申，
去弘揚樂德、樂語對世人的教化精神；二是「宣昭實用」，即通過禮樂教化，
使人能夠以禮樂精神去治理天下和服務社會。如：「若《注》所未備，補為發
明，正先儒所樂得者。如尤公瑛『寡人之於國也』章文，以制產、重農、救荒
分三事，而以末段歸重汰獸食、發倉廩，為目前應迫救荒之先務，救荒而後
待來年以重農，然後徐及制產，乃令孟子之敷施調理，井然有序。又如金正
希『待於君子有三愆』文，謂人有愆而不自知，惟待君子乃有知之，而漸惶思

〔註155〕王夫之：《船山經義·序》，《船山全書》第十三冊，第631頁。
〔註156〕王夫之：《夕堂永日緒論·外編》九，《船山全書》第十五冊，第847頁。
〔註157〕王夫之：《夕堂永日緒論·外編》一，《船山全書》第十五冊，第843頁。
〔註158〕王夫之：《夕堂永日緒論·外編》五十四，《船山全書》第十五冊，第870頁。
〔註159〕王夫之：《夕堂永日緒論·外編》四十九，《船山全書》第十五冊，第867頁。

改，見人之不可不就正於君子……」〔註160〕由於時空的侷限，聖人的經傳不可能涉及到後世社會人生的方方面面，而朱《注》亦然。因此王夫之強調八股文在對聖言引申的同時，對經傳未及和朱《注》所未備的地方，提倡士子以先儒精神為感召，提出對現實社會和世道人心有所裨益的發明。而八股文也正是通過這種途徑和方式，在「揚義」和「實用」之間獲得了架接的橋樑，八股文自身也因此獲得源源不斷的生機與活力，只要時空沒有消亡，人類社會就會持續發展，而新的現實也會不斷出現，「聖言」亦會因之被不斷引申和發明出適用於新的現實的意義和功用。在這一點上，單純以發演章句義理的「小題」是不具備這種「推廣事理，以宣昭實用」的作用的，因此王夫之特別將區別與「小題」的八股文稱為可以傳世的不朽之作。

第三，具有「進道」的功用。王夫之以其積極入世的人生態度和認知立場，將八股文放到了文章體系中的中心地位，這便意味著八股文成了維繫士子個人與國家天下的一條紐帶。八股文對於士子來說，是一個進身的門戶，通過它可以光宗耀祖、施展抱負、平步青雲，這是古代每一個讀書人都渴望的功業。而士子對於八股文來說，就需要花費大量的時間和精力去刻苦訓練八股文寫作技巧，掌握八股文的創作法度，才能寫好八股文。然而國家設定的生員數是有限的，每次科考中試的名額也是有限的，因此不可能每一位寫作八股文的士子都會取得相應的功名。但王夫之認為，即便不能獲得功名，走上仕途，也不應該降低對八股文的重視和放鬆對八股文的訓練。他在為好友殷浴日的時文集作序時說：

> 家則堂南歸，以《春秋》教授，則未知其所授者，以道聖人經
> 世之意邪，其以為所授者羔雁之技邪？夫必有辨。謝侍郎賣卜，與
> 子言孝，與弟言弟，則授以道矣。庖丁曰：『臣之所好者，技也。而
> 進乎道。』技道合，則則堂可無河漢於疊山。何也？其登之技者，
> 敬而樂也。敬業以盡人，樂群以因天，進乎道矣。甲午避兵入宜江
> 山中，有侄子之慟，浴日拂拭而慰之。少間，無以閱日，浴日始以
> 帖括見示。繼此而宜江士友泛晉而與余言帖括。十年來乍駭人以未
> 能嘗試，余怵然懼。觀既止，要其能敬以樂，無能度驊騮前者，企
> 以知浴日之天至而人全。與之因天，與之盡人，余乃脫然釋其懼於

浴日。言必有所牖，意必有所肖。未有言意以先，諧而謅者導人以
往，無敬之心，則納其媚矣。方有言意以放，恣而逞者，迫人於來，
無樂之度，則用其爭矣。今求浴日於御意擇言之際，索其媚與爭者
無有，倜然油然。文非道也，而所以御之擇之者，豈非道哉？故余
樂親浴日而不懼，而後遂忘其泛也，實自此始基之。〔註161〕

　　對八股文習作技法的長期訓練，可以提高士子的文學修養，可以為個人
掙得功名利祿，即所謂「羔雁之技」，這固然是八股文能夠為士子帶來的現實
利益。但如果只是去追求八股文所帶來的功名利祿，則必然是有違於聖人的
經世本意。因此，王夫之在肯定八股文技藝訓練的基礎上，更進一步地提醒
人們不能忽略掉八股文還有「進於道」的意義。誠然晚明士子為求得個人的
榮華富貴和功名利祿，創作了大量空有技法卻庸濫低劣的八股文，但作為一
個有道德使命和性情底限的士人，完全有意識和能力去選擇「技進乎道」的
創作動機。從殷浴日和王夫之於宜江山中避兵禍時，以八股文切磋往來的活
動看，他們對八股文的認識顯然不將其作為科場的「敲門磚」，而是在追求一
種更高的人生使命和作文境界。而這種臻於道的境界，在王夫之看來，也只
有在「敬業以盡人，樂群以因天」的八股文上才能獲得體現。

三、「義」、「法」、「意」、「趣」

　　由於王夫之將八股文視作「文之正統」，並賦予其樹德、揚義、進道的
文體功能，所以八股文在王夫之眼中並不僅僅是一種功利性的應試工具，
反而更是一種富有美學特質的藝術文體。其有言曰：「韻以之諧，度以之雅，
微以之發，遠以之致。有宣昭而無冤懟，有淡宕而無獷戾。明於樂者，可以
論詩，可以論經義矣。」〔註162〕王夫之將八股文從音韻、法式、文意、境
界和功用等角度加以全面審視，體現出以審美的眼光對八股文進行創作批
評的特點。

　　通過《夕堂永日緒論・外編》的有關論述，可以清楚地看到王夫之的八
股文創作論主要落腳於對「義」、「法」、「意」、「趣」四個方面。

　　首先，對八股文創作的思想範疇做了明確的規定，即以「義」為撰述之
要。八股文是樂語的流傳，體現了禮樂精神，並以引申聖言和揚權大義為使

〔註161〕王夫之：《殷浴日時義序》，《王船山詩文集》，中華書局，1962 年，第 45 頁。
〔註162〕王夫之：《夕堂永日緒論序》，《船山全書》第十五冊，第 817 頁。

命，因此王夫之強調在創作過程中，必須以孔孟經典為學問根底，博覽古今治經、解經的典籍，如其所說：「程子與學者說《詩經》，止添數字，就本文吟詠再三，而精義自見。做經義者能爾，洵為最上一層文字。」〔註163〕他認為，八股文創作要建立在對儒家經典大義的純熟和領會的基礎上，創作時儒家經典是主體，作者要做到用最少的語言去引申本經從而揭示出經典中的微言大義，王氏稱這樣的八股文為「最上一層文字」。與之相對應，王夫之對那些不讀經典，反以己意凌駕本經的做法，給予了極大的蔑視：「不博及古今四部書，則雖有思致，為俗軟活套所淹殺，止可求售於俗吏，而牽帶泥水，不堪挹取。」〔註164〕一味地迎合俗吏、以獵取功名為動機的八股文創作，縱然有巧妙地構思和華麗的言辭，那也不過是一種「羔雁之技」，算不得「上層文字」，甚至不能被認可為「經義」，故而王夫之稱其「不堪挹取」。

此外，王夫之還從反面強調八股文創作要尊經典、重大義，對於不揚大義、離經叛道的創作傾向，予以了嚴厲的斥責，將矛頭直指晚明時期的王學士人，誠如所言：「自李贄以佞舌惑天下，袁中郎、焦弱侯不揣而推戴之，於是以信筆掃抹為文字，而誚含葉精微、鍛鍊高卓者為『咬薑呷醋』。故萬曆壬辰以後，文之俗陋，亙古未有。」〔註165〕

其次，對八股文創作的行文法度也做了明確要求。行文法度是一種規範，它雖然沒有確切的實體，但在八股文中卻是最具體且明顯的體現。王夫之認為，八股文在引申聖言、揚榷大義時，有一套不同常規的章法，要想做好八股文，除了在經義上有所領會和操守外，在字句經營上也要時刻保持一種清醒的認識。關於八股文的「文法」，他提出了兩層概念：「作文中樞之法」與「行文連接之法」。先說「作文中樞之法」，他直接稱之為「法」。

> 無法無脈，不復成文字。特世所謂「成、弘法脈」者，法非法，脈非脈耳。夫謂之法者，如一王所製刑政之章，使人奉之。奉法者必有所受；吏受法於時王，經義固受法於題。故必以法從題，不可以題從法；以法從題者，如因情因理，得其平允。以題從法者，豫擬一法，割裂題理而入其中，如舞文之吏，俾民手足無措。且法者，

〔註163〕王夫之：《夕堂永日緒論・外編》一，《船山全書》第十五冊，第843頁。
〔註164〕王夫之：《夕堂永日緒論・外編》三十三，《船山全書》第十五冊，第858頁。
〔註165〕王夫之：《夕堂永日緒論・外編》三十五，《船山全書》第十五冊，第859頁。

合一事之始終，而俾成條貫也。〔註166〕

　　王夫之猶恐不能夠清晰透徹地表述沒有實體的八股文法，所以特意用具體形象為例去解釋和說明，如以「君主—法律—臣民」的關係來闡釋「文題—章法—作者」的關係。在「法不加於尊」的封建社會中，由君主制定並頒布的法律，臣民理當奉法自守，於是在三者關係中，君主是法律的使動者，臣民是法律的被動者，即臣民奉行君王之法。君主通過法律約束臣民的行為，而臣民以守法的形式來實現對君主的意志。同樣，八股文以揚權大義為創作主旨，在「義」的主旨下形成一套行文章法供作者奉守，那麼作者恪守的章法，則必然要體現「義」的意志。而「義」所要表達的意志，具體體現在每一篇八股文的文題上，因此在三者關係中，章法是奉行了文題所體現出的「義」的意志後，去約束作者的創作。換言之，八股文作者所要遵循的章法，並不是千篇一律的格套，而是出於對「義」的意志的奉行遵守，即所謂「法從題」。在這裡，王夫之之所以論述題法關係，是要強調並不是讓人無視八股文的行文法度。相反，王夫之非常看重八股文法度，只不過，他認為自明代中期以後的作者，對中樞法度的出現了認識偏差，即所謂「強經文以就己之規格。」〔註167〕一味地將「成、弘法脈」看作是八股文創作的第一要義，使得八股文「大義微言，皆所不遑研究……三百餘年，如出一口。」〔註168〕而這種「法度」恰恰是有違八股文最基本的認識法度的。

　　在明確了「法從題」的基本認識後，針對八股文法度的具體落實，王夫之又進一步提出了「行文連接之法」的概念，他將之稱為「脈」：

　　　　謂之脈者，如人身之有十二脈，發於趾端，達於顛頂，藏於肌肉之中，督任沖帶，互相為宅，縈繞周回，微動而流轉不窮，合為一人之生理。若一呼一諾，一挑一繳，前後相鉤，挩之使合，是傀儡之絲，無生氣而但憑牽縱，詎可謂之脈邪？〔註169〕

　　按傳統中醫學對人身體構造的描述，人體的各個部位分別由十二道經脈聯通，這十二經脈在人體中按照固定的路徑縈繞周回、彼此制約，每一經一脈都是維持人整個身體保有生氣和活力的關鍵。以經脈比喻文法，並非王夫

〔註166〕王夫之：《夕堂永日緒論·外編》五，《船山全書》第十五冊，第845頁。
〔註167〕王夫之：《夕堂永日緒論·外編》一，《船山全書》第十五冊，第843頁。
〔註168〕王夫之：《夕堂永日緒論·外編》二，《船山全書》第十五冊，第844頁。
〔註169〕王夫之：《夕堂永日緒論·外編》五，《船山全書》第十五冊，第845頁。

之獨創，劉勰說：「啟行之辭，逆萌中篇之意；絕筆之言，追媵前句之旨。故能外文綺交，內義脈注，跗萼相銜，首尾一體。」〔註170〕王氏此論顯然繼承了劉勰「內義脈注」的觀點，強調以中樞統領連綴文章的各個部分。八股文破、承、起、結各部分之間的聯繫，恰如經脈之於人身生機、活力的作用，應該使其自然流轉、首尾一體，共同承載一個主體思想。故而王夫之主張「一篇載一意，一意則自一氣。收尾順成，謂之成章」〔註171〕的行文之法，認為八股文各部分之間是一個緊密聯繫且首尾貫通的整體，聯通彼此的是文題之義，即作者在創作時所引申的「聖賢意」，所以各部分之間在運用時必須要保持邏輯上關聯性和表述上順承性，即「一段必與一篇相稱，一句必與一段相稱。」〔註172〕做到不轉歇、不矯虔、不牽強，以「自然之度」〔註173〕一氣呵成的效果。尤為反對在行文中為求符合「成、弘法式」而鉤鎖拗折、斷續題義等是文章喪失生氣的做法，王氏將其譏之為「陋人氣不能長，如老病喘促，必須歇息，方更接續。」〔註174〕

　　總體說來，王夫之對八股文的法度要求是一種與僵化死板的格套程式相對立的「活法」。王氏對晚明以機法為八股、以鉤、渡、鉤、挽搭截成篇的「陋俗魔法」做法嗤之以鼻：「如『哀公問政』章，於『知仁勇』之仁，鉤上『仁義禮』之仁；『不動心』章，以『勿求於心』之心，鉤上『不動』之心：但困死呼應法中，更不使孔孟文理得通，何況精義？魔法流行，其弊遂至於此！」〔註175〕提倡一種以表現創作主體對精義聖言的闡發並致用於教化、治國為旨歸的「現實義法」，也可以說，王夫之所謂的八股文法，並不著重於字、詞、句、篇的文法中，更多的是偏重於對作者主體和八股文創作共同的立意和用意的法式要求。

　　第三，強調八股文創作主體的立意和境界。王夫之對八股文作者的主體要求是十分苛刻的，首先要求作者在創作八股文時要以聖賢之心立意：

　　　　以酸寒囂競之心說孔孟行藏，言之無作，且矜快筆，世教焉得而不陵夷哉？聖賢雖以撥亂反正安天下為志，然乘六龍以御天，

〔註170〕劉勰著、范文瀾注《文心雕龍注》，人民文學出版社，1957，第570～571頁。
〔註171〕王夫之：《夕堂永日緒論·外編》十一，《船山全書》第十五冊，第847頁。
〔註172〕王夫之：《夕堂永日緒論·外編》十三，《船山全書》第十五冊，第848頁。
〔註173〕王夫之：《夕堂永日緒論·外編》三十五，《船山全書》第十五冊，第859頁。
〔註174〕王夫之：《夕堂永日緒論·外編》三十，《船山全書》第十五冊，第857頁。
〔註175〕王夫之：《夕堂永日緒論·外編》三十，《船山全書》第十五冊，第857頁。

潛亢飛躍，無不可樂之天，無不可安之土。而作經義者，非取魯、
衛、齊、梁之君臣痛罵以泄其忿，則悲歌流涕若無以自容，其醜
甚矣。〔註176〕

聖賢心地從容，胸懷廣大，故而能夠在其學說中闡發出精微深遠的微言
大義。既然八股文是聖言賢意的延伸者，那麼八股文作者就可以被看作是聖
賢的代言人，這便要求作者要做到以聖賢之心為我心，以聖賢精神為我精神，
設身處地、形象逼真地表現出聖賢的神理。若以「酸寒囂競之心」立心，以
「君臣痛罵以泄其忿」立意，則顯然是不符合聖賢的心胸風度，也不能夠真
實地闡釋經典大義，勉強作文，只能是「其醜甚矣。」

其次，王氏要求作者在創作八股文時要以聖賢之意立言：「文章本靜業，
故曰：『仁者之言藹如也』，學術風俗皆由此判別。著力急者心氣粗，則一發
不禁，其落筆必重，皆囂陵競亂之徵也。……代聖賢以引申至理，而槓面張
拳，奚足哉？」〔註177〕王夫之文學批評的一個總體趨向是向傳統詩學精神的
回歸，這一點在《詩繹》中關於「詩可以興，可以觀，可以群，可以怨」的論
述上有著明顯的體現。王夫之認為「詩可以怨」，就是用詩的美刺作用去整頓
社會人心，而美刺的方式是「溫柔敦厚」，所以「興觀群怨」和「溫柔敦厚」
一直被視作詩教傳統。八股文與《詩經》同源，在功能上也同樣是「盡樂德之
形容」，於是「興觀群怨」和「溫柔敦厚」的詩教傳統也適用於八股文創作。
聖賢以教化人心為大義，故而立言是「怨而不怒」和「溫柔敦厚」的。王夫之
秉承這一詩教傳統，所以強調作八股文要做到聖賢心靜言藹的境界。心靜，
則不力急氣粗，不急功近利，也就不會出現投機應試、機巧遊戲等「諧謔失
度」〔註178〕的庸濫八股文。言藹，則不囂陵競亂，不俗靡淫邪，也就不會出
現譎躁縱橫、淫穢無憚等「浮豔不雅」〔註179〕的惡俗八股文。

由此可見，王夫之對八股文作者提出以聖賢為標準的立意、立言要求，
是為了從創作主體上杜絕庸濫、惡俗的八股文的產生，進而表現出向高品第、
高境界的八股文追求的導向。章學誠曾說過：「制舉之初意，本欲即文之一端，
以覘其人之本質，而世之徒務舉業者，無其質而姑以文欺焉，是彼之過也。

〔註176〕王夫之：《夕堂永日緒論・外編》二十七，《船山全書》第十五冊，第855頁。
〔註177〕王夫之：《夕堂永日緒論・外編》三十七，《船山全書》第十五冊，第860頁。
〔註178〕王夫之：《夕堂永日緒論・外編》四十八，《船山全書》第十五冊，第866頁。
〔註179〕王夫之：《夕堂永日緒論・外編》四十八，《船山全書》第十五冊，第866頁。

舉業既為無質之文，而學問不衷於道，則又為無質之根也。」〔註180〕從章氏話語中至少可以獲得兩點信息，第一，八股文與其作者人格精神之間有著某種可供對應的維繫；第二，八股文以有質和無質區分品第。這裡暫且不去關注章氏此論所秉持的立場，單就其內容的合理性做出扼要的分析。通過對明清八股文的分析和比較，首先必須肯定的是，不同品第和境界的八股文確實存在。而且很多八股文名家、大家，終其一生都在追求一種至境。八股文對於他們而言不是魚躍龍門時的「敲門磚子」，而是一種以聖賢經傳陶冶心性的人格修養，於是他們筆下的八股文就顯出厚重高遠的境界。而這種文意境界又恰恰與他們恬淡靜穆、敦厚儒雅的精神特質表裏相稱，這未必就是一種巧合。八股文是一種「代聖賢立言」的文體，評判八股文是否優秀，就必須要看它能否將聖賢高深的思想彰顯出來。因此，好的八股文必定具有高的思想境界。而思想境界的高低，則與作者的思想境界和人生態度相符契。所以說，在八股文創作中，作者的主體思想和人格修養與八股文的品第境界有著直接的聯繫。在這一點上，王夫之與章學誠可謂英雄所見略同。

最後，對八股文創作的審美標準做了明確的要求。眾所周知，八股文就其不同的審視角度，有著不同的稱謂。如就形式特點而言，稱之「八股文」、「八比文」；就其文章內容而言，稱之「四書文」、「經義文」、「制義文」；就其時代背景而言，稱之「時文」；就其文藝特徵而言，又稱之「時藝文」、「制藝文」。然而關於八股文中是否真的具有文學性的話題，明清兩代學者對此多持有異議，如清初尤侗認為雖然八股文是一種獨立的文體，但文學性較其他文體而言卻十分低劣：「或謂楚騷、漢賦、晉字、唐詩、宋詞、元曲，此後又何加焉？予笑曰：『止有明朝爛時文耳。』」〔註181〕又如清中期性靈詩人袁枚認為八股文只是一種應試文體，不具備文學性，應該將其排除在「文章」體系之外：「（戴敬咸）來劄云：『作時文與注經撰子同功。』此言過矣。夫注經無格式，撰子無對偶。有格式對偶者，皆應試干祿之俗體，不可謂之文也。」〔註182〕當然也有人主張將八股文納入文學範疇，肯定其文藝價值，如明末艾

〔註180〕章學誠：《與朱滄湄中翰論學書》，《章學誠遺書》卷九，文物出版社，1985年，第84頁。

〔註181〕尤侗：《艮齋雜說》，《續修四庫全書》第一一三六冊，上海古籍出版社，2002年，第369頁。

〔註182〕袁枚：《答戴敬咸進士論時文》，《小倉山房尺牘》卷三，《袁枚全集》第五冊，江蘇古籍出版社，1993年，第50頁。

南英說：「文章之盛衰以一代之制為輕重消長，豈不然歟？……今之制藝必與漢賦、唐詩、宋之雜文、元之曲，共稱能事於後世。」〔註183〕如果按照西方「純文學」理論中以形象和情韻為文學藝術的審美維度〔註184〕來看，八股文顯然是不能夠與楚騷、漢賦、晉字、唐詩、宋詞、元曲等文體同屬文學的範疇。但是若以中國古代文人的「大文學觀」立場，即一切見諸文字的東西都屬於文學的認識立場來看，作為應試文體之一的八股文在一定程度上具有文學要素自不待言。〔註185〕從王夫之一生的著述和文學活動上看，他所秉持、致力的正是這樣一種「大文學觀」的體現，並借南宋羅長源之口表達了對八股文具有「落玉垂金，流奕清舉」〔註186〕的文學藝術價值的認可。

　　王夫之對八股文創作的美學批評，主要集中在對「虛」、「實」手法的表現和運用的討論上。首先，王夫之肯定了「虛」、「實」兩種表現手法在八股文創作中起到了「發微」、「不窒」的積極作用：「鉤略點綴以達微言，上也。其次則疏通條達，使立言之旨曉然易見，俾學者有所從入。又其次則搜索幽隱，啟人思致，或旁輯古今，用徵定埋。三者以外，無經義矣。大要在實其虛以發微，虛其實而不窒。」〔註187〕在「代聖賢立言」的創作要求下，八股文作者在作文之初先必須要以聖賢之意為我之意，以聖賢之神情為我之神情，設身處地、生動傳神地去模擬、重現一種聖賢形象和聖賢語境。然後再將自己化身為這種虛構的形象，並置之於虛構的語境中，就儒家經典中的微言大義進行闡釋或發明。可以說，八股文的創作過程實際上已經體現了其虛構的必然性。然而八股文的文體使命卻是要在這種虛構的創作基礎上體現出對現實的能動作用，這就必然要求作者將聖賢經典的教化精神與現實有所結合，通過弘揚聖賢精神、闡釋經典義理，解決現實社會中的矛盾、問題，即文章主體部分要做到「實其虛以發微」的於虛處見實效的工夫。另一方面，儒家經典

〔註183〕艾南英：《王康侯合併稿序》，《明文海》卷三一一，中華書局，1987年，第3210頁。
〔註184〕按俄國文藝理論家什克洛夫斯基說：「我個人認為，凡是有形象的地方，幾乎都有陌生化手法。」（什克洛夫斯基《作為手法的藝術》，《俄國形式主義論文選》，三聯書店，1989年，第8頁）「陌生化」效果即是作品中文學藝術性的體現。
〔註185〕按劉勰《文心雕龍》卷四《詔策》《檄移》，卷五有《章表》《奏起》《議對》，即專論應用文體的文學性。
〔註186〕王夫之：《夕堂永日緒論·外編》四十四，《船山全書》第十五冊，第864頁。
〔註187〕王夫之：《夕堂永日緒論·外編》六，《船山全書》第十五冊，第846頁。

中有些義理是有其明確所指的，而八股文在其文體上也有相對固定的程式，這些都是比較「實」的因素。於是有些作者在創作時一味地將這種「實」當做固定的格套，如「欲據一『虛起實承』、『反起正倒』、『前鉤後鎖』之死法，填腔換字，自詫其工。」〔註188〕「困死俗陋講章中者。」〔註189〕等等。王夫之認為這種過於死板的八股文創作，既做不到顯言達義的要求，也不足以發人思致，只是自縛手足，窒息文氣，使得八股文喪失了應有的生氣和活力。因此，他主張根據題意加以闡釋發揮，表現出作者本人對題意的看法和義理對現實的作用，即「虛其實而不窒」的於實處求貫通的工夫。

其次，在八股文的實際創作中，這種「虛」、「實」也表現在用字和句法上：「非有吞雲夢者八九之氣，不能用兩三疊實字；非有輕燕受風、翩翩自得之妙，不能疊用三數虛字。然一虛一實，相配成句，則又俗不可耐。」〔註190〕在這裡，王氏提出了八股文創作時的兩種藝術追求，即「氣」與「妙」。就「氣」而言，王氏承接傳統詩文理論中「文氣」說，主張八股文要體現出作者精神層面的「意」和「氣」，就像西漢、盛唐文人那樣，以豪邁瘦勁之氣和中庸溫厚之意駕馭八股文中的實詞，而使文句氣勢縱橫，使八股文富有生氣和活力。如其所言：「對偶句出於詩賦，然西漢、盛唐皆以意為主，靈活不滯。」〔註191〕「一篇載一意，一意則一氣。首尾順成，謂之成章；詩賦、雜文、經義有合轍者，此也。」〔註192〕就「妙」而言，則是偏重於虛詞的運用對八股文藝術韻趣的功能上，王氏主張以作者飄逸自然之神韻風度去遣使虛詞，從而使文句風韻流轉，賦予八股文藝術趣味。

需要注意的是，在《夕堂永日緒論·外編》中，王夫之雖然在八股文的謀篇布局和行文用語上都強調「虛」、「實」的藝術表現，但沒有對其進行詳細的展開論述，只說：「然一虛一實，相配成句，則又俗不可耐。故造語之難，非嵇川南，趙夢白，湯義仍、黃石齋，尟不墮者。」〔註193〕王夫之既然反對將「虛」、「實」藝術表現手法機械的搭配，卻也沒有給出關於應該如何組合才能做到「不俗」、「可耐」的解釋，只留下一句「造語之難」供人揣摩。但結

〔註188〕王夫之：《夕堂永日緒論·外編》十四，《船山全書》第十五冊，第848頁。
〔註189〕王夫之：《夕堂永日緒論·外編》二十六，《船山全書》第十五冊，第854頁。
〔註190〕王夫之：《夕堂永日緒論·外編》八，《船山全書》第十五冊，第846頁。
〔註191〕王夫之：《夕堂永日緒論·外編》九，《船山全書》第十五冊，第847頁。
〔註192〕王夫之：《夕堂永日緒論·外編》十一，《船山全書》第十五冊，第847頁。
〔註193〕王夫之：《夕堂永日緒論·外編》八，《船山全書》第十五冊，第846頁。

合王氏對八股文創作中關於「意」、「法」、「義」的批評主張可以發現，王夫之對明代八股文創作「立門庭」、「定法式」、「循門牆」、「樹規範」的做法尤為不滿，還特別指出「陋儒喜其有牆可循以走。」〔註194〕所以，王夫之在八股文批評中更多的是以啟發人們的思想認識和審美眼光為立場，而不是樹立一種固定框架或程式，去要求人們「依牆循走」。因此，「虛」、「實」手法的運用，應該視具體的文題環境和作者的立意構思而定，而不是由王氏統一所定。

四、對「以古文為時文」的批判

王夫之肯定科舉制度存在的合理性，故而標榜八股文，並以其獨有的「樹德」、「揚義」、「進道」功能，賦予它「文之正統」的不朽地位。在創作過程中，又以「義」、「法」、「意」、「藝」四個維度對八股文進行了批評闡釋，反映了王氏對高格調八股文表現出的推崇和激賞之情。然而晚明八股文的創作風氣卻是與王夫之理想中的八股文有著天壤之別的，這使其對此深感痛惜，發出了「所業未竟，而天傾文喪，生死挈闊，念及只為哽塞」〔註195〕的感歎。因此，王夫之在對八股文創作進行批評論述的同時，還極力探尋導致「文喪」的現實根源。在他看來，明代中期流行的「以古文為時文」的創作風尚，顯然為「文喪」負有主要責任。

在王夫之心目中，高境界的八股文不是以功利為目的，而是「有得於道要而淹貫古今，捨糟粕而吸精液。」〔註196〕能夠引申聖言、發揚大義，有用於國計民生。與之相對應的八股文作者，也應該是「作一種文字，不犯一時下圓熟語，復不生入古人字句，取精練液，以靜光達微言。」〔註197〕能夠以純熟典雅的語言闡明聖賢之意。在這種八股文觀的要求下從事創作，王氏對作者的立意就極為看重：「古人修辭立誠，下一字即關生死。曾子固、張文潛何足效哉！」〔註198〕以聖賢大義為立意，則必然胸懷天下、心繫國家，所作文字也勢必與時政、朝局、世道、人心休戚相關，即所謂「下一字即關生死。」而假使有一個明確的學習典範，有一種與應試對應的時文範式，士子不必用心體會聖言經義，也不必關注朝政得失，只需研習程式模板即可獲得官階功

〔註194〕王夫之：《夕堂永日緒論・外編》二，《船山全書》第十五冊，第844頁。
〔註195〕王夫之：《夕堂永日緒論・外編》五十四，《船山全書》第十五冊，第870頁。
〔註196〕王夫之：《夕堂永日緒論・外編》十七，《船山全書》第十五冊，第850頁。
〔註197〕王夫之：《夕堂永日緒論・外編》五十四，《船山全書》第十五冊，第870頁。
〔註198〕王夫之：《夕堂永日緒論・外編》七，《船山全書》第十五冊，第846頁。

名，這便會極大削弱八股文的文體功能、降低八股文的品第境界，士子作文的立意也同樣會隨之冗沉。因此，王夫之對「以古文為時文」的八股文創作風氣予以了強烈的批判。具體來看，可以將其歸結為三個方面：

首先，強調「文章必有體」，反對八股文中融雜其他文體因素。王夫之說：「司馬、班氏，史筆也；韓、歐序記，雜文也；皆與經義不相涉。經義豎兩義以引申經文，發其立言之旨，豈容以史與序記法擾入？一段必與一篇相稱，一句必與一段相稱。截割彼體，生入此中，豈復成體？要之，文章必有體。體者，自體也。婦人而髯，童子而有巨人之指掌，以此謂之某體某體，不亦俱乎？」〔註199〕王夫之奉八股文為「文之正統」的理論依據是，八股文的內容是彰顯經義，經義所承載的是禮樂精神，所以八股文是「代聖賢立言」。而史類、雜文類、序記類文體的內容都與經義無所關涉，也不是「聖人之言」，那麼自然也就不能將其創作手法納入到八股文創作中。如果強行在八股文創作中融合其他文體的因素，其結果只會是「婦人而髯，童子而有巨人之指掌」的不倫不類，如果文體尚且不正，立意言旨則自不必說。

其次，強調「心入古人」，反對八股文創作中以古文言辭堆積填砌。王夫之說：「欲除陋俗，必多讀古人文字，以沐浴而膏潤之。然讀古人文字，以心入古人，則得其精髓；若以古文填入心中，而亟求吐出，則所謂道聽途說者耳。」八股文作者在創作八股文時需要同時完成身份和思維的轉換，要使聖人猶如復活一般。因此，王夫之認為要以聖人之心為我心，使作者主體完全融於古人聖人的精神世界，只有這樣，作者的思維、認識、語言、立意才能做到與古人、聖人相契合，所創作的八股文才能如萬斛流泉，自胸中而出。也唯有如此，才算真正意義上完成了「代聖賢立言」的角色轉換。反觀那些僅靠記誦古人章句，在作文時將舊說陳語按照八股格式填砌堆積的應試寫作，在王夫之看來多是「敗筆」之作：「乃一行涉獵，便隨筆湧出，心靈不發，但矜遒勁，或務曲折，或誇饒美，不但入理不真，且接縫處古調今腔，兩相黏合，自爾不相浹洽，縱令搏成，必多敗筆。」〔註200〕

最後，還特別引佛教話語「從門入者，不是家珍」，反對以《八大家文鈔》為八股文創作範式。王夫之認為，八股文創作是一項個人精神境界和個性品格的持續修養過程，若規定以某一個或某一類作家作者的文章創作，為所有

〔註199〕王夫之：《夕堂永日緒論·外編》十三，《船山全書》第十五冊，第848頁。
〔註200〕王夫之：《夕堂永日緒論·外編》三十四，《船山全書》第十五冊，第853頁。

人八股文創作的範式，只會導致誤人子弟和敗壞風氣的後果。針對明代中期由茅坤評點唐宋八大家古文而興起的推崇「唐宋八大家」和「明代八股文四大家」〔註201〕的「以古文為時文」的八股文創作風氣，他批評說：「程子與學者說《詩經》，止添數字，就本文吟詠再三，而精義自見。……先輩間有此意，知之者鮮。自『四大家』之名立，各有蹊徑，強經文以就己之規格，而此風蕩然矣。」〔註202〕王夫之認為，「四大家」八股文範式的確立，非但沒有起到絲毫揚大義、達微言、推事理、宣實用的積極作用，反而將八股文以經義立意的傳統徹底敗壞了。並且認為，自「四大家」名立以後，士子創作八股文不再以聖言經義立意，改用王、唐、瞿、薛的八股文風立意，這種立意取向的轉變發展到後期更演變為「徇詞失意」、「成片抄襲」、「愈之弱靡」的創作風氣，造成了「湮塞文人之心者數十年」〔註203〕的惡劣後果。由此可見，王夫之對這種立門庭範式的行為深惡痛絕。

另一方面，王夫之不但反對以王、唐、瞿、薛四家的八股文風為創作範式，也反對一味摹仿唐宋古文的創作手法，指出：「學蘇明允，猖狂譎躁，如健訟人強辭奪理。學曾子固，如聽村老判事，止此沒要緊話，扳今掉古，牽曳不休，令人不耐。學王介甫，如拙子弟效官腔，轉折煩難，而精神不屬。八家中，唯歐陽永叔無此三病，而無能學之者。要之，更有向上一路。」〔註204〕王夫之對八股文章持論十分嚴苛，大批古文名家在這裡被徹底抹倒，這並不代表他反對向古人學習，恰恰相反，王夫之非常看重八股文作者的學問根底，他說：「故必極學問思辨之力，以果能好學力行知恥，而修仁義禮之人道，然後可以治天下國家，非但依樣葫蘆，遽言法祖，如王莽之效周公也。」〔註205〕由此可以看出，王夫之批判唐宋八大家的實際用意，反對的是士子以固定的古文面貌依樣畫葫蘆的摹仿剿襲。八股文雖然是闡發儒家經典的微言大義，但這也是基於作者以己心入古文的前提下展開的，換言之，作者的「代言」，實則是以肖逼聖人的口氣，闡發出自己已經「聖人化」了的立意。這才是王

〔註201〕按當代學者張思齊言，《夕堂永日緒論》中所謂「明代八股文四大家」即王鏊、唐順之、瞿景淳、薛應旂。見《八股文總論八種》，武漢大學出版社，2009年，第842頁。
〔註202〕王夫之：《夕堂永日緒論·外編》一，《船山全書》第十五冊，第843頁。
〔註203〕王夫之：《夕堂永日緒論·外編》十五，《船山全書》第十五冊，第849頁。
〔註204〕王夫之：《夕堂永日緒論·外編》三十八，《船山全書》第十五冊，第861頁。
〔註205〕王夫之：《夕堂永日緒論·外編》二十八，《船山全書》第十五冊，第855頁。

夫之提倡士子學習、效法的真正對象，即所謂的「向上一路」。而對那些打著「以古文為時文」冠冕堂皇口號的八股文創作，王夫之尖銳地指出其背後動機目的——苟趨捷徑和應試投機，因此，他呼籲士子從認識上扭轉「向學」的對象，若能「別尋理際，獨至處自成一家」，則勢必「固賢於歸熙甫之徒矜規格也。」〔註206〕要從義理上發微，在經典本文上下工夫，杜絕一切已成、既定的不由己意所出的範式。至此，王夫之也給出了他批判「以古文為時文」創作風尚的真實原因：「釋氏有言：『從門入者，不是家珍。』特以無門可入，絕陌人攀援之徑，放入不知玄賞耳。」〔註207〕即提倡八股文創作應在作者本人之意下完成。

綜上所述，《夕堂永日緒論‧外編》作為一部關於八股文批評的專著，對八股文的文體和藝術形式都有全面的論述，體現了王夫之對八股文體的推崇和對八股文境界的追求。王夫之對八股文做出的理論批評，旨在以八股文創作為對象，啟發人們對傳統文化精神的復興意識，進而致力於經世濟民的現實實踐。可以說，王夫之的八股文理論有著深厚的哲學基礎，是其實學精神的一個重要組成部分。

〔註206〕王夫之：《夕堂永日緒論‧外編》十九，《船山全書》第十五冊，第851頁。
〔註207〕王夫之：《夕堂永日緒論‧外編》十九，《船山全書》第十五冊，第851頁。

第三章　重建：順治康熙時期的八股文批評（上）

　　滿洲貴族在進入中原、確立清王朝統治以後，開始恢復社會秩序，並逐步加強對思想界的控制。首先是吸收一大批漢族文人比如范文程、魏象樞、陳名夏等，加入其統治陣營，並迅即恢復了在明朝延續了近三百年的科舉制度；其次是確立儒家思想作為清朝統治的思想指南，康熙皇帝還親自到曲阜祭孔，並以程朱理學作為八股文考試的主要依據，從而有效地實現了對漢族知識分子的思想控制；在這一思想重建過程中，陸隴其、李光地作出了突出的貢獻，他們批評晚明心學，倡導理學，弘揚程朱思想，並在這一思想指導下從事八股文批評。

第一節　陳名夏的八股文批評

　　陳名夏（1601～1654），字百史，江南溧陽（今屬江蘇）人。少時曾遊學山東、河北、徐淮等地，結交當時的社會名流，並與應社領袖吳應箕相友善，曾列名《留都防亂公揭》，崇禎十六年（1643）以一甲三名成進士，官翰林院編修。入清後，依附多爾袞、譚泰，先後為吏部尚書、弘文院大學士、秘書院大學士，順治十一年（1654）以倡言「留髮復衣冠」罪處斬。陳名夏才思敏捷，喜好詩文，先後有《石雲居詩集》《石雲居文集》《石雲居制義》傳世，並甚得當時文壇名家之稱揚，其詩有方以智為序，其文有錢謙益、吳偉業、宋徵輿為序，其制義亦有金文通、吳應箕為之序。他不但是崇禎時期著名的制

義大家〔註1〕，而且還編選了一部晚明時期最重要的八股文選《國朝大家制義》，並通過序、跋、書信的方式對八股文創作的基本原則、明代重要大家制義風格及晚明八股文壇流弊進行了較為全面地闡述和探討，也為清代八股文選的編纂體例、選文標準、批評原則指明了切實可行的發展方向。

一、對晚明八股文流弊的反思

從明洪武時期起，八股文開始其繁衍發展的進程，經歷了初創、繁榮、極盛到衰弱的初盛中晚四個階段。一般認為，正德、嘉靖是明代八股文發展的極盛期，其體式正大，理充氣足，並能融經史於制義，開拓出以古文為時文的新途，出現了王鏊、唐順之、瞿景淳、薛應旂等在明代八股文史上佔有極重要地位的「國朝四大家」。然而，盛極必衰，熟極必爛，八股文發展到萬曆末年，或講機局，或尚才情，或喜詞藻，唯獨不講恪遵傳注以代聖賢立言。「這些八股文炫怪矜奇，標新立異，雖給人耳目一新之感，但因不遵從程朱理學，反而將離經叛道的思想與語言引入了八股之中，八股文已從根本上偏離了其創制宗旨」。〔註2〕影響所及，到天啟、崇禎時期，八股文已完全是卑陋至極，對於這一時期的八股文風，明末清初學者是這樣批評的，或謂之「空疏庸腐，稚拙鄙陋」〔註3〕，或稱其「背戾以浸淫於異端」〔註4〕，天啟初期曾為禮部尚書、東閣大學士的朱國祚有更為詳細地描述：「乃至於今，則又有深可歎者：豔詞逞辨，窮極瑰麗，以駭裏耳，為誇而已矣；旁引不經，過為詭誕，使人不可究解，為怪而已矣；雕鏤刻畫，棘棘滯物，以呈其工，為巧而已矣；掇拾陳言，以自粉飾，而無當於理要，為冗而已矣；數者之弊，相尋而已，而文體遂至於決裂。議者謂文之日趨於敗，猶江河之趨海不復返。」〔註5〕就是說晚明八股文流弊主要表現在四個方面——「誇」、「怪」、「巧」、「冗」，歸結起來就是在內容上悖離遵經守注的八股文統，在體式上則有違醇正典雅的文體規範。

〔註1〕鄧之誠：《清詩紀事初編》，上海古籍出版社，1965年，第490頁。

〔註2〕龔篤清：《明代八股文史探》，湖南人民出版社，2005年，第381頁。

〔註3〕艾南英：《前歷試卷自序》，《天庸子集》卷二，臺北藝文館1980年影印版。

〔註4〕王夫之：《夕堂永日緒論外編》，《薑齋詩話》，人民文學出版社，1998年，第175頁。

〔註5〕朱國祚：《正文體議》，見《古今圖書集成》理學彙編文學典第一百八十卷經義疏。

　　為此，當時著名學者李廷機、凌義渠、沈承紛紛上「正文體議」、「正文體疏」、「正文體策」，要求在取士過程中準先輩法程，違者弗收，以正文風，認為惟有「務根本，絕浮華」，才能達到「可以療文，可以療人，並可以療世運」的社會效果。〔註6〕時運交移，質文代變，八股文也是如此，一種文風是一個時期社會風尚的晴雨表，萬曆末年以來文風的萎敗是與當時的「世運」密切相關的，誠如俞長城所說：「有明之季，文體蕪穢，晦冥蒙翳，與運相符。」〔註7〕這個「世運」就是朝政腐敗，綱紀不振，黨爭不斷，教化失恃，人心散漫，世風衰落。「萬曆季年之後，政治越來越腐敗、黑暗，國勢漸趨衰微，八股文也越來越靡頹、腐臭，這也是八股文這種特殊文體受時代影響的必然趨勢。」〔註8〕然而，剝極必復，到崇禎時期，危亡的國勢激發起人們救亡圖存的憂患意識，八股文壇也出現了一股聲勢浩大的救亡運動，在江南地區還形成以「江西四雋」為代表的豫章社和以張溥、陳子龍為代表的復社、幾社這樣兩支影響力較大的八股文派。豫章社主要是從恢覆文風著眼，要求回溯到正德、嘉靖時期亦即國朝四大家時期以古文為時文的文風；而復社、幾社主要是從重振士風士行入手，要求為文有益於世，八股文的製作亦要體現經世致用的精神，他們實際上是要恢復萬曆以來被人們已經拋棄了的儒家禮法；也就是說豫章社的主張偏於「文法」，而復社幾社的主張重在「義理」。陳名夏雖然與復社諸子有交往，也很認同艾南英恢復唐宋文統的努力，但在這一問題上並不盲從，而是提出自己獨特的救弊主張。

　　在陳名夏看來，晚明八股文壇，流弊叢生，為患甚多。「制義之道，潰亂已極。比日專尚偶對，詫為雕龍繡虎，其實敗絮朽質，安所用之？學問義理，畏其拘拘尺度，好言事功權變，聖賢體用，毫無體究。專尚遊俠權奸，不問何題？望而知為帝王大物矣；不知何解？望而知為圭瓚琬琰矣。前輩篇法蕩然無一存者，而南國得氣之士多用此技。間有二三古學，不惑於流俗者，又因坊刻衰落，不能廣布同好，以此益歎維挽之難矣。」〔註9〕他認為晚明八股文壇之流弊最突出的表現就是：專尚偶對，聖賢體用，毫無體究，這一點在他在與友人金之俊議論時說得更為明白：「吾儒雖躬行不及聖賢，既已操觚伸紙，

〔註6〕沈承：《文體策》，見《古今圖書集成》理學彙編文學典第一百八十卷經義疏。
〔註7〕「可儀堂」刻「名家制義」本《熊鍾陵稿》卷首刊俞長城「題識」。
〔註8〕龔篤清：《明代八股文史探》，湖南人民出版社，2005年，第562頁。
〔註9〕陳名夏：《答魏昭華》，《石雲居文集》卷十五，《清代詩文集彙編》第十六冊，第168頁。

儼然代之立言，則必當設身處聖賢之地，發聖賢之論，奈何其相率為荒唐謬悠支離割竄之語句，入室而操之戈耶？」〔註10〕他強調既為制義，則須代聖賢立言，恪守八股文自身的體制規範，而天啟、崇禎以來制藝已偏離了這一正途：「文心淪喪」。他說：「今之為文者，日誇以奪而中無所主也。」〔註11〕「予觀古文至今日衰敝矣！稍有才力之士，皆至於摹擬而失真，如子由之所慨於剽奪珠貝、綴飾口耳者。其不及者則空談以為泛覽，重複以為遊行，而古作者之意蕩然盡矣。」〔註12〕何為「古作者之意」？他說：「予素好遵岩諸家，能按古作者之旨，歸乎六經，顧好之者少，後遂剽奪支離而不可訓，其能與荊川相上下鹿門、震川耳。」〔註13〕又說：「予按古作者之旨，如韓、歐諸人，其於序事以感慨，辨析義理以曲折，可謂渢渢乎六經之遺矣！」〔註14〕「古作者之旨」就是《四書》《五經》確定的儒家禮法，然而晚明文壇卻將之束諸高閣，只是追求形式上的機巧和語言上的藻麗，其結果是空言誤國，給國家帶來深重的災難和危機：「近年文體敗壞，皆由二三好名以不知義理之言捷收科第之效，遂至相煽成風，相誘成習，而不知其非。《五經》《性理》諸書，束之高閣，而巧襲六朝五季之浮豔。夫如是，安得不日尋於干戈變亂也乎？」〔註15〕

　　既然如此，如何救弊？陳名夏的主張是恢復正德、嘉靖時期體大式正、理醇義深的八股文風，也就是由王慎中、唐順之、茅坤、歸有光等確立的以古文為時文的八股文統。據其《自題石雲居制義序》所云，知其曾師事明末制義大家方應祥。方應祥（1560～1628），字孟旋，西安（今浙江衢縣）人，萬曆四十四年（1616）進士，天啟初曾為山東布政司參政僉事。俞長城說：「讀方孟旋文，幽奧堅固，質而彌文，殆有至性存焉。」〔註16〕何以故？蓋

〔註10〕金之俊：《陳百史先生石雲居制義序》，《石雲居文集》卷首。

〔註11〕陳名夏：《余大微中臺制義序》，《石雲居文集》卷一，《清代詩文集彙編》第十六冊，第27頁。

〔註12〕陳名夏：《李舜良制義序》，《石雲居文集》卷一，《清代詩文集彙編》第十六冊，第25頁。

〔註13〕陳名夏：《石雲居文集自序》，《石雲居文集》卷首。

〔註14〕陳名夏：《王守溪先生制義序》，《石雲居文集》卷三，《清代詩文集彙編》第十六冊，第75頁。

〔註15〕陳名夏：《答魏昭華》，《石雲居文集》卷十五，《清代詩文集彙編》第十六冊，第168頁。

〔註16〕俞長城：《方孟旋稿》「題識」，康熙間可儀堂刻本《百二十名家制義》。

因孟旋為端人君子，「以君親為天地，以朋友為性命，以吉人善類為頭目腦髓」。其博學強識，茹古涵今，浩蕩無涯，所為制義，亦自闢阡陌，浮天濯泉，籠挫萬物。在錢謙益看來，方孟旋的制義，有如啞鍾忽鳴，黃雄變雄，是以「醇正」之風扭轉明末文壇的「澆漓」「萎敗」。〔註17〕受其影響，陳名夏亦好為高潔絕俗之文，推崇正、嘉醇潔雅正文風。「明興以來，弘演六藝之旨，而接以淡永淵著之說，莫如王遵岩、唐荊川、歸震川諸先生。」〔註18〕他又以歸有光為正德、嘉靖八股文的傑出代表，認為歸有光的制義是後人所無法企及的：「震川制義茫無涯涘，若大海之瀾，嘯魚龍而蕩日月也。」〔註19〕而陳名夏自己也是每擬制義，必以歸有光為師法之榜樣，他摹擬歸有光的正是其以古文為時文、理充氣足、體式正大的文風。金之俊為其《石雲居制義》所撰之序文，比較全面地闡述了陳名夏的這一思想，指出陳名夏的理想是要兼「理」「法」：「文之不朽於天地間者，有他道哉！理之為主，法之為輔而已矣。六經語孟之文，理之原，法之祖也。先秦兩漢唐宋大家之文，附於理而不詭，繩於法而不佻者也。理不足則氣索，法不足則格卑，氣索格卑則古意蕩然，無復有存焉矣。此近日制舉之文所由弊也！然則救弊於今日，莫如勉學者以通經學古，蓋能為古文辭者，未有不能為制舉藝者也。昔王震澤、歸震川、唐毗陵、茅歸安諸君子，皆以制藝冠絕一時，而其議論必根本於經義，其開合首尾，抑揚錯綜，必出於遷固、韓、歐、蘇、曾數大家間，是以理明法備，其為制舉藝無異其為古文詞，故足傳也。迄今百年餘來，能為震澤諸公之古今文者，惟吾友陳百史先生。」〔註20〕

二、八股文社會功能及其創作的原則與要求

隨著晚明八股文蔽竇的叢現，關於八股文存廢的議論亦隨之而生。明末清初學者彭而述曾說：「予嘗有言，文不可廢，八股定當廢，此時乃暫行之。若曰：入英雄轂中，亦猶行古之道也，其斷斷乎不可廢者，如今之古文辭與詩歌

〔註17〕錢謙益：《方孟旋先生墓誌銘》，《牧齋有學集》卷二九，上海古籍出版社，1996年，第 1087 頁。

〔註18〕陳名夏：《陸長年集序》，《石雲居文集》卷而，《清代詩文集彙編》第十六冊，上海古籍出版社，第 68 頁。

〔註19〕陳名夏：《答吳駿公先生》，《石雲居文集》卷十五，《清代詩文集彙編》第十六冊，第 153 頁。

〔註20〕金之俊：《陳百史先生石雲居制義序》，《石雲居文集》卷首。

樂府之類是也。」〔註21〕其實，在萬曆時期就有這樣一種流行的觀念：八股只是士人進身之階，一旦跨過這一門坎，就再沒有必要去問津它了。誠如王世貞所云：「甫離齔即從事學官，顧其所習，僅科舉章程之業，一旦取甲第，遂厭棄其事。至鳴玉登金、據木天蓺火之地者，叩之，自一二經史外，不復知有何書，所載為何物，語令人憒憒氣塞。」〔註22〕為陳名夏所推崇的歸有光亦有言云：「近來一種俗學，習為記誦套子，往往能取高第。……然惟此學流傳，敗壞人材，其於世道，為害不淺。夫終日呻吟，不知聖人之書為何物，明言而公叛之，徒以為攫取榮利之資。」〔註23〕當八股文作為科舉取士的國策，衍變成少數人巧取功名的工具，失去其規範人心、完善人格的功能後，必然會在社會上引起廣泛的非議之聲，甚至在當時還出現了廢科舉而恢復薦舉的議論。

　　在陳名夏看來，八股文是關乎國家取士的大業。「制義者，士之所以進身而為之贄也。古者見君之禮必以贄，我國家士非由科第，雖有長才異能，亦無從而進，故制義之道，君子重之。」〔註24〕雖然八股取士制度的確存有多種弊端，但絕不可因之廢科舉而重返薦舉之途，原因在八股文取士目的是正人心，士子所習固為聖賢之言，卻可藉以通達聖賢之心。他說：

> 予之為是說者，匪以勢不可返，而實以道不可易，勢不可返者。君相能自為權，一更令而下已靡然。道不可易者，不操於君相之權，而操於孔孟以來人人能為聖賢之心，所為聖賢之心者能言仁義道德者是也。故取士之法，一斷於經義，非聖賢之心，不可以代孔曾思孟而為言，非仁義道德之言不可以代孔曾思孟，而又不可以見收於求為孔曾思孟之言者。〔註25〕

　　這一看法與歸有光所論，可謂有異曲同工之妙，歸有光《山舍示學者》云：「第今所學者雖曰舉業，而所讀者即聖人之書，所稱述者即聖人之道，所推衍論綴者即聖人之緒言。無非所以明修身、齊家、治國、平天下之事，而出

〔註21〕彭而述：《袁參嵐文集序》，《讀史亭文集》卷三，清康熙四十七年刻本。

〔註22〕王世貞：《與戶部陳晦伯》，《弇州山人四部稿》卷一二六，《文淵閣四庫全書》本。

〔註23〕歸有光：《山舍示學者》，《震川先生集》卷七，上海古籍出版社，2007年，第151頁。

〔註24〕陳名夏：《明朝大家制義序》，《石雲居文集》卷三，《清代詩文集彙編》第十六冊，第7頁。

〔註25〕陳名夏：《乙酉程墨選序》，《石雲居文集》卷三，《清代詩文集彙編》第十六冊，第73頁。

於吾心之理。夫取吾心之理而日夜陳說於吾前，獨能頑然無概於中乎？願諸君相與悉心研究，毋事口耳剽竊。以吾心之理而會書之意，以書之旨而證吾心之理，則本原洞然，意趣融液。舉筆為文，辭達義精。去有司之程度亦不遠矣。」〔註26〕通經汲古，本意在以聖賢之言涵化士心，通過士心之涵化讓聖賢之言達到如自己出的地步，然而在陳名夏看來當時文壇卻充斥著有悖上述原則的不良現象：「今之為經義者，不言聖賢言奸雄耳，不言仁義道德言機械變詐耳，故有聖賢定靜安慮之學，而謬及於摯鳥伏擊之術，聖賢布帛菽粟之教，而借為吹竹震獸之音。至於增益句讀，徑省字義，合比對偶，如狂醒不醒，作者不識所由來，而有司目詫心搖，私為帳中之寶而收之，抑知其足感人心、禍當世而莫之救哉！」不過，這些實乃有司失鑒之過，而非以經義取士之過，正所謂噎而廢物，食而可廢乎？有司實不知經義，而廢經義可乎？接著，他進一步批評了主張廢除經義取士的觀點，指出王安石確立以經義取代詩賦取士乃時勢所趨：「至於詩賦變為經義，則予必曰聖人之道所以常明常行者此耳！而後之人不察王荊公之有功於聖人，而耳食以為詆訶，且謂經義不足以取士而欲變之，豈非聖賢之罪人哉！」〔註27〕

在周秦時期，古人「賦詩」意在考見王道盛衰、禮義興廢、政教得失，在明代通過八股文也能看出國家治亂之是非及人心教化之淺深，決非流俗所說是僅為攫取榮利之捷徑。陳名夏說：

> 嗚呼！一代之得失盛衰見於是矣。乃今之為說者，制義求為科第何必工？將以悅時人之耳目，將以悅時目而得顯官高第耳，將以得顯官高第而榮其身家以及其後人耳，苟獲成科第而去者亦足矣！抑思時人者，聖人之身也；高第顯官者，時王之制也；身家後人又人心善端之克也；三者皆將於制義求之，而顧汲汲襲為一旦之術而忘其所自是，何資於制義者甚重以周而士之為之甚輕以約也？（《明朝大家制義序》，《石雲居文集》卷三）

他認為制義非僅僅是為了獲到高官顯第，其根本在於證「聖人之身」、「時王之制」、「人心善端之克」，所以說「一代之得失盛衰見於是矣」。在為陳道

〔註26〕歸有光：《山舍示學者》，《震川先生集》卷七，上海古籍出版社，2007年，第151頁。

〔註27〕陳名夏：《乙酉程墨選序》，《石雲居文集》卷三，《清代詩文集彙編》第十六冊，第73頁。

莊所選試卷作序時，他提出「觀道」、「觀世」之說：「予讀而歎曰：此可以觀道，又可以觀世已。道蘊於精神性術之微，而發於語言聲氣之表；世極於治亂因革之變，而藏於音節抑揚之中。道與世交為感，而又與為無窮，則夫文者載道之器，而運世之本也。文不衷於道，駢技雕鏤克沓於繁繪，使人有感於是非之末明矣。文不關乎世，則離歧於方隅，震盪於水火，使人有感於前後不相及矣。」〔註28〕文要載道，又要關世，這實際上就是要強調八股製作必須合乎儒家經世的思想，而不能只是作為逞才炫巧的表達手段。

陳名夏還強調八股文製作當「存心」、「主敬」，也就是對八股文要採取一種敬畏之心，應當從宣示儒家之義、張揚聖賢之心的立場理解「制義」，唯有這樣才會使其八股文達到一個「求言合乎道」的高度。他說：

予又嘗論之，行文之要，莫若存心。先輩自守溪而下，其勳業表表，卓冠當世，或見於館閣侍從，或見於疆場荒域，或見於藩司守令，可謂盛矣！然以予觀其行文，及嘗考其師友淵源，莫不相戒勿為慢易無稽之辭以欺其心，而又以為身既見用於時，以至榮身家而及後人者皆至焉。是則君之所以侍士者既盛矣，區區以詞章之學而得之，而又皆為其易者不能求之於古作者之指，以發明聖賢之道，豈可謂之仁人乎哉！（《明朝大家制義序》，《石雲居文集》卷三）

夫學者之文，豈不以敬肆分得失哉！主敬則神凝，神凝則氣定，神與氣相守而後發之為文詞章句，斷斷可入聖人之道。古人所以積之數十年之力，使其存於中者，既已旁皇周浹而無淺泊拘畏之病，及乎放而為言，不敢有叫號嘻戲之習，必正襟危坐兢畫尺寸而後得之，何也？道非文不載，文非道弗貴，六經而下，如韓歐諸君子，觀其所以自明立言之意，何其艱而不苟也。故曰：文之至者，敬之至也。（《天眂樓會課序》，《石雲居文集》卷三）

予嘗論行文以敬為主，不敬則氣懈，氣懈則支吾於詞說。先輩論學者道必曰正襟危坐，予以為學文亦。（《趙儕鶴先生制義序》，《石雲居文集》卷三）

為文存心主敬，則不以有司之是非而是非，亦不以習八股者之窮達而為

〔註28〕陳名夏：《試卷序》，《石雲居文集》卷三，《清代詩文集彙編》第十六冊，第73頁。

是非。在陳名夏看來個人之窮達並不重要，重要是的在寫作八股文時是否有「主敬之心」。他說：「世之捷得功名者多矣！彼以功名惟人所欲，但揣摩於章句聲容，非有義理深長之味，而有司尺度如此而足，則遇者勝而不遇者不勝矣。至於功名之得，世稱以為榮而反至獲罪於聖賢。苟能為理義之文，則有功於聖賢矣，而有司不能得之以此失其明天下，不能得之以此失其治，而識者又從旁感慨而為不平之鳴。如北門之詠榛苓之思是也，又可謂遇者勝而不遇者亦勝矣！」〔註29〕如果只是求獲得有司之拔識，失卻義理深長之味，反倒是「獲罪於聖賢」，只有為理義之文才是有功於聖賢。因此，他引入韓愈關於古文創作的「不平之鳴」說，指出在八股文壇也大量地存在著窮而後工的現象。他在給周生於的信中說：「門下數致書皆不識所言何意，大率如韓子所云不為衣食所困，得以大肆其力於文章耳！雖然衣食能困人，不困之時，其困人愈甚，如門下奇才刻思，何微不入？何堅不破？」（《與周生於》，《石雲居文集》卷十五）又在為黃銓士所作制義序中說：「予於黃子益信文章遇合之權，在我而不在我人也。在人者有司困人所以不能矣，在我者勝而不敗，得而不失，而合於聖賢之義理通於當世之務，有司雖欲困以所不能，而我之文章足以奪其權而歸於相信，此即韓子君相能為時而學斬勝乎己之說也。」〔註30〕還在為王元倬所作制義序中說：「每讀其所為文章，竊歎元倬負才如此，然不獲中有司尺度，以致其波娑塞產鬱鬱不得志甚可怪也。……予嘗按永叔讀李翔《幽懷賦》，每置書而歎，歎已，復讀，恨不得生翔時，與翔上下其論，其賦曰：『眾囂囂而雜處，咸嗟老而歎卑。』惟予心之不然，慮行道之猶非永叔習見，嗟老歎卑者往往而是，得一翔不以嗟老歎卑為心，故為之歎服欲見其為人若夫士之一再不遇，輒頹廢於聲伎歌燕不復自振，甚者憂憤之過，至於舉世不容何其愚也。有如易其嗟老歎卑之心，以學者績文為己任，安知其終不一遇，輒益屬其氣，養其力，必俟其後，故得之足重也。……今觀其（元倬）文辭當必有如永叔之讀翔之賦而稱者，然又欲同輩之士如元倬，易其嗟老歎卑之心，處可為賢良，出可為文學，未有久而不遇者也。」〔註31〕

〔註29〕陳名夏：《胡秋卿制義序》，《石雲居文集》卷一，《清代詩文集彙編》第十六冊，第 15 頁。

〔註30〕陳名夏：《黃銓士制義序》，《石雲居文集》卷一，《清代詩文集彙編》第十六冊，第 19 頁。

〔註31〕陳名夏：《王元倬制義序》，《石雲居文集》卷一，《清代詩文集彙編》第十六冊，第 21 頁。

　　八股文對於創作主體不但有主敬的要求，而且還有閱歷、學識、涵養、表達等方面的要求。陳名夏自述致力於此二十餘年，或數日而成一藝，或經月而未有成者，「惟日夜摩切義理，他無所異望」，其中甘苦實難盡言。他說：

> 所謂制義之難，求之於心而發之於言，以學者之言而代聖賢之心，其義可謂深矣，道可謂廣矣！而欲以偶然而得之，豈可幾乎？故學者之言如此，而聖賢之心如彼，此叛道而去不足數者也。即言或有當於聖人矣，以至於內外淺深，幾微秒忽，有一之不當於聖賢。或其言則是而其人則非，而識者且有以知其言之未嘗是也，此曷故與夫人之言未有不似其人者？誠能惕之以聖賢，陳之以萬物，依乎和平，止乎義理，行文之時，兀坐一室，以己之心與聖賢之心相與問答，授受於百千載之上，漸得其所謂合一無間而發之為詞章，乃可以為制義之至，乃可以為言是而人亦是，否則神之嚚也，氣之漓也。其言則是，而人則非，去叛道者不能以寸矣。求如向之所謂羈寓奔走、感慨俯仰、懷酒流連、友朋執手而詩賦輒工者，今皆不可得矣，若是其難哉！（《自訂製義序》，《石雲居文集》卷二）

　　這一段話可以說是對八股文寫作的經驗性總結，並指出八股文最基本的要求是「以學者之言而代聖賢之心」。但是，要做到這一點，並非易事，在陳名夏看來，在行文之時，當凝思靜慮，只有當其心與聖賢之心相疊合，這樣寫作出來的制義才會是「制義之至」。八股文寫作固然應該以聖人之言為言，專一於孔、孟、思、曾，以聖人之言來涵化自己，但是個人的閱歷和學識也對提高其八股文寫作水平有很大的推動作用。在閱歷上，他主張作者當廣其遊歷以得江山之助，其《祝尊光集序》云：「唐劉子蛻云：文有天地，此為好遊者言耶，抑為未嘗遊者言耶。以予觀於祝子，制義之偉人也，博聞立言，戢戢於函則，已盡得山川之勝矣。……祝子無事擔簦躡磱，傍徨山澤之間，述其所志，詠其所見，而一旦盡有諸勝，即予且驅馳數月，一遇祝子，所謂予得其形，祝子並得其意，若是祝子且得天助哉！」〔註32〕在學識上，他認為名家制義往往是「理」、「法」兼備，特別在「法」上更是涵蓋百家而取眾體之長：「若制義之形聲句讀、格律意思，與唐宋以來之為古文者略相殊矣。而先輩之傑者，又兼而有之，凡五帝三王著其略，方內萬物緯其運，日月星晨經其度，禮樂刑政百氏之書錯集

〔註32〕陳名夏：《祝尊光集序》，《石雲居文集》卷一，《清代詩文集彙編》第十六冊，第 20 頁。

而不越傑者，又於制義兼而有之。」〔註33〕正因為這樣，他主張初習經義，當廣泛學習前人，他編訂自己所作為《石雲居制義》，便分擬古、擬先正、擬墨三部分。擬古部分是以古文為文，絕去對偶，專於斷落處見其本懷；擬先正部分則以先輩法為文，寧淡毋濃，寧不足毋有餘；擬墨部分則斟酌於古今之間，效時人所為整裕者然猶未至流入俗道者。「或為古樸而醇深，或為淡遠而宕折，或為環瑋而雄博，其遣詞而詞不同，其所以為理為法，一也。」〔註34〕

三、《國朝大家制義》及陳名夏的八股文批評實踐

正如上文所說，晚明文壇流弊叢生，天啟、崇禎之際已有豫章社、復社、幾社等文社相繼提出救弊的策略，編選各種不同形式的文選，為遏止晚明八股頹勢提出救弊良方。葉夢珠《閱世編》卷八「文章」條云：

> 啟禎之際，社稿盛行，主持文社者，江右則有艾東鄉南英、羅文止萬藻、金正希聲、陳大士際泰；婁東則有張西銘溥，張受先采、吳梅村偉業、黃陶庵淳耀；金沙則有周介生鍾、周簡臣銓；溧陽則有陳百史名夏；吾松則有陳臥子子龍、夏彝仲允彝、彭燕又賓、徐闇公孚遠、周勒卣立勳；皆望隆海內，名冠詞壇，公卿大夫為之折節締交，後生一經品題便作佳士。一時文章，大都騁才華，矜見識，議論以新辟為奇，文詞以曲麗為美。〔註35〕

這些在江南地區出現的晚明文社，實際上就是以應考為目的的八股文社，其活動內容一般是以讀書窮理、揣摩經義、練習應制文字為日常功課。為了便於社員學習和揣摩，這些文社往往會編選一些選本，收錄成化、弘治以來的名家制義和社友文稿，艾南英有《明文定》《明文待》、陳子龍有《六子會議》、周鍾有《經義諸選》、錢禧有《同文錄》、周鍾有《復社國表》，這些文選通過批點的方式指出其文法、文理、文題等值得借鑒學習之處。在這些選本裏，艾選與錢選尤為風動一時，另外，陳名夏的《國朝大家制義》也是一個非常重要的選本。鄭灝若說：「陳百史名夏有五十大家之刻，一時鴻文巨製囊括無遺，不惟示後學以先型，亦足以傳諸人於不朽。」〔註36〕指出《國朝大家

〔註33〕陳名夏：《國朝大家制義序》，《國朝大家制義》，明末陳氏石雲居刻本。
〔註34〕金之俊：《陳百史先生石雲居制義序》，《金文通公集》卷一，清康熙二十五年刻本。
〔註35〕葉夢珠：《閱世編》，上海古籍出版社，1981年，第183頁。
〔註36〕鄭灝若：《四書文源流考》，《學海堂集》初集卷八，清光緒十二年刻本。

制義》具搜羅宏富、囊括無遺的特點，並有示後學以規矩、傳諸人於不朽的重要意義。

《國朝大家制義》共 42 卷，明末陳氏石雲居刻本，現藏於國家圖書館，收錄有明代制義名家 42 人：成化朝 1 人，王鏊；弘治朝 4 人，錢福、李夢陽、王守仁、董玘；嘉靖朝 11 人，唐順之、諸燮、薛應旂、茅坤、瞿景淳、王樵、周思兼、錢有威、王錫爵、許孚遠、歸有光；隆慶朝 3 人，胡友信、鄧以讚、黃洪憲；萬曆朝 23 人，孫鑛、趙南星、馮夢禎、蘇濬、楊起元、顧憲成、湯顯祖、李廷機、鄒德溥、萬國欽、郭正域、葉修、陶望齡、董其昌、郝敬、吳默、顧天埈、沈演、舒曰敬、湯賓伊、孫慎行、黃汝亨、許獬。從上述入選作者看，成化以來重要的名家基本囊括在內，但在各個朝代的入選數量上則是不均衡的，成化、弘治是八股文成熟期卻只選 5 人，嘉靖朝是八股文全盛期也只選有 11 人，萬曆朝卻入選人數達 23 之多，雖說它是八股文的新變期，頗有鮮明的時代特點，但也有過多之嫌。其原因，陳名夏是這樣解釋的，一是先輩文多佚，二是以嘉靖以來時文正體為準，三是入選以文為主、以人為輔，入選諸家以其多有專稿又為學人所稱者，非謂本朝文實盡於此。〔註 37〕儘管《國朝大家制義》在選目選量上有這樣或那樣的不足，在時間跨度上不如錢選，在文法示範性上不如艾選，但是它作為一部入選規模龐大的選本有其值得稱道之處。

在《國朝大家制義》前面的序言裏，陳名夏述說了自己編選這一選本的意圖：「先輩諸君子，道德積於中而英華見於外，應時王之制而克其任天下愛民物之心。予竊慕其人而欲天下因其言以求其見君之始。如水之赴於海，木之藉於土，而流長枝茂莫可得，而掩之抑之阻絕之者，蓋有自也。陸賈曰『悟之以文章』，陸機曰『文扶質以立幹，文垂條以結繁』，而韓退之曰『閎中肆外』，蘇子瞻曰『行當行，止當止』，古人之論也，可謂祥矣！若制義之於形聲、句讀、格律，思兼古今之文法，又為特詳而今之言之，日以益眾，予皆不具論。獨以先輩存心之學告天下，使天下知夫存其言者，所以學文，而即所以學道成人，非徒尚詞家之能也。」在當時八股文選可謂多矣，陳名夏認為其關於形聲、句讀、格律言之眾，自己編選《國朝大家制義》則是為了讓先輩君子「存心之學」昭示天下，因此這一選文並沒有當時流行選本著力於形聲、句讀、格律的點評等，只是在各人各卷之首有一篇小序抉發各家為家之特色

〔註 37〕陳名夏：《國朝大家制義選例》，明末陳氏石雲居刻本。

及制義之風格，如果再將各家制義組合起來，並結合各篇製義之後的名家點評，它完全可視為一部有文、有論、有評的明代八股文史。

　　作為一部明朝大家制義的選本，它的重要意義在其對有明一代大家制義風格的基本定位。如錢福（鶴灘）「長於用實而不長於用虛」；董玘：「昔人稱中峰之文無他長，惟熟於朱子《或問》耳」；諸燮（理齋）「先生文中逸品也」；薛應旂（方山）多容善蓄，「其文寧失之板重，毋失之佻達，器識裕如也，寧止一世之士歟」；茅坤（鹿門）「長於敘事而短於說理」、王樵「方麓之文，理學之文也」、湯顯祖（義仍）「巧心俊發，鮮採動人」、萬國欽（二愚）「文以識勝」、郭正域（明龍）「先生之文何其坦直而易明也，於經史則富矣，於才情則壯矣」、孫慎行「淇澳文多用短調，而識者得其渾渾芒芒，而不得以短調目之」、許獬「子遜先生善於取勢，此諸家之定評也」等等。這些大家制義風格的描述未必完全符合各家創作實際，但它說明陳名夏是從文章學的立場去看八股文的體制特徵。

　　對上述名家制義風格的描述，陳名夏往往能結合各家人品、學識、經歷來談，說明其制義風格形成及變化的原因。如談李夢陽制義風格便從其為人談起，指出李夢陽為學有根柢，為人稟浩然之氣。「方先生以小臣而抗疏斥大臣，幾危其身，然先生由是益肆力於古詞，日益有名，其為歌行古風，沉雄悲壯，有杜少陵之遺，及觀先生所評杜本似更過之。制義亦奇動以氣勝者也。」李夢陽為人坦率，為文則沉雄悲壯，制義自然也是以氣勝。又談王守仁的制義風格著重從事功、學問、文章三者關係去闡述：「昔人有稱先生事功而譏其講學，予心折先生惟講學乃有事功，亦惟講學乃有文章。茅鹿門於本朝獨愛文成公論學諸書及記學記尊經閣諸文，以為程朱所欲為而不能；又稱撫田州等疏，唐陸宣公、宋李忠定所未逮；又稱其利頭桶岡軍功等疏，條次兵情，如指諸掌人；皆稱先生倡明絕學，使數百年知有師弟子之樂矣，而熟知其古文辭乃可為古八家之續乎？予既讀其古文辭而又欲傳其制義，區區制義之工與否何足以論文成？然制義亦自殊絕矣，夫子曰有德者必有言，其文成之謂歟？」在常人眼中王守仁以其事功耀世，在茅坤眼中王守仁是一位文章大家，而在陳名夏看來王守仁是一位制義大家，而他的制義正是從其事功、學問、文章而來。又談王錫爵則從他入仕前後經歷不同談其制義風格的變化：「荊石先生少以雄才稱文，何淹通而多思也！然予之所存者有二：一為諸生之文，雍和容與，稱名家矣；其一為宦成之文，取材泛濫，而又多失之不雅馴者，此

荊石遊戲之筆，而學者斤斤奉之為帳中之寶，不幾適南而北其轅乎？諸生之心細而手和，宦成之文心粗而手滑。予是以去彼而取此東坡海外文，此其頹然自放時也，而或者以為有加於少作，有是理哉？」

陳名夏還能將這些制義大家放在明代八股文風變遷的大背景下考察其地位。《國朝大家制義》以王鏊為開篇第一義，著眼的正在其是八股文史上確立制義規範的第一人。

> 洪、永而後，諸將相附麗而起，功業風采照耀前代，然或學者
> 白首而不能舉其一二，而至於守溪之制義且自少至老自名公巨抑以
> 至於童子，莫不高其文辭以為訓，此唐宋大家之不能得於當時之人
> 者，而守溪何以服人無異詞如此？士窮經義考試凡三歲中是科者，
> 人以為能，且光榮極矣，豈非使人專一於孔孟之道者耶？守溪以前
> 僅僅數公有文名而猶半涉宋體，至於守溪而法始備。嗚呼，盛哉！

洪武、永樂以來，儘管制義的規範基本成型，但在王鏊以前，為制義者多涉宋體，直到王鏊才真正稱得上是明體，誠如清代八股文選家俞桐川所說：「前此風會未開，守溪無所不有，後此時流屢變，守溪無所不包；理至守溪而實，氣至守溪而舒，神至守溪而完，法至守溪而備。」〔註38〕很顯然，陳名夏是從八股體制變遷角度認定王鏊的歷史地位的，又他對唐順之（荊川）歷史地位的認定也是從明代八股文風變遷的角度著眼的。他說：

> 先生為古辭後於王遵巖，若制舉業之名之盛，守溪而下未有及
> 先生者。茅鹿門亦嘗推為本朝第一，將不得為定論耶？……先生之
> 文誠大家矣！如以予所評者，或未進於古法耳，先生中年學歐曾之
> 文，惡知先生不悔其少作耶？然先生古文辭則善於用古法者矣，學
> 者不得其古文而觀之，而以制義盡先生，予恐先生亦不以為知己也。

唐順之是繼王鏊而後對八股文體制作進一步完善的制義大家，他的主要貢獻就是以古文為時文，關於這一點，他在討論與唐順之齊名的另一位制義大家茅坤談得更清楚。

> 先生真文之雄也，予嘗讀《白華樓》古文辭，蓋歐曾以下一人
> 耳，本朝李于鱗、王遵巖、唐荊川諸人皆不及也。……先生於制義
> 最服荊川，而予以為荊川之文時文也，先生之文古文也。王唐四家
> 並稱於世既久，予一旦易之而冠之以鹿門、震川兩家，世必有狂笑

而欲走者，然先生之文具在，將無有以予言為然者乎？

更值得注意的是，陳名夏在上述八股文變遷史認識的基礎上，對明代流行的制義四大家現有格局進行重新認定，將王、唐、瞿、薛四大家之說改為「茅、歸、瞿、薛」。其實，通過《國朝大家制義》的編選，陳名夏實際上有著對明代八股文史進行重新書寫的意圖。

總而言之，陳名夏對啟禎之際八股文壇流弊的批評，對八股文製作的基本原則和規範及對明代制義大家基本風格的認定，都發表了值得注意的看法和有價值的見解，從明清八股文批評史的立場看，陳名夏及其《國朝大家制義》應該進入八股文批評史書寫的視野。

第二節　陸隴其的八股文批評

陸隴其（1630～1693），字稼書，係中唐名臣陸贄之後，世居浙江當湖，學人多以「當湖先生」名之。陸隴其於康熙九年（1670）中二甲進士，後歷官嘉定、靈壽知縣，四川道監察御史，史書稱其為官「廉能清正，民愛之如父母」〔註39〕，為學「躬行實踐、施於政事」〔註40〕，乾隆帝謂其為「蔚然一代之純儒」，梁啟超也謂其「人格極高潔，踐履極篤實」〔註41〕。康熙三十一年去世，享從祀孔廟殊榮，並有《困勉錄》《讀書志疑》《三魚堂文集》行世。從其對八股文批評的角度看，陸隴其堅守「文以載道」的八股文傳統，以程朱理學為思想主脈，以經世實學為實踐規引，再繼以「代聖賢口氣發揮義理，束學者心思於規矩繩墨之中」〔註42〕的創作要求。這是陸隴其八股文創作批評與審美的核心要義。另一方面，陸隴其主要活動於明末清初，與熊賜履、張履祥、刁包、孫奇逢、李榕村諸賢同時。在民族矛盾日益加重的情境下，這些在清初甚有影響的大儒開始自覺地反思、追問明亡的教訓，在「文運關乎國運」的呼聲中，他們普遍將心學視為明季頹敗喪亂之源，陸隴其則正是這一時期批判陽明心學、闡揚程朱理學的代表人物之一，在其八股文批評觀中，同樣可一窺這種「尊朱黜王」的學術傾向。

〔註39〕趙爾巽：《清史稿·列傳十九·范文程》，中華書局，1976年，第9934頁。
〔註40〕趙爾巽：《清史稿·列傳十九·范文程》，中華書局，1976年，第9934頁。
〔註41〕梁啟超：《中國近三百年學術史》，天津古籍出版社，2003年，第114頁。
〔註42〕高梅亭：《論文集鈔》上卷《陸稼書一隅集論文》，乾隆五十一年鐫本。

一、學術、時文、明亡教訓

　　孔慶茂在《八股文史》中認為：「康熙以後，文人由明末干預政治的處士橫議轉入埋頭書齋的學術研究。八股文也隨著學術思潮的轉變而轉變。」〔註43〕自明初確立的以八股文主要考核內容的科舉制度以來，明清大部分學者往往將「學而優則仕」的儒家教義付諸於「讀書─取士─用世」的實踐模式中去，於是，專門應用於科舉的「八股文」便成為這一人生實踐最終能否取得成功的中心環節。眾所周知，突出儒家義理是八股文在內容上的基本規定，清初統治者推行八股取士的措施，使這種以探求闡釋儒家經典要義為本旨的制藝時文，在很長一段時間裏成為其調和社會危機、規導學人心思、引領士人人生取向的重要手段。

　　身經甲申之變的清初士人，大多對明亡的歷史教訓有著深刻的追尋和反思，其中猶以學術思想層面上的不良影響糾彈最為用力。陸隴其更是直接將明亡的根結歸為由王陽明倡導，王畿、王艮為之發展的心學於全社會的盛行，導致了正統程朱理學的沒落，進而學術、風俗、禮法、綱常等一系列的維持社會穩定的因素相繼倒塌。在這裡，我們有必要進一步地去追問兩點，即陸隴其為什麼認定陽明心學的流行就是引發學術、風俗敗壞，從而導致明亡的罪魁禍首？八股文之於陽明心學的風行與明朝滅亡的結局之間究竟又有怎樣的聯繫？陸隴其說：

> 　　明之中葉，自陽明氏倡為良知之說，以禪之實而托儒之名，且輯《朱子晚年定論》一書，以明己之學與朱子未嘗異。龍溪、心齋、海門之徒從而衍之，王氏之學遍天下，幾認為聖人復起，而古先聖賢下學而上達之遺法滅裂無餘，學術壞而風俗隨之。其弊也，至於蕩軼禮法，蔑視倫常，天下之人恣睢橫肆，不復自安於規矩繩墨之內而百病交作。……至於啟、禎之際風俗愈壞，禮義掃地，以至於不可收拾，其所從來非一日矣。故愚以為明之天下不亡於盜寇，不亡於朋黨，而亡於學術。學術之壞，所以釀成寇盜、朋黨之禍也。〔註44〕

　　眾所周知，陽明心學的核心主張是「心即理」，或「良知即理」，提倡以個人先天的是非、好惡之心，即「良知」，作為處世行事的道德基準。不可否認，

〔註43〕孔慶茂：《八股文史》，鳳凰出版社，2008 年，第 265 頁。
〔註44〕陸隴其：《三魚堂文集·卷八·學術辨上》，同治七年武林薇署刊本。

這種強調人自然本覺的理論倡導對明代中期士大夫階層言行不一、空談性理的情況確實起到了不小的扭轉作用，在一定程度上也鼓舞了明代中期士人階層的士風士氣。然而隨著時間推移，心學自身理論上的諸多缺陷也在流傳過程中暴露無遺。其中最為嚴重的一點是，作為道德和是非評判基準的「良知」被過分誇大了。按王陽明的說法：「是非之心，不待慮而知，不待學而能，是故謂之良知。是乃天命之性，吾心之本體，自然良知明覺者也。凡意念之發，吾心之良知無有不自知者。」〔註45〕由於「良知」並不是經由思考和體認的切實工夫後方始獲得的，而是與生俱來、且人人固有的，於是便可由此引申出只要按著人的自然本性而行就必然是合情合理的結論。以這樣的立場中來看，心學以前那種通過研究客觀實際、通曉書本知識而形成的知書達理的行為規範和道德準的，在心學風氣的鼓蕩下就顯得尤為微不足道了。進而，人們對社會、人生以及事物、人情的看法與行為也就徹底擺脫了傳統的「禮法」約束，並以「個性」為旗號，開啟了一個從遵義理之「理」向縱良知之「欲」轉變的學術、思想風尚。遵義理之「理」，則必然熟讀經書、貫通經史，方能下學而上達。縱良知之「欲」，則不必博聞強識、刻苦讀書，只需洞察心性，從心所欲，便可為「聖賢」。因此，明代中後期用心讀書、留意經世的人逐漸減少，而空疏不學、遊言清談的人逐漸增多。士人空疏不學，於國計民生無絲毫建樹；遊言清談，於政治時局亦無些許作為。那麼在面對重重危機時，明王朝的覆滅也就理所當然了。因此，陸隴其從學術和思想的根源上指出：「自明季姚江之學興，謂良知不由聞見，而有由聞見而有者。落在第二義中，將聖門切實工夫，一筆掃去，率天下而為虛無寂滅之學，使天下聰明之士，盡變為不知妄作之士，道術滅裂，風俗頹弊，其為世禍，不可勝言。」〔註46〕

　　然而從另一方面看，王陽明反覆強調心學是理學的一個分支，在其本旨要義上依然與理學保持著高度的一致。換言之，心學起先也是強調遵義理之理的，那麼心學的出現就也可以視作是於理學內涵上的一次豐富與拓展。心學作為特定時段下學術、思想的多樣化呈現，似乎也未嘗不算是一種積極探索的認知體現。但不能忽視的是，隨著心學的盛行，心學的影響幾乎反映到

〔註45〕王守仁：《大學問》，《王陽明全集》卷二十六《續編一》，上海古籍出版社，2011 年，第 1070 頁。
〔註46〕陸隴其：《松陽講義》卷七，《論語》「蓋有不知而作之者」章，光緒十三年固始張氏重刊本。

社會生活的方方面面，尤其是當心學思潮反映到科舉和八股文上時，心學中遵「理」的成分已然消失殆盡，這主要表現為八股文創作批評開始有意識地向心學靠攏。如王夫之曾就隆慶戊辰會試中的心學傾向說：「良知之說充塞天下，人以讀書窮理為戒。故隆慶戊辰會試，『知之為知之，不知為不知』文，以不用《集注》，由此而求之一轉。取士教不先而率不謹，人士皆束書不觀；無可見長，則一撮弄字句為巧，嬌吟謇吃，恥笑俱忘。」〔註 47〕傳統八股文創作卻又必須倚靠深厚的經史學問和對朱熹《四書章句集注》的真切理解去發揚儒家大義，闡釋聖賢義理。如果沒有精深的學問根基，顯然是不可能創作出合乎傳統規範的八股文的。然而在王學末流的導引下，士人不再沿著讀書窮理的傳統路子做切實的工夫，而是改為紛紛向「內心」尋求「良知」，進而釀成了學術空疏的風氣。當這種空疏的風氣波及到八股文創作中，過去那種以《集注》、經史為根基，以述理揚義為內容的八股文「舊傳統」也就相應的變為「撮弄字句」和「嬌吟謇吃」這種以文字、機巧為能事的八股文「新風尚」。無獨有偶，顧炎武也曾就萬曆壬辰會試中的心學風尚說：「十八房之刻，自萬曆壬辰《鉤玄錄》始。旁有批點，自王房仲選程墨始，至乙卯以後，而坊刻有四種：曰程墨，則三場主司及士子之文；曰房稿，則十八房進士之作；曰行卷，則舉人之作；曰社稿，則諸生會課之作。至一科房稿之刻有數百部，皆出於蘇杭，而中原北方賈人市買以去。天下之人惟知此物可以取科名，享富貴，此之謂學問，此之謂士人，而他書一切不觀。」〔註 48〕心學強調按照人依其自然本性而行即是合理的，然而人的自然本性與現實欲望之間的界限往往是極易混淆的，如李贄所說的「穿衣吃飯即是人倫物理」。對於那些投身科舉、參與應試的士子而言，八股文之於其「功名」之欲的追求，就被理解為對其自然本性之「良知」的實踐。因此，科舉和八股文中「義理」的感召已經失去了存在的空間，人們更加看重的是實現功名利祿之欲的方式和手段。所以才會出現「程墨」、「房稿」、「行卷」、「社稿」等專為應試而設的文本，人們也只需要記誦這些現成的文本，臨場時稍加發揮便可獲得功名、躋身士林。如此，士人們也就更加不會再去花費大量時間和精力，去鑽研那些浩繁枯燥的經史本文、思考傳注集解了。

〔註 47〕王夫之：《夕堂永日緒論・外編》二十二，《船山全書》第十五冊，第 853 頁。

〔註 48〕顧炎武：《十八房》，《日知錄校釋》（上冊）卷十九，嶽麓書社，2011 年，第 679 頁。

從心學，尤其末流追隨者之於學術思想和八股文的實際影響來看，心學的風行一方面釀成了「束書不觀」的情況，導致了實學空疏的弊病；「致良知」一味地關注個體的心性所感，給了自私和貪婪以合理的依據，滋生了社會的縱慾和享樂風氣；遊言清談的為學方式和漸入釋道的為學內容，更是日漸消磨了人們激昂入世的士氣。這些無一不是對正當學術思想和良好社會風氣的衝擊。另一方面，傳統士人「讀書—取士—用世」的人生實踐模式得以達成的中心環節，是通過創作八股文來獲得「士」的身份，再完成由讀書之「士人」變為任事之「官僚」的身份過渡。在這一過程中，八股文成為了維繫國家機器運作和士人人生命運的關鍵因素。一旦八股文的創作批評指向發生了扭曲與偏差，就會直接導致士人和國家命運雙重危機。而心學帶給八股文的，恰恰是一種最為不利的消極影響。士子以應試投機之心對待八股文，以獵取功名利祿之念對待科舉，待到獲得功名之後，卻百無一用於社會現實。故而陸隴其將心學視作為「世禍」，將明亡歸結為「亡於學術」。因此，這也成了陸氏極力廓清王學影響下的學風習氣，重新確立起以「古先聖賢」遺法為八股文創作批評標桿的現實動因。

二、弘義、遵朱

針對陽明心學對學術思想和八股文創作帶來的雙重不良影響，陸隴其主張通過重建程朱理學的權威地位來匡正心學的錯誤導向。在八股文批評的思想範疇下，陸隴其又主要是從發揚義理和遵崇朱注兩個方面強調八股文的創作主旨的。

首先，強調要將八股文創作與理學研究相結合，提出八股文創作的本意即是彰顯並踐行儒家的義理思想。他說：

> 然則何謂制義之意？曰：子亦知制義之所自起乎？此宋明以來，取士之具也。蓋自公卿大臣，以至於都邑之長，是天子所以寄股肱耳目者也，所以共社稷民人者也，所以為治亂安危之分者也，而皆於制義一途取之。其間非無英君哲相，計深慮遠，辨別人材，鄭重名器，而卒不廢此者，何也？亦曰：是制義者，所以發揮聖賢之理也。能言聖賢之言者，必能行聖賢之行。以若人而寄之股肱耳目，託之民人社稷，則必有安而無危，有治而無亂，是取制義之意也。是五六百年來，所以行之而不廢也。自士習壞而制義為虛文。

　　方其執筆而為之，所言者無非仁義也，而孰知言仁義者之背乎仁義
　　也？所言者無非忠信也，而孰知言忠信者之背乎忠信也？舉世滔
　　滔以為是取爵祿之具耳，而忘其爵祿之何以必歸乎此也。苟可以悅
　　於人而僥倖一第焉，斯已矣。遑問其言行之合與不合哉？嗚呼！士
　　習如此而欲得真材，以期治安，豈可得哉？是無他，則失乎制義之
　　意也。〔註49〕

　　陸隴其認為，古今八股文之所以會產生「舊傳統」與「新風尚」的衝突，
根本原因在於對八股文創制本意的認識偏差。在「舊傳統」中，八股文本意
是使士子通過述聖賢之理、言聖賢之言、行聖賢之行，從而實現其使社會安
而無危，國家治而無亂的政治理想。然而在明代中後期的「新風尚」中，八股
文儼然只是「取爵祿之具耳」。士人將八股文創作視為實現政治理想的途徑，
則勢必會有積極的入世熱情和治世熱忱，也就相應的會有明聖賢理、遵聖賢
言、踐聖賢行的實際行動。而一旦士人將八股文創作僅僅視為獵取功名的方
式，那麼他們關注的便不再是八股文內容，即對儒家大義和理學義理內涵的
發揚，而是偏重於八股文評選的類型，即文字和機巧的形式，那麼他們必定
不會在大義和義理內容上做深出入的思考，相應地，也就不可能做出述理、
遵言、踐行的切實工夫，即陸氏所謂「方其執筆而為之，所言者無非仁義也，
而孰知言仁義者之背乎仁義也？所言者無非忠信也，而孰知言忠信者之背乎
忠信也？」因此，陸隴其所謂「制義為虛文」，痛斥的就是這種歪曲八股文的
創制本意後，徒為文字、機巧形式而無深刻精神內容的八股文創作傾向。

　　既然明確了八股文創制的本意是是使士子通過述聖賢之理、言聖賢之言、
行聖賢之行，從而實現其使社會安而無危，國家治而無亂的政治理想，那麼
又該怎樣落實八股文的本意要求呢？陸隴其說：

　　儒者往往謂舉業盛而聖學衰，余嘗語同志吾輩皆從舉業出身，
　　當相與努力一雪此聲。……今使為舉業者，無以利祿存於胸，惟知
　　道之當求，而聖賢之不可不學。以居敬為本，以窮理為用。求之六
　　經，以探其奧；求之濂、洛、關、閩，以一其途；求之史，以窮其
　　變；求之敬軒、敬齋、月川、整庵諸君子之書，以博其識。精擇而
　　篤行之，口之所言必使無愧其心，身之所行必使無愧其言，其發而
　　為文者，皆其得於心而體於身者也。一旦學成而薦乎有司，登乎金

〔註49〕陸隴其：《黃陶庵先生制義序》，《三魚堂文集》卷九，同治七年武林薇署刊本。

馬、石渠，天下之人見其由是得舉也，則指其所業，命之曰「舉業」，
而學者固未嘗自謂之「舉業」也。其遇耶，是道之將行也，吾無與
焉。其不遇耶，是道之將廢也，吾亦無與焉。夫如是，則舉業與聖
學豈有二乎哉！〔註50〕

陸隴其認為，明代中後期的士人以「利祿之心」從事八股文創作，既造
成了理學衰弊、道統不行的嚴重後果，也使八股文淪為「悅人耳目」、「飾偽
長詐」的形式化、商品化存在。這顯然與儒家思想中對士子「為天地立心、為
生民立命、為往聖繼絕學、為萬世開天平」的思想動機和學術要求是背道而
馳的。於是，陸隴其在針對「士習壞而制義為虛文」的現狀，提出以復興理學
為號召，呼籲八股文創作要回歸到程朱理學思想範疇的約束中，變「利祿」
為「求道」，變空疏為實學，即陸氏所謂「以居敬為本，以窮理為用。」

「居敬」是於八股文創作的初始準備階段，對士子修身、為學時要心無
旁騖地專注於理學義理的認知和實踐要求。陸隴其強調八股文創作以「居
敬」為本代替以「利祿」為本的認識，又可以從兩個方面去具體解釋：其一，
在八股文創作的思想本旨上，陸隴其主張要先得「制義之意」，即發揚大義，
闡述義理。而要發揚大義，闡述義理，就必須要對理學有專一的用心，即用
心於求道，而不是應試；對八股文也有專一的用意，即用意於揚義，而不是
利祿。因為在理學範疇中，「居敬」的要端是「主一無適」。程顥、程頤曾說：
「或問敬，子曰：『主一之謂敬。』『何謂一？』子曰：『無適之謂一。』『何
以能見一而主之？』子曰：『齊莊整敕，其心存焉；涵養純熟，其理著焉。』」
〔註51〕朱熹對「居敬」的理解也與二程相似：「問『主一』。曰：『做這一件
事，且作一事。』……主一隻是專一。」〔註52〕由此可見，「居敬」即是對
某件事物保持專一用心、不做別想的學理修養。對八股文創作，陸氏以「居
敬」為提倡，顯然是為其對士子所提出的「口之所言必使無愧其心，身之所
行必使無愧其言，其發而為文者，皆其得於心而體於身者也。」這種創作要
求而張本。其二，在八股文創作的思想基礎上，陸隴其強調八股文創作必須
要有一個明確的思想基礎和學理來源，即陸氏所說的於六經中探奧義，於

〔註50〕陸隴其：《錢孝端經義序》，《三魚堂文集》卷九，同治七年武林薇署刊本。
〔註51〕程顥、程頤：《河南程氏粹言》卷一，《二程集》第四冊，中華書局，2004年，
　　　　第1173頁。
〔註52〕黎靖德：《朱子語類》第六冊，中華書局，1986年，第2464頁。

濂、洛、關、閩中窺門徑。陸隴其又說：「今日學者要做君子，須先理會這敬字。先儒謂整齊嚴肅是敬之入頭處，主一無適是敬之無間斷處，惺惺不昧是敬之現成處，提撕喚醒是敬之接續處，大約不出此數端。」〔註53〕整齊嚴肅、主一無適、惺惺不昧、提撕喚醒，這些都是宋明理學家獨有的治學方法，陸隴其主張為人也要沿用理學的治學方法，足見其宗奉程朱的態度之誠懇和堅定。

「窮理」是於八股文創作進行階段，對士子以發揚儒家大義，闡述聖賢義理為內容而進行寫作的要求。在這裡，陸隴其提出「以窮理為用」的主張，將矛頭直指明中代中後期「制義為虛文」的現實弊端。根據之前引文所述，「制義為虛文」的表現集中在兩個方面，一是徒有空疏的文字、機巧，而無實際的義理內容；二是縱有關乎義理的內容，八股文與八股文作者之間也存在言行不一的虛偽情況。陸隴其認為這兩種表現都是因為沒有做到「以窮理為用」才導致的。一方面，士人不窮理，自然也就不讀書；不讀書，也就無所謂能深明大義、有真才實學。既然不能深明大義、沒有真才實學，那麼在八股文創作中也就只能空談心性、吟弄文字、用心機巧，抱著以悅人耳目的態度去對待八股文創作。若僥有所幸，中式得第，也就更加以此為學問和能事了。另一方面，即便士人以仁義忠信為文章，但那也僅僅是出於對爵祿和功名追逐的一種方式而已，於是也就有了「知言仁義者之背乎仁義」、「知言忠信者之背乎忠信」這種言行不一情況的出現。因此，陸隴其提倡八股文創作中的「以窮理為用」，實則是變空疏為實學、合文章、道德於一體的八股文改良舉措。陸隴其指出，八股文創作要在經史本文、二程、朱子傳注中博聞強識，並且要做到「精擇而篤行之」。至於中式與否，遇或不遇，取決於「道」的或「行」或「廢」，而不是人的或「與」或「不與」。如此而行，即從根本上扭轉了士人之於八股文創作從「以利祿存於胸」轉為「惟知道之當求」的認識。

在明確和落實了八股文的創制本意之後，陸隴其接著強調在八股文創作中要以尊崇理學、恪守朱注為創作原則。在他的批評主張中，大倡朱子之學的宗旨，重申理學思想的道統正脈傾向是十分顯著的。陸隴其曾高度評價朱熹及其對《四書章句集注》的學術貢獻，他說：

〔註53〕陸隴其：《松陽講義》卷九，《論語》「子路問君子」章，光緒十三年固始張氏重刊本。

　　自堯、舜而後，群聖輩出，集群聖于大成者，孔子也。自秦、
漢而後，諸儒輩出，集諸儒于大成者，朱子也。朱子之學，即孔子
之學。〔註54〕

　　《四書》自考亭朱子，集諸儒之大成，而發明其義章句，或問
集注，而外有輯略、有精義、有文集、有語類，大義明而微言著。
其後西山真氏、仁山金氏、雲峰胡氏之徒又各自著書，以發明考亭
之意。及明永樂時，又匯為大全懸示於上，以為天下之準繩。而河
津之讀書錄，餘干之居業錄。又往往發其精微，以羽翼其間，至矣
盡矣。後之學者，但取其成說，而心會之，身體之患不行，不患不
明，不待復講矣。〔註55〕

　　陸隴其認為，朱注最大的貢獻即在於其樹立了「天下之準繩」，後世學
者只要據朱注成說，身體力行，便是通往聖域的正途大道。而朱注之所以能
夠成為「天下之準繩」，在於朱熹是「集諸儒之大成」。在陸隴其看來，周敦
頤、程顥、程頤、張載、邵雍是繼孔子之學的發展者，但周、程、張、邵在
對孔子之學的繼承上又有各自之間的差異，而朱熹則是將周、程、張、邵各
家學說精擇提煉，最大程度的還原、闡釋了孔子之學的本義，因此朱熹是真
正意義上孔子儒學道統的繼承者。他說：「但非周、程、張、邵，則洙泗之
學不明。非朱子，則周、程、張、邵之學不明。故生以為漢之世，當尊孔子。
而今之世，當尊朱子。朱子者，周、程、張、邵所自發明，而孔子之道，所
自傳也。尊朱子，即所以尊周、程、張、邵，即所以尊孔子。」〔註56〕既然
朱熹是孔子之學的真正繼承者，那麼朱子之書自然也就成了發揚大義、闡
釋義理的唯一正確標準，士子也只有依此標準為原則進行八股文創作，才
能切實、準確地把握大義和義理的真諦，從而不致於陷入歧途，丟失「制義
之意」。

　　為了確保八股文創作以恪守朱注為原則的落實，陸隴其還特別從士人遵
朱的重要性及遵朱之於八股文創作訓練的方法兩方面分別予以了論述和強
調。陸隴其認為，八股文創作的遵朱與否和一個時代學術風氣的正邪、世風

〔註54〕陸隴其：《經學》，《三魚堂外集》卷四，同治七年武林薇署刊本。
〔註55〕陸隴其：《周雲虯先生四書集義序》，《三魚堂文集》卷八，同治七年武林薇署
　　　　刊本。
〔註56〕陸隴其：《道統》，《三魚堂外集》卷四，同治七年武林薇署刊本。

士氣的盛衰有著直接對應的關係：

> 及考有明一代盛衰之故，其盛也，學術一而風俗淳，則尊程朱
> 之明效也；其衰也，學術歧而風俗壞，則詆程朱之明效也。每論啟、
> 禎喪亂之事，而追原禍始，未嘗不歎息痛恨於姚江，故斷然以為今
> 之學，非尊程朱、黜陽明，不可而聞。……則所宗者，考亭也。所
> 訾者，文成也，所追思者，成、弘以前也。所慨歎者，嘉、隆以後
> 也。撥浮雲而見白日，我知先生有同心矣。〔註57〕

在陸隴其看來，學術的好壞與世道的治亂休戚相關，而學術好壞的標準，即士人對理學的宗奉與否。宗理學即是宗周、程、張、邵。宗周、程、張、邵，則必然以朱子之學為正宗。以朱子之學為正宗，也就自然信奉、恪守朱熹的著述與學說，即遵朱。由此可以看出，遵朱是士人學術的正學正脈，明朝成化、弘治以前，士人遵朱，所以國運昌盛，反映到八股文創作上，就相應呈現出「渾厚純正，明白俊偉」〔註58〕的面貌。嘉靖、隆慶以後，士人不遵朱，所以國運衰頹，八股文也相應呈現出「鬼怪百出」〔註59〕的現象。

在認識上強調了士人遵朱的重要性之後，陸隴其又進一步提出了在遵朱原則下，八股文具體的訓練及創作方法，他說：「每日應將《四書》一二章，潛心玩味，不可一字放過。先將本文自理會一番，次看本注，次看《大全》，次看蒙引，次看存疑，次看淺說。如此做工夫，一部《四書》既明，讀他書便勢如破竹。時文不必多讀，而自會做。」〔註60〕這也就是說，在陸隴其的認識中，優秀的八股文絕不是依靠某種專項性的文章訓練而獲得的技能型產物。而是根底於儒家經典，根植於士子刻苦精心的研究工夫。簡言之，即將儒家經典和朱熹對其做出的傳注爛熟於心後，八股文創作也就水到渠成。有兩點需要特別指出的是：

其一，陸隴其雖然在此處強調以《四書》為八股文創作的學養根底，但並不意味著他要求士子只重視理學傳注而忽視經學本文。陸隴其提倡的實際上是一種治學的方法，或進學的順序，即先從《四書》入手，再致力《六經》，然後循序漸進、觸類旁通。他說：「今賢昆仲當立一志，必欲盡通諸經，自本

〔註57〕陸隴其：《周雲蚪先生四書集義序》，《三魚堂文集》卷八，同治七年武林薇署刊本。

〔註58〕高梅亭：《論文集鈔》上卷，《陸稼書一隅集論文》，乾隆五十一年鐫本。

〔註59〕高梅亭：《論文集鈔》上卷，《陸稼書一隅集論文》，乾隆五十一年鐫本。

〔註60〕陸隴其：《與席生漢翼漢廷》，《三魚堂文集》卷六，同治七年武林薇署刊本。

經而外，未讀者宜漸讀，已讀者當溫習講究。」〔註61〕因此，陸隴其認為，經學和理學、漢學和宋學，都是士子之於八股文創作中學問根底的關鍵所在，故而不可偏廢：「歷唐及宋，至濂、洛、關、閩諸儒出，即器數而得義理，由漢儒而上溯洙泗。然後聖人之旨，昭若白日，而《六經》之學，於是為盛。是故漢、宋之學不可偏廢者也。」〔註62〕由於漢、宋之學不可偏廢，於是在實際的八股文創作中就要求「作文用字句必有根據，非《六經》《語》《孟》及周、程、張、朱論定之語，不可輕用。」〔註63〕

其二，陸隴其雖然強調士子欲做好八股文，要在「《四書》既明」的基礎上，同時也要「讀他書」，但這裡提到的「他書」有一個重要的前提，即必須是朱子之書。因為陸隴其將遵朱與否視作是世道盛衰與否的現實表徵，那麼在經過了對明亡教訓的反思，制義之意的追尋之後，很自然地就開始對之前八股文創作中各種有傷於正學、有損於世道的因素進行有意識地規避與克服。而規避與克服最直接有效的方式，即獨尊朱子。於是陸隴其無論是在理學研究，亦或是八股文批評時，都反覆強調獨尊朱子的觀點，如其所說：「今之論學者無他，亦宗朱子而已。宗朱子者為正學，不宗朱子者即非正學。漢儒不云乎：『諸不在六藝之科、孔子之術者，皆絕其道，勿視並進。然後統紀可一，而法度可明。』今有不宗朱子之學者，亦當絕其道，勿使並進。朱子之學尊，而孔子之道明，學者庶乎知所從矣。」〔註64〕又：「昔董生當漢武之世，百家並行，故其言曰：『諸不在六藝之科、孔子之術者，皆絕其道，不使並進。』此董生所以有功於世道也。繼孔子而明六藝者，朱子也。非孔子之道者，皆當絕。則非朱子之道者，皆當絕。此今日挽回世道之要也。」〔註65〕

不難看出，陸隴其對八股文創作的基本認識是將其與理學研究合二為一的，這也是其八股文批評的一個顯著特點。由於制義與理學合一，所以陸隴其提倡在八股文的實際創作上要一本於理學，以義理為重，而不重文辭；以守正為宗，而不尚奇變。故而其激賞的是那種不求高華，味淡聲稀，語言平易而內容卻頗具深意的明朝成弘、正嘉前後的八股文風格。

〔註61〕陸隴其：《與席生漢翼漢廷》，《三魚堂文集》卷六，同治七年武林薇署刊本。
〔註62〕陸隴其：《經學》，《三魚堂外集》卷四，同治七年武林薇署刊本。
〔註63〕高梅亭：《陸稼書一隅集論文》，《論文集鈔》上卷，乾隆五十一年鐫本。
〔註64〕陸隴其：《經學》，《三魚堂外集》卷四，同治七年武林薇署刊本。
〔註65〕陸隴其：《周雲虯先生四書集義序》，《三魚堂文集》卷八，同治七年武林薇署刊本。

三、古之時文、今之時文

陸隴其與同時的李光地、熊賜履等都是一代八股文名家，一方面他們把八股文批評的重點都放在對儒家大義和聖賢義理的闡發上，另一方面他們也都熱衷評選以往八股文，從而確立了八股文的創作範式和批評尺度，如陸隴其就曾甄選八股文八十八篇輯為《一隅集》，並在集中從文體、篇章、字句等三個方面闡述了他「以古文為時文」的八股文批評觀。

先談文體。站在文學藝術的立場上看，單一的創作範式和批評尺度勢必會將其導入僵化、固滯、狹隘的發展困境，對內容的豐富性和審美的多樣性都有不利的影響。但陸隴其卻認為，八股文與抒情散文、折本戲曲、章回小說等藝術性文體之間有著本質上的差異：

> 本科舉之時文，特文之一體耳，宋以前無之。然君子所以不廢者，以其代聖賢口氣發揮義理，束學者心思於規矩繩墨之中，比之傳注，體異而功同。故前代明賢皆出於其中，不可菲薄也。〔註66〕

在陸隴其看來，八股文的文體功能不是對某種藝術手法的營造和表現，而是以「代聖賢口氣」為表達方式，以「發揮義理」為創作內容，達到「束學者心思於規矩繩墨之中」的現實目的。《一隅集序》中陸隴其也說：「擇此數十篇授之，且為指點其深淺、虛實、賓主、反正、提挈、照應之法，使其因此擴而充之，則時文之規矩盡矣。」〔註67〕由此可見，「規矩」是八股文主要的文體特徵和創作的總體要求。在這裡，陸隴其賦予八股文的「規矩」兩項要求：其一是在思想上要以「揚義與遵朱」為規矩，前文已詳，此處不復贅述。其二是創作上要以「古文」為規矩。此處的「古文」，並不是指「古之散文」，而是成化、弘治時期的「古之時文」，即所謂「所追思者，成、弘以前也。」〔註68〕與「古之時文」相對應的是「今之時文」，即所謂「所感慨著，嘉、隆以後也。」〔註69〕而追思與感慨的緣由，陸隴其如是解釋：「朱子曰：『科舉文字，固不可廢。近年來翻弄得鬼怪百出，都無誠實正當意思，一味穿穴旁支，曲徑以為新奇，此今日之大弊。今欲革之，莫若取三十年前渾厚純正、明

〔註66〕高梅亭：《陸稼書一隅集論文》，《論文集鈔》上卷，乾隆五十一年鐫本。
〔註67〕陸隴其：《一隅集序》，《三魚堂文集》卷九，同治七年武林薇署刊本。
〔註68〕陸隴其：《周雲蚪先生四書集義序》，《三魚堂文集》卷八，同治七年武林薇署刊本。
〔註69〕陸隴其：《周雲蚪先生四書集義序》，《三魚堂文集》卷八，同治七年武林薇署刊本。

白俊偉之文，誦以為法，此亦正人心、作士氣之一事也。』至哉言乎！」〔註70〕陸隴其認為朱熹的話完全可以視作對「今之時文」的精準概括：「鬼怪百出」即八股文不遵朱，「無誠實正當意思」即八股文不揚義，「穿穴旁支、曲徑為奇」即八股文作者心思渙散，所以陸隴其認為「今之時文」其弊甚大。而反觀成化、弘治時期的「古之時文」，陸隴其如是說：「先正之文，非濂、洛、關、閩之語勿敢言。其所發明，不過因人之昧而指示之，因人之偏而糾正之。不敢絲毫旁溢於聖賢語氣之外。雖曰戛戛乎陳言之務去，然皆述而非作，為天下闡幽，非與天下爭勝，此舉業之大體也。」〔註71〕成化、弘治時期，社會理學正統思想充盈，士子心思集中在理學之內，創作也以揚義遵朱為「規矩」，所以八股文就呈現出了成熟鼎盛的態勢。通過「古之時文」和「今之時文」的對比，再結合陸隴其關於學術、時文和國運三者的對應關係的基本認識，陸隴其大力提倡以八股文成熟鼎盛的成化、弘治時期的「古之時文」為八股文創作範式的觀念就顯而易見了。

再談篇章。陸隴其提倡以「古之時文」為創作範式，是因為在其看來「古之時文」合乎八股文文體「代聖賢口氣發揮義理，束學者心思於規矩繩墨之中」的規矩，而這種「合規矩」則首先體現在八股文篇章的結構與格式規範上。在這裡陸隴其以明理求實的方式，通過考訂「古」、「今」兩種時文篇章謀劃正誤的對比，詳細闡述了八股文創作的結構與格式規範。首先，陸隴其就「八股」之名做出了解釋：

> 科舉之文謂之八股，此特為兩截題言之耳。題有兩截，非上下各自發明，則題意不出。然欲發明題意，非虛實並發，則題意亦不出。故先輩於兩截題，必將上截發為四股，兩虛兩實；下截發為四股，兩虛兩實。此所以有「八股」之名也。兩截之外，如一句題亦有發八股者矣，由虛漸實，所謂「一滾格」是也。亦有發六股者矣，題意已透，不多贅也。至如二句、三句之題，則用兩扇、三扇之格。全章通節之題，則用隨題挨講之格。固不拘於八股。但八股者多，不八股者少，此所以統謂之八股。〔註72〕

由此可以得出三點認識：其一，「八股」是科舉之文的統稱，並非所有的

〔註70〕高梅亭：《陸稼書一隅集論文》，《論文集鈔》上卷，乾隆五十一年鐫本。
〔註71〕高梅亭：《陸稼書一隅集論文》，《論文集鈔》上卷，乾隆五十一年鐫本。
〔註72〕高梅亭：《陸稼書一隅集論文》，《論文集鈔》上卷，乾隆五十一年鐫本。

八股文都由「八股」組成；其二，「八股」只是八股文中對題意闡釋論述的部分，並不是八股文全文的篇章結構；其三，「八股」在創作時採用虛實結合的表現手法，且必須是先虛後實。

以上述三點認識為基礎，陸隴其接著總結出「今之時文」在篇章上存在的六大謬誤，促成了「今之時文」與八股文名實不符，如其所說：「先輩之八股，皆所以發題之正，而至或前有提掇，後有結束，則不在八股之內。今人一起講便將題之正面說盡，則先輩之八股已盡於此，不必更做矣。此一謬也。起講之下，有所謂起股者，……則又與其前之起講重疊，此又一謬也。……」〔註73〕等等。綜合「今之時文」的六大謬誤來看，陸隴其認為「今之時文」是一種靠機法和虛文生硬堆砌、拼湊而成的「四橛文」〔註74〕，並以人體為喻，形象地將其稱為「聚手足於一處，顛倒重複，不知其為何物。……頭目之氣不貫於手足，手足之氣不貫於心腹。」〔註75〕而與「四橛文」相對應的規範的「古之時文」，則是「首自首，足自足，各從其位，不相混也。……一身之氣脈周流貫通。」〔註76〕由此可見，「今之時文」與「古之時文」相比，表現出認識不明、條理不清、邏輯混亂的創作問題。而這種「今之時文」在篇章上出現諸多謬誤的問題如果得不到切實的解決，其後果則是使士人「於理不明」，同時也使八股文失去了「制義之意」，誠如所言：「夫文所以明理也，文體正，然後理可明。今之文決裂如此，而欲以發揮聖賢之理難矣。」〔註77〕那麼，解決「今之時文」篇章問題的方法，也就自然而然地轉為以「古之時文」的篇章為範式進行學習了。對此，陸隴其還特以「詩諧律」為例，將「古之時文」的成法規矩視作詩歌之律，進而強調以之為創作範式：「今以經義明理猶詩之言志，無規矩以行之，是有詩歌聲而無律也，豈能成樂乎？先輩成式俱在，取而閱之，固昭昭可考。雖奇正濃淡、長短疾徐，不必盡同。而必不可廢者，此規矩也。」〔註78〕

最後談字句。在文體、篇章先後有了明確的規範後，陸隴其還主張在八

〔註73〕高梅亭：《陸稼書一隅集論文》，《論文集鈔》上卷，乾隆五十一年鐫本。
〔註74〕按陸隴其言：「今人之文，但可謂之四橛，而不可謂之八股。」見於高梅亭《論文集鈔》上卷《陸稼書一隅集論文》，乾隆五十一年鐫本。
〔註75〕高梅亭：《陸稼書一隅集論文》，《論文集鈔》上卷，乾隆五十一年鐫本。
〔註76〕高梅亭：《陸稼書一隅集論文》，《論文集鈔》上卷，乾隆五十一年鐫本。
〔註77〕高梅亭：《陸稼書一隅集論文》，《論文集鈔》上卷，乾隆五十一年鐫本。
〔註78〕高梅亭：《陸稼書一隅集論文》，《論文集鈔》上卷，乾隆五十一年鐫本。

股文創作時，用詞造句也要守「規矩」。由於八股文要求「代聖賢述義理、束學者於規矩」，八股文的篇章要求是「體正理明」，而字句又是八股文文體、篇章的直接呈現形式。那麼很顯然，八股文對字句的要求就是達到明白得「述理」和中正得「守法」的標準。「理」是儒家義理，所以「述理」可以視作講聖賢之理，而聖賢之理則蘊含在《四書》《五經》中；「法」是先儒成法，所以「守法」也可以視作恪守理學作文的傳統規範，而理學作文的傳統規範則以朱子傳注為典型代表。因此，陸隴其主張：「作文用字用句必有根據，非《六經》《語》《孟》及周、程、張、朱論定之語，不可輕用。」〔註79〕需要注意的是，陸隴其用字用句必有根據的主張，並不是完全照搬《四書》《五經》和朱子傳注中的文字，而是用當下平實明白的字詞對儒家理法義旨做出準確的闡釋，如其所說：「用《六經》字句，亦須避其古奧者；用周、程、張、朱字句，又須避其通俗者。非欲以是悅人耳目也，蓋所貴乎文者，欲人之明白易曉耳。」〔註80〕這是因為在陸隴其看來，對八股文的文詞字句予以「平實明白」的批評標準是《六經》之義和聖賢語氣的共同要求：「《六經》之書，在當時皆是眼前說話，人人可曉。至今世遠風移，則覺有古奧處，必待注疏以通之。今舉業之文，本因聖賢之言精微，故藉我文以發明之，若用古奧難曉語，則其旨不仍晦乎？何貴乎是文也？朱儒語錄，間用俗語，此為時人說法耳。今舉業之文，則代孔孟口氣。孔孟之時，豈知後世俗語乎？故此皆不可用。」〔註81〕從這裡可以看出，陸隴其對八股文字句的要求，歸根結底還是立足於發揮八股文能夠致用於世的作用的立場。在他看來，由《六經》之書所承載的大義，在當時「人人可曉」。而漢唐注疏、宋儒語錄，也是將義理、大義盡可能地明白道來，以作為「時人說法」。因此士人對義理大義的闡發，絕不能使其晦澀難懂，而是要讓人清楚明白。能讓人清楚明白，則八股文才算是真正實現了其文體價值和意義，誠如其借用章楓山的話所提出的「文貴有用」的觀點：「自古文章貴乎有用，章楓山先生所謂：『治世之用，不能興禮樂；亂世之用，不能治太平者，君子不取。君子所取，必其義精辭確，天下所不可少，而不得僅以辭章目之者……』」〔註82〕在陸隴其看來，由遣詞造句構成的

〔註79〕高梅亭：《陸稼書一隅集論文》，《論文集鈔》上卷，乾隆五十一年鐫本。
〔註80〕高梅亭：《陸稼書一隅集論文》，《論文集鈔》上卷，乾隆五十一年鐫本。
〔註81〕高梅亭：《陸稼書一隅集論文》，《論文集鈔》上卷，乾隆五十一年鐫本。
〔註82〕高梅亭：《陸稼書一隅集論文》，《論文集鈔》上卷，乾隆五十一年鐫本。

八股文創作，並不是玩味於字句、辭章、機法的文字遊戲，而是通過作文「規矩」的約束，能夠切實地致用、並有功於社會和時代。

綜上所述，陸隴其是清初學術「尊朱黜王」傾向的典型代表，並享有清廷賦予的「醇儒第一」，「傳道重鎮」等聲譽，觀其一生，都以「明學術」、「正人心」為己任。在八股文批評領域中，通過對時文、學術之於明亡教訓的反思，以及對時文之意、體、法、辭等多角度的辨析闡釋，揭示了陸隴其「揚義遵朱」、「以古為範」、「文章貴乎有用」等八股文批評思想，體現了明末清初八股文由虛漸實、由奇漸正的發展趨勢。

第三節　李光地的八股文批評

李光地（1642～1718），字晉卿，又字厚庵，自號榕村，福建安溪人，係清初著名理學家、經學家。康熙九年（1670）年進士，選翰林院庶吉士、授編修，任翰林學士、兵部侍郎、吏部尚書、直隸巡撫等職務，後進文淵閣大學士，主修《朱子全書》《周易折衷》等，深得康熙帝恩寵，康熙五十七年（1718）賜諡「文貞」，雍正元年（1723）追贈「太子太傅」，雍正十年（1733）供入賢良祠。有《榕村全集》《榕村別集》《榕村語錄》等行世，後人輯之為《榕村全書》。

李光地生於明清之際，主要活動於康熙一朝，親歷了清初社會的由亂而治。康熙帝平定三藩、收復臺灣、治河理漕、復興文教、肅革朋黨、儲君廢立、朱子崇祀、經學復蘇等國政時事，李光地大多身歷其中，且多有攸關聯繫，故而在清初政治、學術領域中，李光地都有著舉足輕重的作用。梁資政在《四勿齋隨筆》中稱：「李文貞公知兵又好講學，酷似王陽明，先生之團結鄉勇，抗耿逆，以此受知溽，躋卿相，亦與陽明相似。所不同者篤信朱子耳。」〔註83〕從其受學的活動經歷來看，李光地所學頗雜，他精於權謀之術，早年兼有朱、王學說，並能揣摩上意，最終選擇棄王從朱，成為清初程朱理學的一大代表。從其八股文批評來看，李光地強調闡發「義理」為八股文第一要義，並呼應康熙帝「雅正清真」的精神主旨，從理、法、辭、氣四個角度，提出八股文創作應以「清醇」為宗。此外，李光地還針對晚明科舉的弊端，在康熙帝的支持下推行科舉改革，加強了士子與學人對傳統經學的重視，也使五

〔註83〕梁章鉅：《制義叢話》卷九，上海書店出版社，2001年，第151頁。

經之學在科舉制度中的地位得到提高，既為之後「以考據為八股」的文風打下了深厚的基礎，也為乾嘉學派的崛起做足了準備和條件。

一、八股文批評的理學基礎

在討論李光地的八股文批評觀念之前，當先瞭解他的學術思想。李光地一生勤於治學，於性理、子史、天文、曆法、地理、詩文、音韻等，皆有涉獵，各有著述，博學精識，老而彌篤。按《文貞公年譜》，其治學經歷可以分為三個階段：第一階段是自出生至康熙九年，即其二十九歲中進士之前的「家鄉教育活動」；第二階段是康熙十一年至十七年，即自中進士進京後至其三十七歲出任翰林院編修和侍讀學士時期的「京師理學活動」；第三階段是康熙十七年至五十七年，即自出任內閣學士兼禮部侍郎至卒於文淵閣大學士任上時期的「政治學術活動」。與其八股文批評相關的，主要集中在「家鄉教育活動」和「京師理學活動」兩個時期，這裡擬從「親緣」、「地緣」、「學緣」三個方面，論述其理學思想淵源及學術活動。

先談「親緣」。從《李文貞公年譜》的記述中可以知道，李光地出生在一個文化氏族大家庭中，李氏一門不乏因學而仕而顯赫於國者，其祖、父、兄輩的李懋檜、李栻、李鳳鳴、李光龍等都是明朝萬曆、崇禎年間的進士。祖輩李懋檜，字克蒼，號心湖，係明萬曆八年進士，先後任禮部郎中、光祿寺少卿、太常寺卿，《安溪縣志》稱其「總角馳文譽，才擅一時。」並有《李太常文集》行世。父輩李兆慶，字賴甫，係清順治貢生，有《教忠堂遺稿》行世，一生篤信程朱，以教授為業。六叔李日煜，字省甫，號白軒，係清康熙武舉人，深通《易》學與兵法，供職於施琅水軍左都督，康熙帝曾御筆親書「方重淳深」賜之。兄輩李光龍，字蟠卿，號在明，係明崇禎十六年進士，官至翰林院檢討，以《易》學名世，有《閬山集》行世。對於家族往日的榮耀，李光地既引以為傲，又以之自省，稱「諸公在隆、萬間，皆一時之選也，雖奉常善揚祖德，然諸公靡然共聲，可以觀仁矣。蓋吾祖之仁洽於鄉，顯於國，斯是以不可掩也。……是故今日之稱祖德也，不以幸而以戒。」〔註84〕幼年李光地的啟蒙教育即是在這樣深厚的家學淵源和家族文化氛圍中完成的。

具體來說，李光地的理學基礎根植於其父李兆慶的庭訓督導：「然父生明

〔註84〕李光地：《書家譜後》，《榕村全集》卷二十二，《榕村全書》第九冊，福建人民出版社，2013年，第38頁。

季士習披猖之時，動以先儒詬病。乃獨多蓄程、朱書，及同郡蔡、林諸公講說，淳諄教授諸子。」〔註85〕李兆慶雖生於明代中後期，但卻不染晚明學者排詆宋儒、遊言不學的風習。他遵奉程朱理學，以儒家經史知識教育李光地，即便援引同代學人的著述，也會「不合時宜」地選取緊密切合經史內容，如明人蔡清的《四書蒙引》和林希元的《易經存疑》用以教授。又「明末，閩中學者飲酒讀史，崇尚李卓吾書，舉國若狂。而先君篤好《性理》。赤貧赴考時，十金買得一部內府板《性理》，喜若重寶。歸而督予讀之，遂開子孫讀書一派。」〔註86〕由此可以看出，李兆慶對幼年時期的李光地灌輸的純乎是濂、洛、關、閩的宋儒學說，對李光地也沒有施以迎合時好、急功近利的功名要求，而是投以其成為「純儒」的期望。據李光地之孫李清馥言：「先生（李兆慶）教子必備熟諸經，縛及天文、地理、六韜、九章之言，悉俾了然於心口，而後出帖括授之。諸子非十五而上，不知有八股業也。……時家計已大罄，益自刻苦，窮日夜專心一力。嘗積月危坐，不就枕席。所講誦無旁雜，卓然以前修自期。不徒追時好，務應舉之業而已。」〔註87〕在父輩的教育下，李光地早年為學並不以應試科舉為唯一動機，這使得李光地沒有明末士子和王學末流那種不諳本經、專務迎合的「雜學」，取而代之的是心思純正、學有根底的「博學」，為他以後理學、實學思想打下了堅實的學術基礎。

其次，李光地的王學基礎與其叔父李日煜深有淵源：「先叔生平不喜宋儒學問，而視黃石齋為聖人。若使聞浙江人以所薦鄭鄤為真不孝而淫惡，必揮拳相問。以為黃石齋先生聖人也，豈有聖人妄許人耶？先叔有巧思，凡人家有吉慶事，求其命堂額、贈聯帖，接應口就，而玲瓏切合。熟《通鑒》，幾能成誦。」〔註88〕李日煜比李光地年長三歲，二人常結伴遊玩、切磋學藝。但李日煜遵奉明末黃道周的學說，隸屬王學門徒。受其影響，李光地在其二十歲至二十五歲時，對陸王學說、陽明心學、黃道周《易》學著作以及「諸難書」〔註89〕也有廣泛地涉獵和鑽研。在明清之際，朱、王學說勢如水火，李光地於二家之間也多有徘徊與融合，王學對李光地的影響在其治《易》活動

〔註85〕李光地：《書先公遺帖後》，《榕村全集》卷二十二，《榕村全書》第九冊，第39頁。

〔註86〕李光地：《家政》，《榕村續語錄》卷十八，《榕村全書》第七冊，第466頁。

〔註87〕李清馥：《榕村譜錄合考》卷上，《榕村全書》第十冊，第118頁。

〔註88〕李光地：《家政》，《榕村續語錄》卷十八，《榕村全書》第七冊，第466頁。

〔註89〕李清馥：《榕村譜錄合考》卷上，《榕村全書》第十冊，第122頁。

及學術思想由王而朱的政治立場變換上，體現得尤為明顯。

此外，李光地廣博精深的學問涵養與其自身心無旁騖、勤奮苦讀的為學經歷是必然相關的：「予年十四讀《五經》完，即入賊巢。十五歲出，《四書》《五經》全完，重讀之。同學諸子聽讀《四書》白文，皆笑之，予不顧也。」〔註90〕家學門風的理學薰陶、勤學刻苦的治學經歷，使得李光地在青少年時期即已開始自覺地對各家學術和思想進行細緻入微的研討與剖析，如其所說：「吾年十八時，手纂《性理》一部。十九時，手纂《四書》一部。二十時，手纂《周易》一部。於諸家同異，條分縷析，用為熟研覃思之地。終身得力，此實根基。」〔註91〕並在此「根基」上，形成了嚴謹質樸的學問品格和學術態度：「公自幼嗜學，耄而益勤，雖政事鞅掌，稍暇即憑几編著，丹鉛未嘗釋手。自羽翼經傳而外，凡諸子百家，下及星日命卜之流，莫不旁涉會通，以滋其神明之貫。常以晡後，集諸生講論，答問析疑，疊疊循循，漏下二三刻不倦。每有述作，輒令諸生傳視，有能發其覆，申其義者，則喜動顏色。與相參酌往復，應時改訂，沛如也。」〔註92〕

再談「地緣」。大體從李光地早年所處的地域文化環境及其親身的求學經歷來看，朱熹的閩學和王守仁的心學對他的學術思想影響最為顯著。李光地於明朝崇禎十五年（1642）出生於福建安溪，康熙九年（1670）考中進士遷居北京。近三十年的求學生涯中，李光地大多活動在家鄉福建一帶，故而深受閩地學風傳統的浸染。眾所周知，宋代理學被稱為「新儒學」，分濂、洛、關、閩四大學派，以朱熹為首的閩學即其中重要一支。朱熹是福建尤溪人，一生中大半時間都在福建從事著述、教育活動，其講學、交遊所到之地，往往會引領一時一地學風的極大興盛，因此也培養了大批的理學後進人才。在朱熹及其弟子於閩地的講學活動中，福建各地書院、學堂也紛紛隨之創制，後代學人根據理學要旨擬立門規學範，著書立說、移風易俗，確立了朱學在閩地學術傳統和民俗民風意識中主流思想地位。因此自南宋至元、明兩代，閩地學人往往多尊崇朱熹，李光地亦然：「孔子之生東遷，朱子之在南渡，天蓋傳以斯道，而時不逢。」〔註93〕將孔子與朱熹類比併論，認為朱熹即當日孔子，

〔註90〕李光地：《學》，《榕村續語錄》卷十六，《榕村全書》第七冊，第332頁。

〔註91〕李清馥：《榕村譜錄合考》卷上，《榕村全書》第十冊，第120頁。

〔註92〕李清馥：《榕村譜錄合考》卷下，《榕村全書》第十冊，第329頁。

〔註93〕李光地：《大學古本私記序》，《榕村全集》卷十，《榕村全書》第八冊，第263頁。

肯定了朱熹學說的正統性。又「吾閩僻在天末，然自朱子以來，道學之正，為海內宗。……暨成、弘間，虛齋先生（蔡清）崛起溫陵，首以窮經析理為事，非孔、孟之書不讀，非程、朱之說不講。……自鼎革至今，吾閩苦於兵亂，學士唔，僅以應舉，先正淵源之學荒焉。地竊不自量，方將以山林餘暇，與同志之士，誦鄉先生之遺書，蹈前修之典刑，庶幾那與卒章之志。……吾鄉積亂之後，必將復有嗣音者焉，紹續正學，如宋炎、興，明成、弘時。」〔註94〕通過對蔡清的推崇，強調朱熹學說在學術領域內的宗主觀念，進而表達出自己要承鄉賢之遺志和紹續正學之淵源的意願。

　　另一方面，明代中後期王陽明心學思潮也漫延至閩地，李光地的六叔李日煜所服膺的黃道周即是心學門徒。對於在心學與理學之間的取捨，早年李光地也確實存有徘徊不定的猶豫，他首先指出王學末流對傳統經學、理學及文風士習都造成了極其惡劣的消極影響：「當明季時，如李贄之《焚書》《藏書》，怪亂不經。即黃石齋的著作，亦是雜博欺人。其時長老，多好此種，卻將周、程、張、朱之書譏笑，以為事事都是宋人壞卻。」〔註95〕但同時卻並不將心學完全否定，而是對程朱、陸王學說加以兼容，使其綜合互補，甚至在某些地方更加傾向於陸王一派：「愚謂陸子之意，蓋以物有本末，知所先後，連格物致知以成文，其於古人之旨既合，而警學之理，尤極深切，視之諸家，似乎最優，未可以平日議論異於朱子而忽之也。」〔註96〕晚晴徐世昌也據此稱讚其為「以朱子為依歸，而不拘門戶之見。」〔註97〕由此可見，李光地的文化積澱、行事模式和學術思想，都留下了閩地學風影響的深深烙印。

　　最後談「學緣」。李光地為學十分注重學術思想的交流，自康熙九年中進士、選翰林、定居京師後，便有意識地結交朝中的同道師友。李光地說：「及入館，幸遇德子諤、徐善長兩先生，辛未後，又得張長史、楊賓實。他們往復疑問，俱是從道理根源上尋求。因此想出見頭來，再去看朱子書，方有滋味，有精彩。」〔註98〕德格勒，字子諤，滿洲鑲藍旗人，與李光地同為康熙九年

〔註94〕李光地：《重修蔡虛先生齋祠引》，《榕村全集》卷十三，《榕村全書》第八冊，第334～335頁。

〔註95〕李光地：《詩文一》，《榕村語錄》卷二十九，《榕村全書》第六冊，第383頁。

〔註96〕李光地：《通書篇》，《榕村全集》卷七，《榕村全書》第八冊，第173頁。

〔註97〕徐世昌：《安溪學案（上）》，《清儒學案》卷四十，中華書局，2008年，第1531頁。

〔註98〕李光地：《學二》，《榕村語錄》卷二十四，《榕村全書》第六冊，第244頁。

進士，後選庶吉士，授編修。累官侍讀學士，充日講起居注官、掌院學士。徐元夢，字善長，滿洲正白旗人，康熙十二年進士，改庶吉士，後遷中允，充日講起居注官，以講學名世。李光地常以德、徐二人為賢，在彼此往復的交流中，使其學術思想發生了從「向來所見」到「道理根源」上理解的認識轉變，如其所說：「初在館時，德子謂、徐善長纏住講《四書》《易經》，也就向來所見，與之講。而被善長在道理上駁問一二處，覺自不是，遂思索二三月，作《學的》示之。」這種由學術交流而產生的思想認識轉變，不但使李光地對理學問題進行了更加深入的思考，更使其對程朱理學在康熙時期的復興樹立了堅定的信心：「湯公先時，崇意陽明之學，某亦為湯效愚云：『老先生雖然用功於心性，是根本工夫，然天地間幾部大書，不可不讀。不特道理大備，人解得為聖賢易。即不盡解，如有明一代，用程、朱之說取士，前半截風流駕厚，俗化甚正，就有功效。』湯即感動，為余借《朱子文集》看數日，相過云：『向來非不能買一部看，以為朱子學問都在《集注》，守此而行亦足矣。今觀《文集》，誠不可不讀。』歎賞不已。」〔註99〕這裡的「湯公」指的是康熙時期的理學名臣湯斌。湯斌，字孔伯，號潛庵，河南睢州人。順治九年進士，選宏文院庶吉士，授國史院檢討。康熙三年，湯父病逝，湯斌回鄉丁憂三年，期間拜入孫奇逢門下，與顧炎武、黃宗羲共研理學。康熙十八年，中博學鴻儒科，授翰林院侍講，康熙二十一年充《明史》總裁官，後官至禮部尚書、工部尚書。湯斌　生清正廉明，是實踐朱學理論的倡導者，乾隆元年得諡「文正」，道光三年從祀孔廟，有《湯子遺書》和《洛學編》行世。從李、湯二人的講論交流中可以看到，李光地對理學認識已經折衷朱、王學說，對理學問題的思考也由《四書集注》延伸至《朱子文集》，說明了其理學思想的日漸成熟。

在與當時朝中理學名臣互動的同時，李光地還非常重視與遠離朝政的隱賢名儒之間的學術交流，並獲得了前輩學者的悉心指導和大力提攜。其中較為重要的是孫承澤和顧炎武。孫承澤，字耳北，號北海，山東益都人。崇禎四年進士，任兵科給事中。李自成佔領北京後，任大順政權中任四川防禦使。順治元年以後，又累官吏科給事中、太常寺卿、大理寺卿、兵部侍郎、吏部右侍郎、都察院左都御史，加太子太保。孫承澤仕明、降李、仕清的政治歷程與「江左三大家」之一的龔鼎孳極為相似，曾一度受到了社會各方面對其的興

〔註99〕李清馥：《榕村譜錄合考》卷上，《榕村全書》第十冊，第 166 頁。

論譴責，最終於順治十年以「老病」告休，退出了仕宦舞臺。此後的二十年間，開始專心於學術、文藝，有《春明夢餘錄》《天府廣記》等四十餘種著述行世，其中《五經翼》《春秋程傳補》《詩經朱傳翼》《尚書集解》《考正晚年定論》等均為理學專著。李光地與孫承澤的交往是通過魏裔介展開的，魏裔介，字石生，號貞庵，直隸柏鄉人。順治三年進士，選庶吉士，授工科給事中。累官左都御史、太子太保、吏部尚書、保和殿大學士，加太子太傅。有《兼濟堂文集》行世。乾隆元年，得諡「文毅」。魏裔介是李光地康熙九年科舉考試時的主考之一，按《李文貞公年譜》記載：「（康熙）九年庚戌，公二十九歲。春三月，登蔡啟遵榜進士。主考魏公裔介、龔公鼎孳、王公清、田公逢吉，同考衛公既齊。」〔註100〕魏裔介與孫承澤交往深厚，李光地通過座師魏裔介得識了以理學名世的孫承澤，並親往孫處問學，彼此亦以師友相稱：「余始讀書翰林，問舊人舊事於師友間。或告之曰：『此地北海孫先生，前朝遺獻也，年八十矣，而論道著書不息，子其見之乎？』先生與府州環極魏公厚，余於是修後輩禮，從公謂見。……先生在前代，遍友天下士，所與深契，則劉念臺、黃石齋、蔣八公數人爾。故余之假歸也，先生以書送之曰：『某平生師友，盡在閩中。』」〔註101〕

此外，李光地還經由曾經的同考官衛既齊的引薦，直接獲得了顧炎武關於曆學、音韻學及經史學等多方面的學術指導。衛既齊，字伯嚴，號爾錫，山西猗氏人。康熙三年進士，選翰林院庶吉士，散館授檢討，後官至都察院左副都御史。為學誌在當世之務，有《四書心悟》《小學家訓》《道德經解》《南華經刪注》《運通》等著作三十餘卷行世。按顧炎武致顏修來的手札：「《詩本音》二冊送上。有較正者，乃衛太史筆也。此書未定，不必鈔錄，只將坊刻詩經一本圈注其不合及太瑣碎者，置之可也。更乞教正為荷。底事一有信，即求示之。弟炎武頓首。」〔註102〕顧炎武於康熙四年將所著《詩本音》稿本交由衛既齊審定校正，由此推之，顧、衛二人在私交和學術交流上都甚為密切。於是，李光地便在衛既齊的引薦下，於康熙十年，當面向顧炎武請益，並在學術思想和治學方法上得到顧氏的指點與提攜：「（康熙）十年辛亥，公三十

〔註100〕李清植：《文貞公年譜》，《榕村全書》第十冊，第11頁。

〔註101〕李光地：《孫北海五經翼序》，《榕村全集》卷十二，《榕村全書》第八冊，第303頁。

〔註102〕顧炎武：《與顏修來手札·其一》，《亭林佚文輯補》，《顧亭林詩文集》，中華書局，1959年，第225頁。

歲。始見顧炎武，聞音韻之學。公以《歷論》八篇就正於衛公既齊。衛公以示顧氏，顧氏曰：『元人之文也，誰為為之者？幸一識之。』衛公乃見公於顧氏。顧氏與縱談點畫、聲音古今訛異之原。公心識其說。顧氏又曰：『讀書須整片讀，僕生平零綴碎補，遇連篇文字不耐竟讀，此大病也，當以為戒。』」〔註103〕通過此次與顧氏的會面，李光地對音韻及經史之學的學術意義給予了極大的肯定，將顧炎武的音韻學和梅文鼎的曆算學視為「待王者之設科」，更是奉顧氏所著《音學五書》是「有顧氏之書，然後三代之文可讀，《雅》《頌》之音各得其所。語聲形者，自漢、晉以來，未之有也。」〔註104〕「然韻學不可不知，若曆算適於日用所需尤大。」〔註105〕肯定了治學由音韻而入經傳再而經世致用的為學方法路徑，以考據、通經務世用的實學治學思想在此的表現得淋漓盡致，誠如其所說：「（朱熹）《詩傳》叶韻已好，尚不如顧寧人考據精確，六經皆通。」〔註106〕由此可以看出，李光地在顧炎武初獲得了較大的學術啟示，顧氏之學對李光地之後的學術思想定型也起到了深遠的影響。

綜上所述，通過長期的交流，在「親緣」、「地緣」、「學緣」三種關係的共同浸潤和影響下，李光地在學術思想上逐漸打通了朱王、漢宋學說之間的隔膜，對治學方式也有了較為成熟、深入的思考和實踐。在此基礎上，李光地關於科舉八股文的認識，即帶有較為典型且濃厚的理學色彩，對八股文的創作批評，也同樣與程朱理學的義理要求相呼應。

二、理學觀念影響下的八股文批評

李光地生平主要活動於康熙一朝。康熙作為「武功」定鼎之後而繼統的帝王，一度大力提倡程朱理學，認為：「（朱熹）文章言談之中，全是天地之正氣，宇宙之大道。朕讀其書，察其理，非此不能知天人相與之奧，非此不能治萬邦於衽席，非此不能仁心仁政施於天下，非此不能內外為一家。」〔註107〕以期用理學及傳統儒學中「天人感應、君權神授」、「君臣父子」、「存天理、滅

〔註103〕李清植：《文貞公年譜》，《榕村全書》第十冊，福建人民出版社，2013年，第12頁。
〔註104〕李光地：《顧寧人小傳》，《榕村全集》卷三十三，《榕村全書》第九冊，第262頁。
〔註105〕李光地：《學》，《榕村續語錄》卷十六，《榕村全書》第七冊，第332頁。
〔註106〕李光地：《詩》，《榕村語錄》卷十三，《榕村全書》第五冊，第323頁。
〔註107〕玄燁：《御製朱子全書序》，《朱子全書》第二十七冊，上海古籍出版社，2002年，第846頁。

人慾」等倫理綱常去弘揚「文治」，進而維護與鞏固清廷統治的長治久安。作為康熙朝的重臣，李光地與康熙帝相配合，積極宣揚程朱理學，自言其治學是「近不背程朱，遠不違孔孟，誦師說，守章名，服儒者，摒棄異端。」〔註108〕時時事事以儒家之道恪守自遵。反映在文學批評，尤其是八股文批評上，即表現出繼承儒家傳統，主張以《四書》《五經》為學問根底的創作特點。具體來說，主要分為理、法、辭、氣四個方面。

1. 求理於經，弘揚義理

眾所周知，八股文的思想內核是對理學現實意義的闡幽發微。今人馬積高先生在回顧與總結清代理學演變過程時曾說：「清代的理學乃是一種向實用轉化的理學。」〔註109〕認為清代理學不同於宋明理學，學者已經不再對理學本身作過多的理論研討，而是將現成的理論直接用以修身、或經世、或治學。誠然如斯，明清之際學術發展經歷了巨大的變革，晚明王學末流日漸流入空言性理的禪學，入清以後的學者更是紛紛對這種言心言性、束書不觀的學風加以批評，逐步由理論思想闡釋轉向從經史典籍的文本中尋求「真理學」的道路。梁啟超說：「晚明王學極盛而敝，學者習於『束書不觀，遊談無根』，理學家不復能係社會之信仰。炎武等起而矯之，大倡『捨經學無理學』之說，教學者脫宋儒羈勒，直接反求之於古經。」〔註110〕李光地正是沿著此種「經學即理學」道路，於《六經》中進行關於理學和義理的探索。他說：「天下之道盡於六經，六經之道盡於四書，四書之道全在吾心。……夫子所留下的書，萬理具足，任人苦思力索，得個好道理。若是他不說的，所見畢竟不確，久便自見其弊。」〔註111〕李光地將儒家傳統中的「文以載道」思想和理學體系中的「萬物之理」以及陸王「以心為本」的主張融合統一，使之相互促進、共同發展。另一方面，李光地又與顧炎武、朱熹、陸王不同，他既不走顧氏以音韻、訓詁而通經汲古的道路，也不走朱熹「格物窮理」的道路，更不走陸王向內心求理的「心即理」的道路，而是將《六經》視作「理」之載體，直接從經傳文本中尋求答案，走了一條「求理於經」的道路。故而李光地尤為推重八

〔註108〕 李光地：《進讀書筆錄及論說序記雜文序》，《榕村全集》卷十，《榕村全書》第八冊，第 255 頁。

〔註109〕 馬積高：《清代學術思想的變遷與文學》，湖南人民出版社，2002 年，第 81 頁。

〔註110〕 梁啟超：《清代學術概論》，上海古籍出版社，2005 年，第 3 頁。

〔註111〕 李光地：《經書總論》，《榕村語錄》卷一，《榕村全書》第五冊，第 7 頁。

股文創作要有經史學問的根底本源和現實實用的指導意義，認為：「孔子之書，如日月經天，但看尊之，則天下太平。廢而不用，天下便大亂。」〔註112〕簡單來說，「求理於經」，是從聖人經傳，即孔子之書中找得萬物之理，即輔政安邦之道，並將其用於實踐，即落實到具體的八股文創作中去。

因此，李光地的八股文觀念，首先是針對八股文的思想核心要素，即「理」的層面上主張體現出「發揚義理」的認識覺悟。李光地認為，八股文應當以發揚義理為第一要義。因此在審視八股文時就表現出重義理而輕詞采、重書本學問而輕處世清談的批評傾向。對於明末八股文的空談之風，更是予以了猛烈的抨擊。他說：

> 明末時文，看其議論氣勢，直欲凌駕前人，掀天揭地。由今看
> 來，卑鄙無味之甚。以其理不足，於題不相干。大約時文之壞，由
> 不肯看書起。不肯看書，則於理題懵然。理不勝，則思以詞采勝。
> 以詞采勝，則求新奇靈變，以悅人之耳目，遂離經叛道而不可止
> 也。〔註113〕

於是，李光地主張通過刻苦讀書的實際工夫將經學與理學相融合，在不斷地經學研習中明曉理學義理：「讀書以窮經為本，以明理為至，窮經所以明理也。然六經之規模宏闊而辭義簡奧，故必以《學》《庸》《語》《孟》為之階梯。四子之心傳不繼，而純粹云亡，故必以濂、洛、關、閩為之門戶。」〔註114〕《大學》《中庸》《論語》《孟子》與周敦頤、二程、張載、朱熹共為宋明理學的門戶，李光地通過對《四書》和「四子」學說的提倡，呼籲學人、士子由此入門進而轉向對《六經》研習的學術門徑。由此可以看出，李光地的學術思想以程朱理學為進階，其最終落腳點卻是經學。這反映在八股文批評上就是主張以《六經》為根基，以效法先儒、闡釋經義為八股文創作的努力方向。他說：「學者之學，期於有得，則制義之根本六經也，其門戶先儒也。講誦而思索之，固即漢、宋所謂專經之藝、窮理之功也。」〔註115〕既然制義的根本是《六經》，那麼八股文理所應當的擔負起羽翼經傳的責任：「蓋制義無

〔註112〕李光地：《經書總論》，《榕村語錄》卷一，《榕村全書》第五冊，第 7 頁。

〔註113〕李光地：《詩文》，《榕村續語錄》卷十九，《榕村全書》第七冊，第 486 頁。

〔註114〕李光地：《課王生仲退》，《榕村全集》卷二十一，《榕村全書》第八冊，第 536
頁。

〔註115〕李光地：《成絅齋制義序》，《榕村全集》卷十二，《榕村全書》第八冊，第 314
頁。

論為一代取士之制，其精者羽翼經傳，至者語皆如經。如顧亭林『且比化者』一節文，直駕守溪而上。蓋字字有來歷，精於經學，而其辭又能補經之所未備，而不悖於經，亦可為經矣。」〔註116〕這就從文體功能上肯定了八股文與上古禮樂、聖賢經傳、漢唐注疏一脈相承的地位。於是八股文創作，也理當以發揚儒家義理為主要內容。唯有如此，才能切實履行八股文的創作意義，並流傳於後世。即其所言「制舉之文可傳乎？曰可。其原蓋出於義疏之流，而稍叶以俳儷者也。其法雖起於熙寧之新學，然觀洛、閩以來，訓議講說，用其體者多矣。蓋窮經之學，以剖析為功，故譚經之文，亦不以櫛比為病也。由是觀之，制舉而能有發於聖賢之意，有助於儒先之說，雖與義疏注解佐祐六經可也。」〔註117〕「漢、唐、宋、明之盛，未有不澤於經術，使其文雅馴者也。……則科舉之作，雖與禮樂同流可也。」〔註118〕

2. 理法相融，文理合一

李光地對八股文法的要求，主要著眼於統籌八股文創作技法與理學義理的關係。在以發揚義理為第一要義的創作主旨下，李光地對士子理學學養極為重視，認為八股文創作與理學研討是合二為一的，要求士子在八股文創作時於辨明經義、體會語氣的基礎上，還要對經書題義有所解釋發微。這是因為「聖賢說話，不過數言可了，正須以我意論斷耳。如今之描畫口角以求擬肖，聖賢肯為之哉！」〔註119〕在他看來，既然八股文要擔負起發揚義理的任務，士子就必須傚仿先儒，即所謂「以先儒為門戶」，對義理進行漢唐注疏和宋明傳注般的發明創作。注疏與傳注都是以質樸、嚴謹的語言和文法對經傳內容做出精深的闡釋，故而八股文也應該遵循「以其理透也，渠且會安頓題目語氣」〔註120〕的創作模式。他說：「顧經義之文，主於明理，明理之文，主於深厚簡切，平易疏暢，而惡乎以才亂之。」〔註121〕簡言之，李光地對八股文法的要求，旨在融儒家義理、八股程式、文章創作和理學研討於一體，以

〔註116〕李光地：《詩文》，《榕村續語錄》卷十九，《榕村全書》第九冊，第478頁。
〔註117〕李光地：《名文前選序》，《榕村全集》卷十一，《榕村全書》第八冊，第287頁。
〔註118〕李光地：《己丑墨選序》，《榕村全集》卷十一，《榕村全書》第八冊，第289頁。
〔註119〕李光地：《詩文》，《榕村續語錄》卷十九，《榕村全書》第七冊，第490頁。
〔註120〕李光地：《詩文》，《榕村續語錄》卷十九，《榕村全書》第七冊，第490頁。
〔註121〕李光地：《楊賓實制義序》，《榕村全集》卷十二，《榕村全書》第八冊，第312頁。

理學義理為八股文創作基礎，又以八股文創作為義理問題研討的深入解釋，主張向切於政事、利於國民的文學傳統回歸。因此，李光地對明代中後期「徒事機法」、「悅人耳目」的八股文嗤之以鼻，肯定並提倡明代中前期義明理足、自然工穩、言之有物的八股文創作。

在李光地看來，「理」是一切文章寫作的根基，他說：「韓文公一肚皮好道理，恰宜於文發之。杜工部一肚皮好道理，恰宜於詩發之。所以各登峰造極。」〔註122〕韓愈之文和杜甫之詩所取得的文學成就，並不是因創作技法的圓熟運用使然，而是通過對高層次儒家思想的揚棄，凸顯了文章的文用道德標準，從而獲得了不朽文學的價值。以此可證，文人只需專注於「道」的體悟和「理」的遵守，在個人創作中融入「理」的精神，文章即可成為上乘佳作。如其所說：「小學生初作文，要得有詞，有了詞又要有氣，有詞氣再要他有法，終之要他有理。成人不如是。第一須求理，理足而法、氣、詞具焉。此正法也。百餘年不講矣。」〔註123〕所謂「理足而法、氣、詞具焉」，即是達到了理法兼備，不工而自工的文法要求。

但他並非完全將八股文視為疏經述理的古文或散文，而不注重其特殊的程式法度。恰恰相反，李光地對八股文的功令格式十分看重，這從他對明代王守溪八股文的推重中可以看出：

> 問：「王守溪時文，筆氣似不能高於明初人。」
>
> 曰：「唐初詩亦有高於工部者，然不如工部之集大成，以體不備也。制義至王守溪而體大備。某少時，頗怪守溪文無甚拔出者，近乃知其體制樸實，書理純密。以前人語句，多對而不對，參差灑落，雖頗近古，終不如守溪裁對整齊，是制義正法。如唐初律詩，平仄不盡叶，終不若工部字律密細，聲響和諧，為得律詩之正。」〔註124〕

在這裡，他以律詩的創作規範為例，強調八股文在揚義基礎上還要符合「體制樸實」、「裁對整體」的程式要求，才算得上合格規範的八股文。「作文要詞調不離樣，屹瞻時文要字字有出處，讀來卻不似時文，作古文則可，時文斷不可。」〔註125〕李光地認為，那些完全以古文之法創作的八股文，縱然

〔註122〕李光地：《詩文一》，《榕村語錄》卷二十九，《榕村全書》第六冊，第365頁。
〔註123〕李光地：《詩文》，《榕村續語錄》卷十九，《榕村全書》第七冊，第486頁。
〔註124〕李光地：《詩文一》，《榕村語錄》卷二十九，《榕村全書》第六冊，第389頁。
〔註125〕李光地：《詩文》，《榕村續語錄》卷十九，《榕村全書》第七冊，第486頁。

有深厚的經史根底，如果忽略了八股文特有的程式規範，在整體上也會喪失八股文本來的語氣和面貌。這就好比宋人以詩填詞，以才學、文字作詩那樣，使得特定文體固有的形式特徵發生消泯變異，最終導致「詞調離樣」的後果。如果八股文缺失了本身獨有的詞調、語氣、格式等法度規範，那麼八股文也就無所謂「八股」之名了。

綜而言之，李光地對八股文「理法兼備」的主張，是對士子經史學問、發揚義理和經營構思三方面的總體要求。發揚義理是創作主旨，經史學問是創作基礎，經營構思是創作體現，三者相互依存，缺一不可、偏一亦不可。此外，在義理、學問、構思的具體結合中，李光地還特別指出，三者於八股文創作中能夠達到渾然一體，不求機巧、自然呈現的效果，才算得上是優秀的八股文，此種話語其在《榕村語錄》和《榕村續語錄》中反覆論說，如：「做時文要有口氣，口氣不差，道理亦不差。」〔註126〕又「守溪自然算時文第一手，本是一極體貼好講章，又創出許多法則。其安頓亦極好，極費經營，而絕不見有巧處。此所以好。若一見巧，便不好。」〔註127〕等等，不一而足。以此為觀照，再反觀李光地本人的八股文創作，並無過多的浮煙浪墨，幾乎全是簡單明瞭的義理解釋和對宋人語錄的稍加整飭，誠如清人蔡芳三所言：「海內論文家群推安溪為弘正嘉正宗，而不知安溪出於宋五子書，搜澤融浹，而又能自在流出，故卓然稱大家。」〔註128〕

3. 辭尚清通，文字本色

在對八股文「理」、「法」做出了明確要求後，李光地很自然地在八股文具體創作過程中對所採取的表述方式、言辭語氣等「辭」的要求，也必然與其濃厚的理學思想相呼應。

李光地有一段話解釋了「理」、「法」、「辭」三者之間的邏輯關係，他說：「作文且未須說得體制法度，第一先要明白。若那事考究得十分明白，據事直書，自然不煩刪減，而閒文自去，詞必古矣。」〔註129〕這裡談到了三點認識：其一，八股文創作中的各項步驟環節是有序進行的。在「理」的統攝下，作文的形式遵循於經義、義理的文體需要，內容遵循於對「理」的發明、闡釋

〔註126〕李光地：《詩文一》，《榕村語錄》卷二十九，《榕村全書》第六冊，第390頁。
〔註127〕李光地：《詩文》，《榕村續語錄》卷十九，《榕村全書》第七冊，第488頁。
〔註128〕梁章鉅：《制義叢話》卷九，上海書店出版社，2001年，第152頁。
〔註129〕李光地：《詩文一》，《榕村語錄》卷二十九，《榕村全書》第六冊，第386頁。

的理解需要，語言又遵循於對「理」理解的表達需要。其二，八股文內容要有切實所指，不能流為空疏閒談。八股文旨在「發揚大義」和「通經致用」，故而一切無關於發明經義、闡釋義理的閒散文字都不應出現於八股文中。其三，八股文的言辭要以「古」為尚。八股文強調摹仿「聖賢口氣」，其遣詞造句也就不能以流行時好的語言為表述體現。以此可見，從李光地對八股文「辭」的創作要求，也不難理出其完整且清晰的批評體系。

李光地認為，八股文是由「理」、「法」、「辭」三部分構建起來的一個邏輯有序的整體。作為官方學術思想正宗的程朱義理，是萬事萬物的常存恒定之「理」，可以視作是長期以來人們思想、觀念、認識取向標準的一個傳統。在「理」的傳統下，相應形成了一套約束人行為的規範法則，推及作文，就成了八股文特有的功令格式和思想範式。而應試士子在創作八股文時的具體表述，也就是在「理」的傳統和「法」的雙重框架下展開進行，因此八股文對言辭的要求也必定是以合乎儒家傳統和理學規範作為唯一衡量標準的。李光地即如是說：

> 文字不可怪，所以舊來立法，科場文謂之「清通中式」。「清通」二字最好，本色文字，句句有實理實事。這樣文字不容易，必須多讀書，又用過水磨工夫，方能到。非空疏淺易之謂也。〔註130〕

李光地對八股文的批評要求具體落實到「清通」上，實際上包含了兩層用意與要求。其一是對經義、義理以雅致樸實的語言做出有根底、有所指的闡釋表述，「清」指八股文中所使用的本色文字，「通」指八股文作者具備通經有據的學問根底。由於晚明以後，在八股文創作中出現大量不遵朱注、不諳經史，反而競尚辭采、好為機巧的空疏弊端，故而李光地提出以「理」為中樞，要求士人於創作之初首先要在貫通經義和熟識義理上做實際工夫。在他看來，「理」是古樸實在的，經傳文本及漢宋諸儒的注疏文字也是古雅質實的，那麼八股文的文辭也應該保持與經書文字一致的切實風格。他說：「時文要字字可以講得方妙，一片雪白。虛字體貼傳神，實字如鐵板推搬不動如經傳一般。無一字無義理，方是正宗。」〔註131〕八股文既然是要「發揚大義」，其表述就必然圍繞義理展開，於是八股文中的「辭」與「理」之間就產生了不夾雜其他任何中介因素的直接對應關係，即所謂「一片雪白」。在

〔註130〕李光地：《詩文一》，《榕村語錄》卷二十九，《榕村全書》第六冊，第388頁。
〔註131〕李光地：《詩文》，《榕村續語錄》卷十九，《榕村全書》第七冊，第486頁。

這種觀點下，李光地一針見血地指出那種尚詞章、務機法的八股文純屬「以其理不足，於題不相干」的「卑鄙無味」之文。然而先儒經傳所用的質樸古雅的「本色文字」並不等同於後人日常使用的淺顯通俗的「平常文字」，其中差別即在於長期踏實的讀書、訓養工夫。李光地說：「明朝人真不肯讀書。古人文字，看去簡古，零零落落，若不可解。久而讀之，脈絡井然，一字不妄下。後人文字，如七八歲童子作，看去無不了然。然尋其字眼亂下，語無倫次，意不相接，多不能通。」〔註132〕只有通過大量讀書之後，士子才能積蓄起篤實的學問和豐厚的涵養，才能對義理進行深入地思考，從而獲得其中的微言大義，即其所謂「讀書須有跋涉意。」〔註133〕做好了切實的學養工夫，再轉向八股文創作時也就能自覺、純熟且自然地形成「清通」的本色文字。

其二是指的八股文創作過程中要盡可能做到文字簡潔。這是由於特定文題下八股文創作的篇幅和語句形式受制於八股文體的功令格式的限定，因此在有限的創作空間中就必須同時滿足言有所指和言簡意賅兩項要求，這也是孔子所提出的「辭達」之意。李光地認為古文與時文在評選上有共通之處，都要以「句句有實理，有實事，簡淨踏實為上」〔註134〕為批評標準，做到「如今無論選古文、時文，即將其文當作經來看，一字不放過好」〔註135〕的從簡、從嚴地評選。由此可以看出，李光地認可的八股文佳作，不是那些充斥著花哨華麗的辭采和精巧細膩的機法，卻無太多關於義理發明的文章。而是語句整齊、文辭平易中卻又具有深意的文字，誠如其所言：「其文似淡實有味，似疏實周密，似少實足有等。……此天下之至文也。」〔註136〕

4. 詞氣貴清，神氣貴盛

李光地還特別關注「理」、「法」、「辭」所展現出的精神面貌，反覆強調八股文「氣」的重要性。他認為文中之「氣」是國家命運興廢、士人精神盛衰和社會道義隱顯的集中反映。根據明代成化、弘治時期國家的興盛與該時期八股文的純正、萬曆以後國家的衰敗頹廢與該時期八股文的離經叛道的實際情況，李光地對八股文之「氣」與國家之「運」做出了相互印證的論斷：「文

〔註132〕李光地：《詩文》，《榕村續語錄》卷十九，《榕村全書》第七冊，第479頁。
〔註133〕李光地：《詩文》，《榕村續語錄》卷十九，《榕村全書》第七冊，第492頁。
〔註134〕李光地：《詩文》，《榕村續語錄》卷十九，《榕村全書》第七冊，第478頁。
〔註135〕李光地：《詩文一》，《榕村語錄》卷二十九，《榕村全書》第六冊，第388頁。
〔註136〕李光地：《詩文》，《榕村續語錄》卷十九，《榕村全書》第七冊，第488頁。

章與氣運相關，一毫不爽。……明代之治，只推成、弘，而時文之好，無過此時者。至萬曆壬辰後，便氣調促急，又其後，則鬼怪百出矣。」〔註137〕並針對文章與氣運相關聯的內在原因進一步形象地解釋說：「某嘗有一譬，春夏秋冬，氣候之小者也；治亂興亡，氣運之大者也。蟲鳥草木，至微細矣，然春氣一到，禽鳥便能懷我好音，聲皆和悅。秋氣一到，蚤吟蟲響，淒涼哀厲。至草木之榮落，尤顯而易見者，況人為萬物之靈，豈反不與氣運相關？所以一番太平，文章天然自變。」〔註138〕在這裡，李光地分別將禽鳥發出的「和悅」之聲與「哀厲」之響，視作是春天生機勃勃與秋冬萬物淒涼情景的具體體現。「和悅」表達了春天禽鳥鳴叫的兩個特點，一是聲音「祥和」，二是令聽到聲音的人感到「悅耳」。而這種「祥和」、「悅耳」的聲音表現也恰恰契合了儒家提倡的「雅正」、「溫柔敦厚」的文藝思想傳統和創作審美標準，於是便很自然地由此推論之八股文所呈現出的類似於禽鳥「和悅」之聲的「雅正」文氣，也必然是太平盛世的反映，反之則是蕭條亂世的表徵。

　　接著，李光地又對八股文「雅正」之氣做了詳細的說明。在他看來，「雅正」是八股文風貌的總體要求，落實到具體的實踐中，表現在「詞清」和「理淳」兩個方面。「詞清」即是言辭要清淡平易，切實近理，有太平氣象。他說：「文字肯切實說事說理，不要求奇求高，都有根據，天下便太平。明末，如金、陳、黃陶庵、黃石齋，具高才絕學，而其文求其近情理者甚少。觀其自命，幾幾分座尼山，後亦歸結於忠孝。到底文字好不好，真是關係氣運之物。」〔註139〕又：「向嘗語韓慕廬以：『時文奇，不如平。明末文畢竟是有詞，氣不如成、弘。公試看東漢之末文字，何如西漢；中晚唐詩，何如初、盛；南宋文字稀爛，何如北宋。自然太平時文字正氣。』」〔註140〕這都是從文辭的角度討論八股文呈現出的「氣」。李光地認為凸顯「氣」的強盛的方式不是高才絕學的華麗詞章，也不是精巧奇詭的聰穎構思，而是清通近理、彰顯盛世的平易文字。「理淳」即是要運用正統的理學思想作為創作的主要內容。他說：「（楊賓實）其時文、散文，生成筆氣，便似曾子固，氣甚厚，下語甚重。其讀五經，妙在不是好其文詞為文章，卻有甘其滋味的意思，故能措之乎用。」〔註141〕李光地認

〔註137〕李光地：《詩文一》，《榕村語錄》卷二十九，《榕村全書》第六冊，第366頁。
〔註138〕李光地：《詩文一》，《榕村語錄》卷二十九，《榕村全書》第六冊，第366頁。
〔註139〕李光地：《詩文》，《榕村續語錄》卷十九，《榕村全書》第七冊，第483頁。
〔註140〕李光地：《詩文》，《榕村續語錄》卷十九，《榕村全書》第七冊，第485頁。
〔註141〕李光地：《詩文》，《榕村續語錄》卷十九，《榕村全書》第七冊，第191頁。

為楊賓實之所以能夠做出文氣厚重的經義八股文，是因為他讀經書不是「好其文詞」，在詞章上下工夫，而是「甘其滋味」，完全在發明義理上用功，再以對義理的個人理解為實質內容，下筆成文，自然就獲得了「氣甚厚，下語甚重」的文氣體現。即如李光地所說：「臨文在題之皮毛上鋪排，似是而非，心思不入，了無神氣。至於浮淺無味，最怕人，病卻中在根本上。」〔註142〕他主張士子將心思和精力用在對義理的研究上，也唯有如此，其創作出的八股文才能有神氣，不浮淺。

最後，李光地又統籌「詞清」和「理淳」兩種觀點，提出了以「清淳」為標準的八股文批評觀。他說：「己丑會試，予與同事者極力欲返之清淳，且以觀人學殖，非兼之後場弗盡也。……竣事後，士友議論，則或以清淳許之者有矣。夫極清淳之至，必也通經學古，理明而氣盛。」〔註143〕由前文的論述可知，要想達到李光地文辭「清通」、義理「醇正」的要求並不容易，這需要耗費大量的實踐和精力去做切實經史、義理學問的「水磨工夫」。但以此八股文批評標準，卻也恰恰可以反過來印證士子學人的是否具備豐厚、紮實的學養，從而為政府揀選出具有真才實學的合格優秀文人。這也是八股文實際功用的一項直接體現。另一方面，八股文「清淳」與否也是之於文學傳統、世道學術和社會風氣而言的一項重要維繫，李光地說「為文貴清而賤濁，何則？神氣盛則清，衰則濁也。……人之盛也，耳目言貌，清明盎溢，或衰病則反是。繁詞縟飾，無益於昏也。雖然，神氣者物之主，而有所以主乎神氣者，則其道大而說長矣。以文章一事論之，詞氣之清由於神氣之盛，神氣之盛根於義理之明，義理之明本於學術之端，與人心證，是亦道大而說長者也。」〔註144〕詞清、氣盛、理明、學端，這四者之間環環相扣、緊密關聯又彼此相互順應，因此，八股文的「清淳」指向也是連帶著文學、學術與風氣共同穩健發展的條件，對之後乾嘉時期「考據」八股文的形成以及整個清代學術的走向都產生了深遠的影響。

李光地以理學為旨歸，主張「求理於經」，對清初經學和理學的復興起到了一定的作用。其八股文創作與批評堅持與理學合二為一，提倡八股文以發

〔註142〕李光地：《詩文一》，《榕村語錄》卷二十九，《榕村全書》第六冊，第390頁。
〔註143〕李光地：《己丑前後場合選序》，《榕村全集》卷十一，《榕村全書》第八冊，第290頁。
〔註144〕李光地：《己丑房書遜志集序（代）》，《榕村全集》卷十二，《榕村全書》第八冊，第315頁。

明義理、闡釋經義為第一要義，強調八股文有用於社會的文體功能意義。所標舉的「清淳」八股文觀念，是對明末清初學術空疏、經史渙散、理學凋敝局面的一次整飭，並以此引導了康熙三十九年的科舉改革，得到了康熙皇帝和眾多學人的積極響應。通過此次改革，清代八股文開始逐漸展現出「宗經」的風貌，在推進清代理學和經學發展的同時，也為後世乾嘉學派創造了可供生長的土壤。

第四章　重建：順治康熙時期的八股文批評（下）

如果說陸隴其、李光地是從思想層面對清初八股文風進行重建，那麼唐彪、俞長城、呂留良等則是從實踐層面對清初八股文創作作具體的指導。當然，由於這些學者的身份及學術目標不一，他們為清初八股文所指引的方向也不盡相同，唐彪作為一位塾師比較側重在具體的技法指導，俞長城是以範文選本的方式為清初寫作者樹立八股文典範，呂留良、戴名世則是以八股文批評作為其名山事業，通過八股文批評來確立清初士人的思想和行為準則。

第一節　唐彪的八股文批評

唐彪（生卒年不詳），字翼修，灊水（浙江金華）人。曾問學於著名學者黃宗羲、毛奇齡，與清初詩學家仇兆鰲、朱彝尊等相友善。他常年在兩浙地區課徒講學，歷任會稽、長興、仁和等地訓導，是清初教育家、語文教學法家、蒙學教育理論家。有《父師善誘法》《身易》《讀書作文譜》行世。其中《父師善誘法》《讀書作文譜》二書合刻為《家塾教學法》，前者談語文啟蒙，後者論讀書作文，在後世均有甚大影響，是唐彪畢生學力精神的集中體現。《讀書作文譜》是一部由唐彪根據課徒講學的實際經驗，並參以前輩學人的論說成果匯纂而成的教學用書。該書不但強調修身治學的重要，而且對如何讀書作文給出許多務實可行的建議，如在讀書方面總結讀書之法，提倡個人理解，重視原著經典，主張師友辯難切磋等提出務實的看法，在作文方面有

以諸題論時藝，以諸體辨古文，對文章的體裁、文法、章法和做法都有詳盡地評述，這些內容對於當日應試士子有切實的指導意義，對於今日的語文教學和臨場作文也有重要的借鑒和參考價值。

一、《讀書作文譜》的教習功能

唐彪之名雖不見經傳，但他常年遊走講學於兩浙之間，課徒之眾不可勝計，影響之廣不容低估，故而在當時亦不失為東南一名宿。對此，毛奇齡曾說：

> 唐先生獻策天家，出為師氏者若干年，歷東西兩浙人文薈萃之所，皆坐擁皋比。……世家子弟，皆有承授先生席。〔註1〕

仇兆鰲也曾以「金華名宿」的名號誇讚唐彪，稱他「胸羅萬卷，而原本於道。向者秉鐸武林，課徒講學，人士蒸蒸蔚起」〔註2〕，對其講、教之功尤為肯定和激賞。作為生活在社會基層的一介塾師，與顧炎武、黃宗羲、王夫之等清初大儒相比，唐彪的文學造詣和思想建樹稍顯遜色，他將畢生的精力和學力都用在傳道、授業上，所著《讀書作文譜》一書，就其內容而言並無太多新創，它主要是對其文章學、寫作學各種思想認識的系統化、精密化，並使之具備了初步的理論形態，充分顯示出清初塾師學之有得、教之有法、授之有物的嚴謹踏實的作風。

對於這一點，作為一位基層的私塾老師，唐彪有這樣的表述，他的目標是傳道授業解惑，因此他力求彌合群言，將前人最優秀的思想學問傳授給學生。

> 天下之理，有歸一者，亦有兩端者。歸一者易見，兩端者難明，大舜、孔子每加意焉。是書（指《讀書作文譜》）於古人之議論有不同者，必兩存之，更為之分析其理，而斟酌取中，知偏見不可以為法也。〔註3〕

這樣的觀點正表明唐彪是以一位塾師的身份向受業諸生顯身說法，一方面前人每一種見解的提出，自有其合理之處，切不可輕率否定；另一方面，作為教師，其責任就是將前人之不同見解存精去粗，或詳為解說，破除俗見，

〔註1〕毛奇齡：《讀書作文譜序》，王水照編《歷代文話》第四冊，復旦大學出版社，2007年，第3384頁。

〔註2〕仇兆鰲：《讀書作文譜序》，王水照編《歷代文話》第四冊，第3385頁。

〔註3〕唐彪：《讀書作文譜》「凡例」，王水照編《歷代文話》第四冊，第3393頁。

或觸類推廣，悟所未言。因此，這本書的最大特點是：「集取百家之長，立中肯完備之說」。〔註4〕

所謂「集取百家之長」，不是對他人論述的簡單抄錄，而是以課徒為目的，以教學實踐為依據，追求知識的系統性、條理性和應用性。其間雖大量汲取了前人豐富的學術成果，但在總體布置安排上，唐彪有其獨立的知識體系構架。從他以「譜」字之命名看，亦可見出其用心所在。按「譜」，《說文》：「籍錄也。」〔註5〕《廣韻》：「聚也，會也。」〔註6〕《釋名》：「布也，布列見其事也。」〔註7〕也就是說，名之為譜者，當含有歸屬、彙集、羅列之義，而《讀書作文譜》「凡例」亦言其有「惟集眾美」、「彙集成編」之意，但更重要的一點則是「凡類成卷」，「古人之言，有一篇合發數理者，難以混入一類，愚為之分析，隸於各類之中，非敢輕為割裂，蓋欲分類發明」〔註8〕，以達成「事理會於一處」、「立中肯完備之說」的效果。這裡表明，他做的一個最重要的工作就是「分類」，然而問題的關鍵是如何「分類」，不同的學者對於相同的內容會有不同的知識歸類，那麼唐彪對於讀書作文之內容是如何組織他人的相關論述並形成自己的知識體系呢？

《讀書作文譜》凡十二卷，第一卷為總論，先言性情修養為「學基」，後談讀書積學為「文源」，再論讀書的幾大總體原則；第二、三卷專論讀書，談到讀書的各種方法和技巧，第四卷論書法技巧，第五卷論文章的閱讀、寫作，第六卷論作文的總體原則；第七卷論作文的具體方法，包括用字、遣詞、謀篇等；第八卷論八股文各種文題的做法，第九卷論八股文的具體做法；第十卷評論先秦兩漢古文、唐宋八大家之作文方法，第十一卷論古文之體式及其讀法，第十二卷論各類詩之體式與學詩門徑。大體而言，每卷是先總後分，既講總體要求，又談具體技巧，全書以學基和文源為起點，而後論讀書、寫字、作文的各種技巧和方法，在作文方面又細分為古文、八股文、各類詩文體式等，由「道」而「術」，由對寫作主體的要求到對寫作技巧的分類描述，條分縷析，層次分明，既集合各家之言論，又發表自己的獨到見解，以述代

〔註4〕潘新和：《集取百家之長，立中肯完備之說：讀唐彪〈讀書作文譜〉》，《福建師範大學學報》1990年第1期。

〔註5〕許慎撰、徐鉉校訂：《說文解字》，中華書局，2004年，第57頁。

〔註6〕陳彭年等撰：《廣韻》，澤存堂本3卷，第21頁。

〔註7〕劉熙撰：《釋名》，中華書局，1985年，第101頁。

〔註8〕唐彪：《讀書作文譜》「凡例」，王水照編《歷代文話》第四冊，第3393頁。

論，以論結體，形成自己的知識體系。

　　然而，唐彪建構知識體系的目的在於「傳道」，引導學生如何讀書作文。「先令窮究經史，次及秦漢唐宋之文，莫不有條緒可依而循途易致。且於執筆臨池，吟詩作賦，皆能旁通，曲暢其指。」〔註9〕由此，可初窺該書教習功能之一斑。

　　具體說來，《讀書作文譜》的教習功能集中反映在回顧與反思前人學術成果、構建閱讀與寫作教學體系兩大方面。唐彪在《讀書作文譜》「凡例」中明言：

> 凡一人立言不無遺漏。惟集眾美，補其欠缺，彙集成編，庶幾詳備。故二書（即《讀書作文譜》與《父師善誘法》）不欲盡出於己而多引他人之言也。〔註10〕

　　該書在就具體問題進行分析論述時，大量援引前賢名儒的語錄和掌故，甚至兼及當朝文人的事蹟言行，將學界已有成果幾乎囊括概盡，以匯百家之所長。之後又將其精研詳析，折衷融合，參以自身經驗，得出自己的看法和觀點。

　　如在辨析讀書窮理和涉世處事中「靜」與「敬」的含義及關係時說：「周子言『聖人主靜』。朱子喜人靜坐，已包『敬』字在內。朱子恐人流於禪寂，於是單表『敬』字，曰：『動時循理，則靜時始能靜。』此言最為了徹。」〔註11〕在釐清了周敦頤和朱熹之間學說的先後情況及彼此關聯後，又根據八股文寫作的特殊需要，將「靜」與「敬」合二為一，將涉世處事和讀書窮理歸為一是，得出了自己的觀點：「大抵執事有恪，動時敬也；戒謹恐懼，靜時敬也。時行而行，物來順應，動時靜也；時止而止，私意不生，靜時靜也。二者本不宜分屬，但整齊嚴肅，於作事上見得力。」〔註12〕這樣，既有助於受教的學生對前賢學說有全面宏觀的掌握，又能引導學生學以致用、活學活用，以便達成臨場應試之實際功效。

　　又如在辨析讀書時「博」與「約」之關係及取捨時說：「《孟子》博學詳說，似先博而後約也；《中庸》博學審問是博之事，慎思明辨是約之事；《顏

〔註9〕仇兆鰲：《讀書作文譜序》，王水照編《歷代文話》第四冊，第3385～3386頁。
〔註10〕唐彪：《讀書作文譜・凡例》，王水照編《歷代文話》第四冊，第3393頁。
〔註11〕唐彪：《讀書作文譜・學基》，王水照編《歷代文話》第四冊，第3395頁。
〔註12〕唐彪：《讀書作文譜・學基》，王水照編《歷代文話》第四冊，第3395～3396頁。

子》博文約禮，皆似同時兼行，不分先後。」〔註13〕先將《孟子》《中庸》《顏子》中對「博約」問題的相同與相異的見解援引回顧，再根據當下考生的應試需要，對前人觀點進行反思研討，進而得出適用於考生實際的「新見」：「惟科舉之學，則宜分而為二，何也？科舉之學，除經書外，以時文為先務，次則古文，竊謂所讀之時文，貴於極約，不約則不能熟，不熟則作文時神氣機調皆不為我用也。閱者必宜博經史與古文、時文，不多閱則學識淺狹，胸中不富，作文無所取材，文必不能過人。由此推之，科舉之學，讀者當約，閱者宜博，博約又可分兩件也？」〔註14〕

諸如此類先回顧前人，再反思、評述前人，最後結合教學心得談自己的看法，是《讀書作文譜》最大的論述特色。也正是出於這種獨特的論述模式的需要，唐彪在編著該書時務求旁徵博引，竭盡所能地追求知識體系的完整性和連貫性，這種極具教習功能和現實效用的「教科書」對於應試者而言自然是大有裨益的。

《讀書作文譜》的教習功能還表現在它將閱讀與寫作納入同一教學體系下，在快速提升初學者應試技巧和寫作能力方面，提供了有效的指導和實際的幫助。唐彪認為，要想提升寫作能力，必先增加閱讀量：「文章讀之極熟，則與我為化，不知是人之文，我之文也。作文時，吾意所欲言，無不隨吾所欲，應筆而出，如泉之湧，滔滔不竭。」〔註15〕將「人之文」與「我之文」化而為一，實則是對他人文章進行摹仿和擬襲，從而實現「以試取仕」的目的。「凡古文時藝，讀之至熟，閱之至細，則彼之氣機，皆我之氣機；彼之句調，皆我之句調，筆一舉而皆赴矣。」〔註16〕要想達到「彼之氣機，皆我之氣機；彼之句調，皆我之句調」的境界，則需要將前人所作優秀的古文和時文「讀之至熟，閱之至細」，唐彪在這裡既回答了如何讀如何寫的問題，又回答了讀什麼和寫什麼的問題，這對於那些八股文初學者而言，未嘗不是一種應試技巧和寫作捷徑。當然，唐彪也清醒地認識到這種教學方法有著較大的

〔註13〕唐彪：《讀書作文譜‧讀書總要》，王水照編《歷代文話》第四冊，第 3403 頁。
〔註14〕唐彪：《讀書作文譜‧讀書總要》，王水照編《歷代文話》第四冊，第 3402～
　　　　3403 頁。
〔註15〕唐彪：《讀書作文譜‧讀文貴極熟》，王水照編《歷代文話》第四冊，第 3456
　　　　頁。
〔註16〕唐彪：《讀書作文譜‧讀文貴極熟》，王水照編《歷代文話》第四冊，第 3457
　　　　頁。

弊端，他本人也在反覆辨析範文閱讀與獨立寫作之間的關係，批評那些只讀時文範本的平庸膚淺之作，強調作文需多讀、多做，更需自出機杼、言之有物，「學人只喜多讀文章，不喜多做文章，不知多讀乃藉人之工夫，多做乃切實求己工夫，其益相去遠也。」〔註17〕「作文原不必剿襲，自己做得熟時，詞調自然輻輳，筆底滔滔不知從何處得來。是何以故？蓋文章者，性之華也。」〔註18〕由此可見，《讀書作文譜》的教習功能既切中應試要點，又能兼顧到讀者的知識儲備和讀寫訓練，時至今天亦不失為一部較好的指導讀書作文的教學讀本。

二、《讀書作文譜》與八股文寫作

就體量而言，《讀書作文譜》凡 12 卷，所涉及的內容範圍廣、容量大，但其核心內容還是指向八股文寫作。唐彪以指導應試諸生進行八股文寫作為目的，從學養論、方法論、文體論等三個方面闡述了自己的教學理念和寫作理論。

（一）學養論

唐彪恪守宋儒讀書窮理的治學法門和修齊治平的修養門徑，強調以「敬慎」「靜心」「凝神」的方式去讀書積學、修養性情，只有這樣才能達到獲取八股文寫作的知識儲備和學養基礎的效果。《讀書作文譜》的編寫宗旨就是使應試諸生「養其根而俟其實，加其膏而希其光，不汲汲於文而文愈工。」〔註19〕

唐彪以《學基》和《文源》兩篇開宗明義，要求八股文初學者應先立「學養之基」，後通「作文之源」，認為此二者是八股文寫作的先決條件，即唐彪所謂的「根本工夫」。他認為，讀書積學和修養性情是八股文創作的原則，二者在基本內容上是一致的。「涉世處事，『敬』字工夫居多；讀書窮理，『靜』字工夫最要。然涉世處事，亦不可不『靜』；讀書窮理，亦不可不『敬』。二者原未嘗可離。」〔註20〕所謂「敬」，《詩經》有「維予小子，夙夜敬止。」鄭玄將「敬」解釋為「慎」。《荀子》有「王者敬日，霸者敬時。」楊倞將「敬」

〔註17〕唐彪：《讀書作文譜·文章惟多做始能精熟》，王水照編《歷代文話》第四冊，第 3461 頁。

〔註18〕唐彪：《讀書作文譜·時文有取用自撰兩端》，王水照編《歷代文話》第四冊，第 3469 頁。

〔註19〕仇兆鰲：《讀書作文譜序》，王水照編《歷代文話》第四冊，第 3386 頁。

〔註20〕唐彪：《讀書作文譜·學基》，王水照編《歷代文話》第四冊，第 3395 頁。

解釋為「不敢慢」。可見，前人所說的「敬」多指思想和精神狀態，即為人處事認真謹慎的態度。這裡，唐彪將「敬」解釋為「執事有恪，動時敬也；戒謹恐懼，靜時敬也。」〔註21〕與前人之論大體相通，強調「敬」在人的思想修養中的重要性。所謂「靜」，指的是心性平靜。唐彪對「靜」進行了如下描述：「周子言『聖人主靜』。朱子喜人靜坐，已包『敬』字在內。朱子恐人流於禪寂，於是單表『敬』字，曰：『動時循理，則靜時始能靜。』此言最為了徹。……時行而行，物來順應，動時靜也；時止而止，私意不生，靜時靜也。」〔註22〕之後，他又對「靜」進行了一番生動形象地解釋：「心非靜，不能明；性非靜，不能養。靜之為功大矣哉。燈動則不能照物，水動則不能鑒物，靜則萬物畢見矣。惟心亦然，動則萬理皆昏，靜則萬理皆徹。」〔註23〕由於科舉制度的特殊規定，要求八股文創作「代聖賢立言」，以體現儒家思想主旨和迎合封建統治的需要，在這種思想統攝下的「敬」與「靜」，旨在修養性情，標榜封建倫理道德下的個人修養。

修養性情的目的是讀書積學，唯有讀書積學，才能通曉「文源」，寫出合乎規範的優秀八股文。唐彪說：「文字俗淺，皆因蘊藉不深；蘊藉不深，皆因涵養未到。涵養之文，氣味自然深厚，丰采自然朗潤。」〔註24〕又援引武叔卿之言：「文者，心之精也，而神所為也。神有清濁，則文有純雜，神有靜躁則文有粗細，神有昏明則文有顯晦。有諸內必形諸外，若表影相符，未有或爽者也。」〔註25〕由此可見，敬慎、靜心、凝神是唐彪論述個人學養在寫作中重要作用的三種表現角度。但相對於人格修養的「主敬」「修靜」而言，「凝神」於臨場寫作尤為重要。唐彪引武叔卿之言曰：「修文之士，先務凝神。神完則精固，精固則氣充，氣充則志強，天下事無不可為者，況區區文字乎？」又引瞿景淳談為文之法云：「屏去筆硯，調息凝神。一意涵養性靈，以培其基，閉門靜坐三月有餘，自此試筆為文，便覺清新流逸，迥然出群矣！」〔註26〕儘管他們的持論是出於科舉應試的目的，但在寫作訓練中強調個人的德行操守和學問修養，亦與文學批評中「文如其人」的傳統觀念一脈相承，對於涵

〔註21〕唐彪：《讀書作文譜·學基》，王水照編《歷代文話》第四冊，第3395頁。
〔註22〕唐彪：《讀書作文譜·學基》，王水照編《歷代文話》第四冊，第3396頁。
〔註23〕唐彪：《讀書作文譜·學基》，王水照編《歷代文話》第四冊，第3396～3397頁。
〔註24〕唐彪：《讀書作文譜·文源》，王水照編《歷代文話》第四冊，第3399頁。
〔註25〕唐彪：《讀書作文譜·文源》，王水照編《歷代文話》第四冊，第3400頁。
〔註26〕唐彪：《讀書作文譜·文源》，王水照編《歷代文話》第四冊，第3401頁。

化作者修養是有百益而無一害的。

（二）方法論

《讀書作文譜》由讀書之法和作文之法兩部分組成。先談讀書之法。首先，唐彪結合教學實際，總結出一套完整有效的讀書方法。他針對不同內容的書，提出五種不同的閱讀方法。

> 有當讀之書，有當熟讀之書，有當看之書，有當再三細看之書，有必當備以資查之書。書既有正有閒，而正經之中，有精粗高下，有急需不急需之異，故有五等分別也。學者苟不分別當讀何書，當熟讀何書，當看者何書，當熟看者何書，則工夫緩急先後俱誤矣。至於當備考究之書，苟不備之，則無以查考，學問知識何從而長哉。〔註27〕

人的精力畢竟是有限的，唐彪以「五等分別」之法去讀書，便於讀者根據自身的閱讀需要去選取，這在科舉應試的大環境下，對讀者而言卻是極為真切實在的指導。

其次，唐彪強調讀書要有目的地精篩約選。即便《讀書作文譜》是為科舉應試而作，但唐彪也深知「專讀應世之文，其弊也，恐思路流於庸淺，筆氣流於平弱。操管為文，必不能超越流俗。專讀傳世之文，其弊也，恐刻意求深而流為暗晦，敷詞質樸而失於枯燥，又為功名所深忌。」〔註28〕故而認識到讀文之關係至重也，「是必有法焉」。〔註29〕於是，他主張讀書要博中取約，「於應世文中，選其筆秀神妍者，去其筆過神濁者；於傳世文中，選其機神順利，辭句鮮潤者，棄其機神強拗，辭句粗豪者，即雅俗共賞之文也。雖然，如此佳文，雖名稿中不過數篇，甚難得也。宜多向古今文中選擇之，博中取約，庶得乎沙中之金矣。」〔註30〕可見，唐彪對「應世之文」和「傳世之文」的弊端都能洞察識見，注重在讀書時運用取其精華去其糟粕、取其適用去其無關的科學方法。

〔註27〕唐彪：《讀書作文譜·讀書總要》，王水照編《歷代文話》第四冊，第3402頁。

〔註28〕唐彪：《讀書作文譜·讀文貴極佳》，王水照編《歷代文話》第四冊，第3455頁。

〔註29〕唐彪：《讀書作文譜·讀文貴極佳》，王水照編《歷代文話》第四冊，第3455頁。

〔註30〕唐彪：《讀書作文譜·讀文貴極佳》，王水照編《歷代文話》第四冊，第3455頁。

　　最後，唐彪強調讀書不可似是而非，必須要體認全面才能讀得真切。他說：「凡觀書史，須虛心體認。譬如國家之事，單就此一件看，於理亦是，合前後利弊看，內中卻有不是存焉。又國家之事，單就此一件看，似乎不是，合前後利弊看，又有大是處存焉。故凡事之是非，必通體觀其前後得失，方足據也。」〔註31〕唐彪認為，讀書最忌一知半解時的盲目武斷，應該就某一問題推究本源，考量上下文和前後事的關涉聯屬，將彼此廣泛聯繫匯通，才能把握準確書中的內容。

　　再談作文之法。讀書是為了作文，「文章讀之極熟，則與我為化，不知是人之文，我之文也。」〔註32〕唐彪在《讀書作文譜》中以「文章諸法」為題，彌綸群言，通過列舉三十五種具體的方法，詳實地分析了八股文的特點和寫作技法，既研討其意義、原則和要求，又教授其用法，實為應試者大開一方便法門。將這三十五種作文之法總結來看，主要有三點，即章法、股法和字法。

　　首先，唐彪強調，八股文寫作的章法最為重要。認為八股文寫作「必須先定一格，以為布置之準則」。〔註33〕但是臨場作文時，又有長題、短題、實題、虛題的不同，不同的題目必然有不同的做法，於是八股文的章法看似定格死板，其中也時有靈活多變的情況，「初間定格至中而變固亦常事，但既變之後，亦須將反正淺深照應關鎖照拂酌定，然後為之。」〔註34〕謀篇布局的章法視題目而定，八股文寫作之法也應以題目綱領為準則，既遵循章法規範，也不能默守陳規，僅於教條，要力求使文章的章法與闡發的文之人義協調統一。

　　其次，唐彪還很講求股法。八股文又稱「四比八股」，寫作時尤重虛實、開合、先後、分總等結構安排技巧。對此，唐彪在教授八股文寫作時為學生指出了明確具體的方法，如論淺深：「淺以指陳其大概，而深以刻畫其精微，故深淺不可相離也。」〔註35〕描述事實或現象，用淺近的語言；發揚義理，闡述思想，則須用深刻的語言。又論總分：「文章有總有分，則神氣清而力量勝。故前總發者，後必分敘；前分敘者，後必總發。」〔註36〕八股文寫作代

〔註31〕唐彪：《讀書作文譜·看史實際並要訣》，王水照編《歷代文話》第四冊，第3415頁。

〔註32〕唐彪：《讀書作文譜·讀文貴極熟》，王水照編《歷代文話》第四冊，第3456頁。

〔註33〕唐彪：《讀書作文譜·布格》，王水照編《歷代文話》第四冊，第3469頁。

〔註34〕唐彪：《讀書作文譜·布格》，王水照編《歷代文話》第四冊，第3469頁。

〔註35〕唐彪：《讀書作文譜·文章諸法》，王水照編《歷代文話》第四冊，第3480頁。

〔註36〕唐彪：《讀書作文譜·文章諸法》，王水照編《歷代文話》第四冊，第3492頁。

聖人立言，在言說方式上，前總後分或者前分後總，須有條理邏輯。再如論先後，八股文的各股之間也並非彼此孤立，而是互相關聯，因此在寫作時還應注重前後段上下文之間的預伏、遙接。如講預伏，「如一篇文中所載不止一事與一意，或此一事一意，不能於篇首即見，而見於中幅，或見於後幅。作者恐後突然而出，嫌於無根，則於篇首預伏一二句以為張本，則中後文章皆有脈絡。」〔註37〕講遙接，「一段文章，意雖發揮未盡，而有不得不暫住之勢，若復加闡發，氣必懈弛，神必散漫矣。惟將他意插發一段，而神氣始振動華贍也。發揮之後，復接前意立論，謂之遙接。又，敘事之文挨年次月者，發揮本人之事或未竟，其時適又有他人相關之事，理宜帶敘，則本人未竟之事，不得不接敘於後，此古文遙接法也。」〔註38〕通過運用預伏和遙接的技巧，在八股文寫作時能夠較好地充分調動作者的才氣與學力，使原本生硬的八股文變得圓潤多姿、妙趣橫生。

最後，唐彪十分重視八股文寫作中字詞的甄選和修飾。比如通過援引周安士所言：

> 凡題之神情口吻，有在實字者，有在虛字者。題理既在虛字，若先從虛字說入，不惟不能透出實義，而題中口氣亦且一說便完，以後必至重複。若先將題中實字逐層挑剔，然後轉到虛字以完題意，則結構自然有條理矣。〔註39〕

唐彪指出，破題時應慎重甄選字詞，選詞得體恰當，不僅可以將題義明白剖出，還有助於行文走勢趨於條理化，從而更好地闡述文意思想。當然，文意思想的闡述還需借助於得體恰當字詞的適當修飾，唐彪先引武叔卿之言：「詞要音響，聽之如敲金戛玉；詞要色麗，觀之如散錦明珠。」〔註40〕強調八股文寫作時修詞的重要性。然後又反過來指出，修詞應以闡述文義為目的，切不可本末倒置，以詞奪文。「說理之詞不可不修，若修之而理反以隱，則寧質無華可也。達意之詞不可不修，若修之而意反以蔽，則寧拙毋巧可也。修詞者其審之。」〔註41〕可見，唐彪反對只在字詞上下工夫，徒有辭藻而致理

〔註37〕唐彪：《讀書作文譜·文章諸法》，王水照編《歷代文話》第四冊，第3490～3491頁。
〔註38〕唐彪：《讀書作文譜·文章諸法》，王水照編《歷代文話》第四冊，第3488頁。
〔註39〕唐彪：《讀書作文譜·文章諸法》，王水照編《歷代文話》第四冊，第3484頁。
〔註40〕唐彪：《讀書作文譜·修詞》，王水照編《歷代文話》第四冊，第3471頁。
〔註41〕唐彪：《讀書作文譜·修詞》，王水照編《歷代文話》第四冊，第3472頁。

隱意蔽的做法，這種提倡和反思，非但對八股文的寫作有積極的作用，對當時文壇的散文創作，亦不失為一劑糾偏矯枉的良藥。

（三）文體論

唐彪在《讀書作文譜》卷九中專論「制藝體裁」，將八股文視作一種特定的文體，對其各個部分都做了詳細介紹，以期賦予八股文以文體學價值和意義。

首先，唐彪以「大文學觀」的立場將八股文與詩歌、散文置於同一視域。「凡時文體格，皆隨代變易，況云時藝，安得不日新月異乎？」〔註42〕指明八股文體隨時代發展而發展，有其固有的文體價值。接著又說：「結構之優劣亦有分也。惟言其體之優者，令後之宏才實學，知文有真體，能力追而及之，固善。即不能，亦使衡文與選文者，遇體裁美善之文，不至反以為未當而絀置之。此文體之所以急宜闡明也。」〔註43〕肯定了八股文對科舉應試者也有規導向學的促進作用。當然，他也認識到八股文與其他文體的關聯與互通，比如談到文章的主賓問題，就講到時文與古文之通融：「文不以賓形主，多不能醒，且不能暢。……以制藝言之，凡借一理、一事、一說，形出本題正意者，無非賓主也。然有單賓單主，又有主中主，賓中賓，更有賓中主，主中賓之分。其理不可不辯。所謂賓中主、主中賓者，如『百里奚』章，百里奚是主，宮之奇是賓。『古之君子仕乎』章，仕是主，諸侯耕助等是賓。……至於古文中之賓中賓，尤不可勝指。觀《左傳·欒盈出奔楚》，《史記》孟嘗、平原諸文即知之，奈何論者之多錯誤也。」〔註44〕又如談到文章句調和虛字問題，認為是和詩歌平仄的要求相聯繫的：「文章句調不佳，總由於平仄未協，與虛字用之未當也。余嘗作文極意修辭，而詞終不能順適，初時亦不知所以。及細推其故，乃知為平仄未協，一轉移之，即音韻鏗鏘矣。又或由虛字用之未當，一更改之，即神情透露矣。乃知古人所謂文筆佳者，不過平仄調，與虛字用之合法也。故文章雖命意極工，談理極正，而於二者不求盡善，終不能令人擊節，其關係文章之重如此。」〔註45〕對於平仄的強調則是詩歌的主要特

〔註42〕唐彪：《讀書作文譜·制藝體裁》，王水照編《歷代文話》第四冊，第3523頁。
〔註43〕唐彪：《讀書作文譜·制藝體裁》，王水照編《歷代文話》第四冊，第3523頁。
〔註44〕唐彪：《讀書作文譜·賓主》，王水照編《歷代文話》第四冊，第3484～3485頁。
〔註45〕唐彪：《讀書作文譜·文中用字法》，王水照編《歷代文話》第四冊，第3493頁。

徵，唐彪將其應用於八股文批評也是強調其互通之處。

其次，唐彪通過援引陸隴其、周安士等人關於八股文寫作與批評的言行事蹟，對科舉文體和八股文題目的發展流變做出了詳實論述，總結出了「頂、面、心、背、足、影」〔註46〕六位一體的「前輩制藝之法」，使八股文初學者在認識八股文體、解析八股文題時，大有按部就班的實用功效。《讀書作文譜》共羅列了近六十種題型，如：單題，虛題，假實題，虛冒題，單割上題，虛字冠首割上題，單截下題，虛字冠首裁下題，單割截題，虛字冠首割截題，口氣題，半體題，要借上文陪講題，字眼稀少題，過脈題，原敘題，俚俗題，複述題，暗比題，明喻題，反題，正題，疊句題，（長短）搭題弔法，（長短）搭題挽法，長搭題中間詳略法，長搭題點次題面法，無情搭題，割截搭題，上全下偏搭題，上偏下全搭題，上割中全下截搭題，中間重句搭題，代語題，單問答題，長問答題，先答後問題，詰問題（結通章之意，結上文數句之意，反結）兩扇題，遞落兩扇題，三扇題，四扇題，五扇題，六扇題，七扇題，八扇題，九扇題，長題，上綱下目題，上枝下幹題，中實題，論列四種題，串題，首尾相應題，兩截題，記事題，引證四種題，記言題，平列遞下，提綱遞下，難結構題三類等。唐彪羅列這些文題，實際上也有幫助應試者熟悉文題、以更快捷的方式掌握應試技巧的意圖。

最後，唐彪就八股文實際的寫作環節又給出了知無不言、言無不盡的指導，如破題、承題、起講、入題、一二股、出題、三四五六股、七八股、過文、束股等，這些章法要求是和古文的正、反、起、承、轉、合的內在結構密切關聯的。如承題和起講：

> 原題一矣。明初中葉之文，多於承題之末，承領上文，此體最為美善。

> 未順口氣之前，承領上文，則上文在上，本題在下，體裁順矣。
> 既順口氣，而始領上文，則本題在上，上文在下，義理顛倒矣。

> 前輩起講，過於簡短，則不宜學，承題長而條暢，何必不學？
> 況於三四句之下即原題，亦不嫌其過長也。

又如出題：

〔註46〕唐彪：《讀書作文譜・制藝有六位》，王水照編《歷代文話》第四冊，第3523頁。

前輩點題不拘，地位合宜即點，或在起講，或在講下，或在一二股中，或前點一半，後點一半，或零星分點，或竟點篇末，無所不可也……近時之人，不知點題原無定位，因題而施，又不能拆開題字，層次而出，又不知反點、借點、暗點諸法，坐定於一二比之下，勉強直出，如人項下懸綴一瘤，豈不污人目哉！

又如，三四五六股：

今人於中股，每謂有起承轉收之法，則起之後當承，承之後當轉，轉之後始收，然文往往止有起承而無轉者，亦有起一二句即轉者，更有起承之下，不用轉而用開法者。如翁寶林「致知在格物」文，中股「且夫盡天下之物而窮之，聖人固有所不能也」。此開法也。惟開乃能更出一層議論，若拘於用轉，安能更發一層哉。今人股法日長，若不於此處講求。文未有能工者也。

再如，過文和束股：

過文乃文章筋節所在，已發之意賴此收成，未發之意，賴此開啟。此處聯絡，最宜得法，或作波瀾，用數語轉折而下。或止用一二語直捷而渡，反正長短，皆所不拘。總要迅疾矯健，有兔起鶻落之勢方佳也。不然，雖前後文極工，亦減色矣。

束股在刻藝間有略去者，乃文家偷懶法，非正體也，必有之乃成全璧。〔註47〕

　　唐彪對文章結構每一環節的含義、寫作技巧和方法、寫作誤區及規避辦法都詳述備至，其目的是通過語言運用上的邏輯訓練，通過八股寫作章法上的具體規範，讓讀者明瞭八股文寫作的關鍵步驟和環節，並能由小見大，由微知著，以期對於其他文類寫作亦有啟發和借鑒。

　　綜上所述，《讀書作文譜》乃唐彪根據課徒講學的實際經驗，並參以前輩學人的論說成果著成，具有較強的八股文教習功能。作為塾師的唐彪，在教習八股文寫作方面亦能從教學實踐出發，解決實際問題，注重實際價值，幾乎沒有神秘色彩和先驗主義的論述特點，這在當時是極為難得且值得肯定的。

〔註47〕唐彪：《讀書作文譜》卷九，王水照編《歷代文話》第四冊，第 3528～3536 頁。

第二節　俞長城的八股文批評

　　俞長城字桐川，號寧世，又號碩園，浙江桐鄉人。康熙二十四年（1685）進士。他長於古文，有良好的家學淵源，與父之琰、兄長策並稱，時論比之為「三蘇」。光緒《桐鄉縣志》稱：「幼受庭訓，謂讀書以明道，作文以載道，授以經史性理古文，而禁其學時下程墨，故公學有淵源。」〔註48〕有《可儀堂文集》二卷、《俞寧世文集》四卷傳世。他也擅長時文，所謂「自作古今文亦復風行海內」〔註49〕，人稱其所作四書文「獨闢畦町」〔註50〕，有《可儀堂時文稿》，方苞編《欽定四書文》選入其所作《以善養人　二句》《卿以下　二節》兩篇。在清初八股文批評史上，他以編選《可儀堂一百二十名家制義》而聞名於時，「選宋人經義及前明、本朝人制藝為百二十名家稿，盡時文之源流，學者無不奉為矩矱」。〔註51〕該選本袠然巨帙，每稿由題序、選文、評語組成，形成了論、選、評三者合一的批評模式，對於後起之各類八股文選產生深遠之影響，並通過選與評表達了他對八股文問題的看法，也展現了自宋至清從經義到制義的演進歷程。

一、「時文，道之精者也」

　　正如上文所言，在清初關於八股文存廢的論爭一直很激烈，有像顧炎武、魏禧這樣的批評者，也有像邱維屏、彭任這樣的維護者。〔註52〕康熙元年（1662），玄燁即位不久，也曾下詔：「八股文章實與政事無涉，自今以後，將浮飾八股文章永行停止，惟於為國為民之策論、表判中出題考試。」但在鄂爾泰、舒赫德兩位大臣之間再一次形成對峙，最後是主張恢復一派取得勝利。八股文亦在停試兩科之後於康熙八年（1669）再行起用，而後一直延續到清朝將亡的 1901 年。

　　俞長城出生於康熙七年（1668），正是八股文即將重新啟用的前一年。他回憶自己在六歲那一年（1674）隨侍父側，父親俞之琰教導他們兄弟三人說：「凡讀書以明道也，讀書而作為文，以載道也。時文，道之精者也，道之不講，何以文為？……根之以理，運之以氣，裁之以法，作為時文，可以明道，

〔註48〕光緒《桐鄉縣志》卷十五，清光緒十三年蘇州陶漱藝齋刻本，第 548 頁。
〔註49〕光緒《桐鄉縣志》卷十五，清光緒十三年蘇州陶漱藝齋刻本，第 549 頁。
〔註50〕李元度：《國朝先正事略》卷四十，嶽麓書社 1991 年版，第 1094 頁。
〔註51〕光緒《桐鄉縣志》卷十五，清光緒十三年蘇州陶漱藝齋刻本，第 549 頁。
〔註52〕馬將偉：《廢存之間：清初對八股文的批判及論爭》，《河南師範大學學報》2009 年第 6 期。

可以載道，汝三人其識之矣！」〔註53〕讀書是為了明道，作文是為了載道，而時文則乃「道」之最佳載體，切不可以虛妄的態度對待之。

　　然而，自晚明以來，文運波靡，以技不以道，「世之人以時文為捷徑，以經史性理古文為迂途」。是什麼樣的原因造成這一結果呢？他說：「二三十年來，風會靡而不起，學術雜而未醇，何也？此其故，一在於主司，一在於選家。」從主司角度看，在未遇之前專事揣摩，而不知古人之源流共貫；既仕之後則疏於筆墨，更不知古人之仕學相資；這樣讓其形成「場屋內之無人」的錯覺。從選家角度看，或是矯激而執己之偏，或委曲而徇人之好，不免存在「多譏訕以快忿，時偽竄以失真」的缺失。〔註54〕如何改變這一弊端呢？他通過編選《先正小題》《先正程墨》《百二十名家制義》等，力求轉變文場風氣，「使天下文章一出於正，則禮樂可興，風俗可成矣」！〔註55〕

　　在俞長城看來，制義承擔著載道的重任，文章關乎世運和人心，文運之盛衰繫乎國運之盛衰。「古人云：禮樂百年而興，時為之也。……夫三代以下，古禮不復，古樂不傳，正人心，維風俗，莫大於文章。……蓋國運盛則文運從之，百王不易之理也。」比如古文盛於漢之文、景，詩歌盛於唐之開元、天寶，他認為時文之盛在明之成、弘、正、嘉四朝。其時：「四方無事，士大夫工為文章，在上者懸的而示，在下者引滿而赴，高古精深，雄渾博大，氣體不同，同歸於正法，後世莫及。」〔註56〕國家通過制義以選才，才盛則國盛，國盛則文亦盛焉。「明之盛時，制義得士，或溫厚而和易，或中正而嚴肅，或寬博而昌明，或疏遠而清越，是以上下同風，源流有體，人才盛而國祚永也。熹、懷不道，政治凌替，龍戰於朝，虎遊於野，貂璫得志，節鉞失權；加之風會浮靡，士林鬱結，怨毒邪僻，淫濫蕩溢之習，中於心術；故所取闈墨，雖名臣碩士，亦必貶其所學，然後得售，世運之衰，亦可知矣。」〔註57〕也就是

〔註53〕俞長城：《俞寧世文集》卷三《自訂四書稿序》，《四庫未收書輯刊》第9輯第21冊，第59頁。

〔註54〕俞長城：《俞寧世文集》卷四《先正程墨序》，《四庫未收書輯刊》第9輯第21冊，第97頁。

〔註55〕俞長城：《俞寧世文集》卷四《先正程墨晚集小引》，《四庫未收書輯刊》第9輯第21冊，第100頁。

〔註56〕俞長城：《俞寧世文集》卷四《先正程墨盛集小引》，《四庫未收書輯刊》第9輯第21冊，第99頁。

〔註57〕俞長城：《俞寧世文集》卷四《先正程墨晚集小引》，《四庫未收書輯刊》第9輯第21冊，第97頁。

說，國運盛則文亦盛焉，國運衰則文亦衰焉，從文運可徵國運也。正、嘉之時，國運昌明，文亦正大；到啟、禎兩朝，朝政紊亂，國運衰退，士林鬱結，文風浮靡不振焉。最後，他發表感慨說：「夫聲音之道，宮君而商臣，角民而徵事，文亦如之。程君象也，元相象也，魁大臣而諸墨百執事也。神宗初服，江陵柄政，君則童蒙，相則克家，故程文元墨，卓絕前後。丙戌以後，禁止刻程，典刑不睹，而神宗溺於宮闈，朝堂不禦，有明之業衰焉。」〔註58〕

　　無論是從載道而言，還是從反映世運而言，制義在政治社會生活中佔有重要地位。「自有文字以來，設科取士，未有精於今日之制義者也。」俞長城先是將制義與經史相比較，指出制義兼具經史之所長又能去其所不足：「天地之大文，經與史而已。抉身心之蘊，備治平之機，經也。陳古今如指掌，較理亂如列眉，史也。然經之作者皆大聖大賢，告誠論說之辭，而史則著於窮年累月；若夫衡才於千百之中，奏成於晝夜之頃，得經之理而無所不晰，備史之事而無所不該，置身聖賢之世而代所欲言，言立於此而義通於千萬世，孰有如制義者乎？」他認為制義較經史優越之點，在它能作為朝廷衡才的重要方式，將聖人之理與史家之才有機結合起來。接著，他將制義與詩辭歌賦等文體相比，認為詩辭歌賦等文體皆缺乏制義所獨有的品格。「今夫詩也辭也歌也賦也，工則工矣，而無當於理，此制義之旁支也；記也序也碑也銘也，變則變矣，而未備乎義，此制義之緒餘也；策也論也表也判也，切則切矣，而得其粗不得其精，得其駁未得其純，此制義之糟粕也；是故，探真儒，求實學，非制義不可。」也就是說，詩辭歌賦，語雖工卻無理，記序碑銘，文多變卻蘊義不深，策論表判，雖切題卻不精，從這個角度看，他認為制義是探真儒、求實學的最佳文體。最後，他通過對明清兩朝實行科舉、推行八股取士的實踐，進一步論證了制義在人才選拔上的重要意義。指出：「有明以制義取士垂三百年，有理學，有政事，有氣節，有高致而篤行，有文采而風流，天下之才，出於一途，可謂盛矣！我朝定鼎，損益前代，而取士獨仍舊制。甲辰丁未，廢而不果。夫以兩聖人之經天緯地，酌古斟今，何難創制立法，而乃必守必循，旋革旋復，則制義取士殆所謂考諸三王而不謬，俟諸百世而不惑者耶！」〔註59〕

〔註58〕俞長城：《俞寧世文集》卷四《先正程墨中集小引》，《四庫未收書輯刊》第9
　　　　輯第21冊，第99頁。
〔註59〕俞長城：《俞寧世文集》卷四《國朝程墨序》，《四庫未收書輯刊》第9輯第21
　　　　冊，第109～110頁。

　　但是，現實情形卻恰恰相反，「近世論者多有厭薄制義之意」，以其出於詩辭歌賦、序記碑銘、策論表判之下，這一情形也是在順治末康熙初比較流行的看法。在俞長城看來，這一看法是「識不足而闇焉」，「學不足而詭焉」，「養不足而軟焉」，歸結起來，其癥結所在是「以技言而不以道言」，亦即過於重視制義的「技」而忽視其「道」。從「技」的層面講，制義與詩辭歌賦、序記碑銘、策論表判皆屬於「技」；從「道」的層面看，制義是在經史之外惟一一種關乎禮樂刑政的文字。「國家求天下士，纁帛鼎烹以禮之，高爵厚祿以榮之，宏肩巨任以責之，百姓萬民以託之。蓋欲得明體遠用者焉，而徒曰辭章工也，文筆異也，機局巧也。夫是數者，何益於人心？何裨於風俗？何補於國是民瘼？」還有一種看輕制義的情況，是認為制義多剽襲文字，埋沒了真才實學，使不肖之人廁列其中。在俞長城看來，文章剽襲成風是一種古今通病，豈是制義所獨有？但是，只要做文者上不視為具文，下不視為捷徑，士子有讀書之樂，主司有知文之明，那麼真者自不可遺，偽者自不必作也。〔註60〕從這個角度看，他認為「自有文字以來，設科取士未有精於今日之制義也」，「天下之士當思文章者期於明聖賢之道，以上副乎國家取士之心。」〔註61〕

二、「理實、氣高、法密」

　　既然制義在社會政治生活中具有崇高的地位，那麼怎樣的八股文才是一篇合格的作品呢？它對於寫作者來說又有哪些具體要求？上文講過，俞長城對這一問題的理解是：「根之以理，運之以氣，裁之以法」。他說：「時文，道之精者也，道之不講，何以文為？是故，不讀經則無本，不讀史則無據，不讀性理諸書，則不能通其旨趣而會其條貫。」多讀經史、性理諸書，是為了植其根。但是八股文作為「文」之一種，還要學習秦漢以來的古文和洪、永以來的大家時文，這對於提高八股文的寫作能力是非常必要的。「讀秦漢以來諸儒之古文，所以達其氣也；讀洪永以來諸先輩之時文，所以備其法也。」他從內容與形式兩個層面論述了時文寫作的要求，這些要求的具體內容是：「理必程朱，

〔註60〕俞長城：《俞寧世文集》卷四《國朝程墨序》，《四庫未收書輯刊》第9輯第21
　　　　冊，第110頁。
〔註61〕俞長城：《俞寧世文集》卷四《國朝程墨序》，《四庫未收書輯刊》第9輯第21
　　　　冊，第109～110頁。

氣必班馬，法必王唐」。〔註62〕

俞長城對「理、氣、法」的要求，是其父俞之琰對他的教導，也是他多年從事八股文寫作和塾課教學的經驗總結。所謂「理必程朱」，就是以二程、朱熹對《四書》《五經》的注解作為立論之本，這是自明朝設立八股取士制度以來就已經確立的基本規範。在清初因為康熙皇帝對於儒學特別是程朱理學的推崇，這一要求在科舉取士制度以及應試文體——八股文中得到進一步的強化。康熙認為自己讀書五十載，「只認得朱子一生居心行事」，他對於朱熹及其《四書集注》的看法是：「朱夫子集大成而繼千百年絕傳之學，開愚蒙而立億萬世一定之規。窮理以致其知，反躬以踐其實。釋《大學》則有次第，由致知而平天下，自明德而止於至善，無不開發後人而教來者也……問《中庸》名篇之義，則不偏不倚，無過不及之名，未發已發之中，本之於時中之中，皆先賢所不能及也。若《語》《孟》則逐篇討論，皆內聖外王之心傳，於世道人心之所關匪細。」〔註63〕所謂「氣必班馬」，是以班固、司馬遷的史家文法為楷模，胸有博大浩然之氣，運筆自然生氣昂然，使事亦氣勢充需。俞寧世自幼受父之教，熟讀經書，淹貫群史，為文能發揮義理，使事運筆皆有法度。李祖陶評價俞長城的文章說：「獨抒所見，無一字寄人籬下者，行文則取法左史。其浩浩瀚瀚者，如《史記》；其整整齊齊者，似《左傳》；而篇無溢句，句無溢字，如短兵相接，疊嶂相連，但聞戞擊之聲，不見堆構之跡，則又先生之所獨得，所謂自成一子者也。」〔註64〕俞氏對於明清制義大家的評論，特別重視其對於史家之法的吸納。如稱茅坤：「貫通經籍，善抉古人之奧，以龍門為師，以韓、柳、歐、蘇為友；於明之古文，則取陽明，時文則取荊川，余無當意者。」〔註65〕又評趙南星《萬章問曰　子也》一文曰：「沉酣於龍門，得其精髓，敘次如三代本紀，簡潔詳明；後幅抑揚頓挫，又似伯夷、屈原、刺客等傳，沉鬱悲涼，往復無盡；其斷制只以一二語包括許多議論，又得諸贊之妙，

〔註62〕俞長城：《俞寧世文集》卷三《自訂四書稿序》，《四庫未收書輯刊》第9輯第21冊，第59～61頁。

〔註63〕章梫纂《康熙政要》卷十六「崇儒學」第二十七，中共中央黨校出版社1994年版，第295頁。

〔註64〕李祖陶：《〈可儀堂文錄〉引》，李祖陶《國朝文錄續編》，《續修四全庫全書》第1671冊，第287頁。

〔註65〕俞長城：《題茅鹿門稿》，載《可儀堂一百二十名家制義》卷十二，康熙三十八年可儀堂刻本。

可謂神明於古文者矣。」所謂「法必王唐」，就是以明朝制義大家王鏊、唐順之法為法。在他看來，王鏊確立了制義的基本軌範，在理、法、神、氣諸方面為後代開了無數法門。「制義之有守溪，猶史之有龍門，詩之有少陵，書法之有右軍，更百世而莫並者也。前此風會未開，守溪無所不有；後此時流屢變，守溪無所不包。」〔註66〕這裡把王鏊的時文與杜甫之詩、王羲之書法相比美，是為了說明王鏊在八股文史上承前啟後的歷史地位。所謂：「理至守溪而實，氣至守溪而舒，神至守溪而完，法至守溪而備」，「於理學為賢，於文章為聖；於六經為臣，於諸家為祖，豈非一代之俊英、斯文之宗主歟」。〔註67〕而唐順之則把制義的軌範發展到更加圓融的境界，將經史子籍相融貫，並開拓出以古文為時文的新路。「先生於經史子籍，無不貫通，而皆不用入文字，所謂胸有萬卷，筆無點塵，太史公之獨有千古，其以此夫？」〔註68〕

　　然而，俞長城並不滿足對其父思想的宣揚，更提出了「理實」、「氣高」、「法密」的創作主張，將「理、氣、法」的創作要求又向前推進了一大步。所謂「理實」，就是對儒家義理的闡發，要做到平實而不奇矯，充實而不虛誕。如他評稽世臣《天命之謂　一節》云：「川南之文只是理實。理實而詞樸，故高；理實而氣達，故奇。合理而言高，奇難矣哉。」又評瞿景淳《天命之謂　全章》：「道理平實，節次緊湊，轉接處極迴環映帶之妙，他手東堆西漲，左支右吾，決不能如此妥適。」雖是就筆法而言，也是理實所致。又評唐順之《君子之道　天地》結句云：「總結全章，不添一句議論，而理極精實，故高。」「理實」有時也稱「理足」，也就是說理充分，將義理言明講透。如他評瞿景淳《顏淵季路　全章》曰：「無一毫費力，無一毫作意，平平淡淡，理足氣完，龍蛇神鬼，總不能出於其外矣。」又評陳際泰《君臣也父　五句》曰：「有虛有實，有主有賓，格奇而理足。」他還將「理足」與「理不足」做了一個比較，指出「理足」的表現是「詞樸」、「氣完」，而「理不足」的表現則是「柔骨」、「飾貌」，並用時人品酒之「辣、苦、酸、甘」比喻制義中不同層次之「理」。「昔人評酒云：『辣為上，苦次之，酸次之，甘斯下矣！』得此意者，可以評酒，可以評文。夫文所以甘，理不足而和其顏，柔其骨，飾其貌也。理淺而故深之

〔註66〕俞長城：《題王鏊稿》，載《可儀堂一百二十名家制義》卷四，康熙三十八年可儀堂刻本。
〔註67〕俞長城：《題王鏊稿》，載《可儀堂一百二十名家制義》卷四。
〔註68〕俞長城：《題唐順之稿》，載《可儀堂一百二十名家制義》卷九。

則酸，理平而故奇之則苦；若夫理足則達，理盡則止，直而不支，橫而不溢，是之謂辣。辣者，始則可畏，久則可愛；甘者，食之易飽，棄之易饑，故不善學者之好時文，猶之不善飲者之好甘酒也。」〔註69〕這裡講到理不足只會以外在形式的美來掩飾其內容的虛弱，而理實則氣完，不求工而自工，不求美而美在其中。所謂「氣高」，是指文章的氣格高古，氣象高渾，也就是說理實的作品有一種高渾之氣充溢其中。如他評章世純《懷諸侯則天下畏之　兩句》時說：「文氣高樸可貴。」評唐順之《道之將行　二句》曰：「格律精嚴，意論切貼，而古氣行乎其中。」所謂「古氣」，就是古樸渾厚之氣，亦高古雄渾之氣。他評湯顯祖《故太王事　二句》云：「工整中有高古雄偉之氣。」評陳際泰《人倫明於　二句》時曰：「文亦高古，有俯視唐宋之意。」高古乃從格律工整而來，用意深厚，氣象渾成。如他評商輅《父作之子述之　二句》曰：「意確法密，氣渾筆古。」又評陳際泰《動容貌斯　二句》曰：「意蘊精微，氣格高老，大士此等文，雖王唐歸胡，誰出其上。」稱讚王鏊《君賜食必　一節》曰：「發揮聖人至德，處處皆到，然妙於不板，有一句止一義者，有一句數義者，有就本句生義者，有就借別句轉義者，反正參差，乃見必字妙處，而更覺高古典則。」所謂「法密」，是指文法的細密、綿密，嚴正而精細，自然而流暢，這是由理之實發展而來的。他在《百二十名家制義》中總結了多種制義文法，如縱橫順逆、開合安頓、虛實主賓等，但這些方法無論怎樣千變萬化，最根本之點還是要做到「法密」。比如他認為蘇轍的經義文「其理較醇，其法較密」〔註70〕；茅坤的制義「蓋宗之正則法嚴，擇之精則品貴」〔註71〕；葉修的制義「理解精淳，機法綿密」〔註72〕。「法密」與「理實」、「氣高」是相聯繫的，「理實」是法密的基礎，「氣高」是法密的表現。他評薛瑄《身有所忿　八句》曰：「推勘細密，粹然醇儒。」評商輅《父作之子述之　二句》曰：「意確法密，氣渾筆古。」評唐龍《物交物　二句》曰：「清真的實，細淨綿密，理題如此，可以藥浮，可以去障。」評王鏊《吾十有五　全章》一文：「說學便補出質，說己便帶著人，皆題中應有之意，但夾入聖人口中便覺拖泥帶水。看他用在斷處便爾高老，六比天造地設，下語的實，用法完密，確然不易。」這樣看來，俞長

〔註69〕俞長城：《題嵇世臣稿》，載《可儀堂一百二十名家制義》卷十一。
〔註70〕俞長城：《題蘇轍稿》，載《可儀堂一百二十名家制義》卷一。
〔註71〕俞長城：《題茅鹿門稿》，載《可儀堂一百二十名家制義》卷十二。
〔註72〕俞長城：《題葉修稿》，載《可儀堂一百二十名家制義》卷二十三。

城談「理、氣、法」，既指向制義之文法，也指向制義所表現出來的審美品格。較之其父俞之琰而言，已經從一般性技巧上升到審美性要求的層面上來，從對制義名家的傚仿轉向對制義創作規範的自覺追求上來。

三、論八股文的演進歷程

俞長城先後編有《先正小題》（三編）、《先正程墨》（四集）、《國朝程墨》（二集）、《百二十名家制義》（四十八卷），對於自宋開始的經義以及明清兩朝制義的源流關係作了比較系統的梳理。因為前三種選本已難見傳本，這裡以《百二十名家制義》為依據考察他的制義史觀。這部選本凡 48 卷，以時代先後為序，從宋王安石開始，到清金居敬止，共輯錄宋、明、清三朝 117 位名家 2454 篇製義，其中宋人 7 家 50 篇，明人 91 家 2185 篇，清人 19 家 219篇。所選名家制義一般在 5～25 篇之間，入選篇數較多的是宋陳傅良 19 篇，明王鏊 42 篇、唐順之 40 篇、歸有光 46 篇、胡友信 26 篇、趙南星 26 篇、方應祥 29 篇、黃淳耀 28 篇、金聲 36 篇、陳際泰 32 篇，清王庭 26 篇、韓菼 28篇。這一現象表明：他的重心放在有明一朝，著力標舉王鏊、唐順之、歸有光、金聲、陳際泰五大家，對於宋人陳傅良、清人韓菼也是比較推重的。

對於宋代經義，因為處在起步階段，俞寧世著重考察這一文體之淵源。他認為制義之興始於王安石，安石之文有兩種形態：「或謹嚴峭勁，附題詮釋；或震盪排傲，獨舒己見。」前一種為後世「時文之祖」，後一種為前代「古文之遺」。所謂「時文之祖」，就是宋人經義，而經義與科舉考試文體的「論」體是同源關係。因此它在制義發展史上有兩點值得關注，一是從思想上確立了「明義理、切倫常」的基本原則，二是它雖從論體而來，卻對論體有發展。所謂「原與論體相似，不過以經言命題，令天下學出於正，且法較嚴耳。」（評王安石《里仁為美　一句》）「論，才氣勝者也；經義，理法勝者也。」〔註73〕「非若策論之功利，辭賦之浮華而已。」〔註74〕。因其由論而來，不免保留有論體之印記，亦即沒有後世那麼多的約束：「比仗不必整，證喻不必廢，侵下文不必忌。」（評王安石《里仁為美　一句》）

對於明代制義，他把它分為初、盛、中、晚四期，這一說法吸收了明初詩人高棅對於唐詩的分期法。在清初也有學者採用這一觀點分宋詞為初、盛、

〔註73〕俞長城：《題蘇穎濱稿》，載《可儀堂一百二十名家制義》卷一。
〔註74〕俞長城：《題陳君舉稿》，載《可儀堂一百二十名家制義》卷二。

中、晚四期〔註75〕，他則以初、盛、中、晚之說來界定劃分明代制義發展史，從洪武到天順為初期，從成弘到正、嘉為盛期，隆慶、萬曆為中期，天啟、崇禎為晚期，這是俞寧世運用傳統文論的一個創舉。

從洪武到天順，約97年，共選8家制義39篇。但是，洪武、建文兩朝，風氣初開，傳文不多，故俞寧世從永樂朝談起，這一時期作品的特點是：「渾穆簡質，不求自工」〔註76〕；「不雕琢，不粉飾」（評商輅《子在川上 一節》）；「簡樸而極醇」〔註77〕、「蒼堅古樸」（評薛瑄《一日克己 勿動》），「極樸極拙而情致逸深」（評陳獻章《古之為關 全章》）。成化、弘治、正德、嘉靖四朝，共102年，選38家制義527篇，這一時期制義的特點是：「高古精深，雄渾博大，氣體不同，同歸於正法。」〔註78〕有吳寬的「春容爾雅，不動聲色」〔註79〕，王守仁的「謹守傳注，極醇無疵」〔註80〕，謝遷的「清剛古樸，不入時豔」〔註81〕，錢福的「正大淳確，典則深嚴」〔註82〕。王鏊更被稱之為明代前期制義的集大成者，起著承前啟後的歷史作用：「前此風會未開，守溪無所不有；後此時流屢變，守溪無所不包。」〔註83〕而後起之輩，或「恬靜安閒」（鄒守益），或「瀟灑飄忽」（章楓山），或「切至詳盡，慎重堅茂」（崔桐），或「文章高渾，議論確核」（張元），甚至出現了不同的流派，如機法派、奇嬌派、東林派。〔註84〕或是學秦漢，或是仿唐宋，皆能各得其長，但宗派不同而淵源則一。「秦漢之文古而勁，唐宋之文古而逸。龍門之輕雋，長沙之排宕，文非不逸也，而勁在其中矣；柳州之峭拔，老泉之雄健，文非不勁也，而逸在其中矣。制義之興，文體崇古。理齋、鹿門、萊峰、震川，並稱古文，然皆近於唐宋；簡而直，典而核，遒煉而峻潔，得秦漢之神者，其陶樸庵乎？夫文從經入必勁，從史入必逸。秦漢本六經，唐宋本秦漢，屢降而下，各有源流。」〔註85〕俞長

〔註75〕尤侗：《詞苑叢談序》，《詞苑叢談校箋》，人民文學出版社1996年版，第3頁。
〔註76〕俞長城：《俞寧世文集》卷四《先正程墨初集小引》，第98頁。
〔註77〕俞長城：《薛瑄稿題識》，載《可儀堂一百二十名家制義》卷二。
〔註78〕俞長城：《俞寧世文集》卷四《先正程墨盛集小引》，第99頁。
〔註79〕俞長城：《題吳鮑庵稿》，載《可儀堂一百二十名家制義》卷四。
〔註80〕俞長城：《題王守仁稿》，載《可儀堂一百二十名家制義》卷六。
〔註81〕俞長城：《題謝木齋稿》，載《可儀堂一百二十名家制義》卷五。
〔註82〕俞長城：《題錢福稿》，載《可儀堂一百二十名家制義》卷五。
〔註83〕俞長城：《題王鏊稿》，載《可儀堂一百二十名家制義》卷四。
〔註84〕孔慶茂：《八股文史》，鳳凰出版社2008年版，第129～199頁。
〔註85〕俞長城：《題陶澤稿》，載《可儀堂一百二十名家制義》卷十四。

城認為這一時期的制義與國運而附，體現了一種盛世氣象：「明之盛時，制義得士，或溫厚而和易，或中正而嚴肅，或寬博而昌明，或疏遠而清越，是以上下同風，源流有體，人才盛而國祚永也。」〔註86〕隆慶、萬曆，是為明代八股文發展的平穩過渡期。它經過這樣的三個階段，即由繁蕪而雅正，復亦為凌駕，再而歸於蕪雜：「嘉靖末文體蕪穢，隆慶改元，復歸雅正。越二十年，傳文林立，壬辰（萬曆二十年）以後，凌駕軟媚，習而成風，遂不復振。」〔註87〕過去人們認為這時的時文是法備而色麗，但在俞長城看來，「夫法備則斫樸為巧，色麗則變質為華，盛極而衰，固其勢也」。〔註88〕又指出：「辛未（嘉慶五年，1571）以後，文歸雅正，漸入於時，一變而為凌駕，再變而為蕪穢，狂瀾既倒，不能復回，然後知盛之極者，衰之始也。」〔註89〕時至天啟、崇禎，這時江右文風甚熾，出現了以四雋為代表的江西派。他們或是「幽深沉摯」〔註90〕，或是「質樸堅辣」〔註91〕，或是「清微淡遠」〔註92〕，或是「法度謹嚴」〔註93〕，俞長城對江西派有一句總結性的言論，認為有明三百年江右文風極盛，「及其季也，羅（即羅萬藻）、陳（即陳際泰）、章（即章世純）、艾（即艾南英）樹幟豫章，震動海內」〔註94〕，對江西派給予了很高的評價。總的說來，他認為啟禎之文是明文走向衰落之途的表現，因此，對於那些力挽風氣之士多予表彰之意。如論黎元寬：「當萬曆之末，文體靡穢，佛經語錄盡入於文。先生以史漢大家倡之，進於六經，然後浙人翻然，群思學古。」又如論金聲：「懷宗初服，國是漸非，文亦不振。金正希崛起為雄，力追古初，為文幽深矯拔，民骨力風神，裁於性而勵於學，為啟禎之冠。」又論陳之遴：「明文至於崇禎丁丑，誇多鬥靡，塗而飾貌，蓋不見文之真面目。素庵先生洗盡鉛華，獨留素質，非有特立之才何能振拔如是？」最後，他還對為明文發展作出了貢獻的作家作了一個概括，提出了「明文四大家」的說法：「余錄宋明百家，擇其最盛者四人。獨闢宗風，渾涵一切，王守溪也；潔靜精微，不動聲色，唐荊川也；宏博變化，至詳極備，

〔註86〕俞長城：《俞寧世文集》卷四《先正程墨晚集小引》，第100頁。
〔註87〕俞長城：《俞寧世文集》卷四《先正程墨中集小引》，第99頁。
〔註88〕俞長城：《俞寧世文集》卷四《先正程墨中集小引》，第99頁。
〔註89〕俞長城：《題胡友信稿》，載《可儀堂一百二十名家制義》卷十七。
〔註90〕俞長城：《題章世純稿》，載《可儀堂一百二十名家制義》卷三十。
〔註91〕俞長城：《題艾南英稿》，載《可儀堂一百二十名家制義》卷三十一。
〔註92〕俞長城：《題羅文止稿》，載《可儀堂一百二十名家制義》卷三十二。
〔註93〕俞長城：《題陳際泰稿》，載《可儀堂一百二十名家制義》卷三十五。
〔註94〕俞長城：《題葉修稿》，載《可儀堂一百二十名家制義》卷二十三。

歸震川也；取王之法，取唐之品，取歸之氣，而集其大成，錢吉士也。」〔註95〕這大致說明了明文的發展及進步。

對於清初順治、康熙兩朝的制義，因為距離作者年代較近，特別是康熙二年的廢八股和康熙八年的再行啟用，這一事件也成為俞長城把握八股文發展走向的重要節點。他認為順治時期的總體趨向是：「斂華就實，黜靡崇雅，才歸於法，辭約於理，故數科之文，典則醇粹，有弘正之風。」〔註96〕一方面晚明文風還在繼續，所謂「至於壬辰，名家林立，然尚標新領異，出奇制勝」，像戚價人的「峭刻陡立」，李石臺的「雄渾浩蕩」，唐采臣的「突兀無端」，章金牧的「奇怪陸離，變化騰躍」；另一方面新的文風開始形成，比如熊伯龍「簡老昌茂」〔註97〕，張永祺「力追正嘉，歸於醇雅」〔註98〕，陸璨「淡宕而神不薄，高古而膚不盈」〔註99〕。進入康熙以後，文風歸於雅正，這得力於韓菼、呂晚村二君子的大聲疾呼：「負踔厲之氣而振文統於上者曰韓慕廬，懷精鑒之識而持文統於下者曰呂晚村，此二君子者，疾聲大呼，天下從風，二十餘年，人無異說，真豪傑之士。」〔註100〕他對於韓菼振風氣於上，呂留良挽頹靡於下，給予了極高的評價。

通過對於明清制義發展史的描述，他對於制義發展進程形成了一個總體認識：「慶曆以前由質而文，啟禎而後自文返質」，認為這一文風的變化是與國運、人心相聯繫的。

四、「以史論文，以文為史」的批評特色

俞長城是繼陳名夏之後又一位系統梳理制義文體流變的學者，並且在制義批評的方法論上也有值得我們關注的地方，比如以選本及評點的方式表達了他的制義觀及歷史觀，還通過每位作者作品的題解方式展現了他以文為史、以人論文、知人論世的批評特色。

張希良為《一百二十名家制義》撰寫序文，談到俞長城編選的這部八股文選的重要特徵時說：「人各序其出處、梗概於簡首，至於忠孝廉節、成仁取

〔註95〕俞長城：《題錢吉士稿》，載《可儀堂一百二十名家制義》卷五。
〔註96〕俞長城：《俞寧世文集》卷四《國朝程墨前集小引》，第111頁。
〔註97〕俞長城：《題熊鍾陵稿》，載《可儀堂一百二十名家制義》卷四十。
〔註98〕俞長城：《題張以成稿》，載《可儀堂一百二十名家制義》卷二十七。
〔註99〕俞長城：《題陸圓沙稿》，載《可儀堂一百二十名家制義》卷四十二。
〔註100〕俞長城：《俞寧世文集》卷四《國朝程墨後集小引》，第111頁。

義之事，尤唏噓感歎不能去其懷，蓋以史法論文，五百年之文即可以當五百年之史。」明確指出這部選本的批評特色就是「以文為史」，所謂以文為史，就是用史家的筆法，「於五百年間，尚友論世，發潛德，闡幽光」，敘述了自宋至清初各類人士的道德與文章、出處與行誼。

首先，俞長城對各家的批評尤重人品，認為人品決定文品。對於各家之論述往往結合其人論其文，因為時代不同，他對於各家人品的表彰亦有不同。

如論楊萬里：「指陳時事，激功詳明，家居二十年，聞北方用兵，感憤而卒……嗚呼！先生之志節文章，獨高千古。」〔註101〕

這是重其志節，而論文天祥與于謙則突出其忠貞的品格：「夫文山有忠肅之志，而功不克成；忠肅有文山之功，而志不見諒，皆千古遺恨。然而立德立言，允文允武，曠世合轍！」〔註102〕但是在明代中葉以後，因宦官專政，正人受抑，士論以氣節為重，文章亦見之。

如論謝遷：「方逆瑾用事時，群邪項領，眾正側目，在廷之士，咸受摧抑。文正獨秉介石之操，翩翩去位，不俟終日。至於面折時相國門，觀者為之改容。其節可謂高矣。……古人出處進退確乎不苟！雖文章偶讓人，而大節凜然，是以科名重也。彼齷齪庸碌者，何足與較長絜短哉！」〔註103〕

論顧東江：「在史館時，與修實錄，劉、李兩奸事，直書無隱。南史、倚相再見於明，而況制義之末乎？余輯其文而記其事，蓋科目之華，館閣之盛，均有取焉，非徒以文而已。」〔註104〕

論唐虞佐：「唐虞佐先生為御史，力拒錢功之請。盧和得罪、朝明奪官，卻厚利、辭顯仕，真烈丈夫哉！先生執法時，人人代為之危，乃終以無恙。而附寧者，亦不聞富貴終身。然則非所傲而傲，非所諂而諂，不特無等，亦可謂不知命矣。余既錄先生之文，並論其兩疏題後軼事，以為世慨焉。」〔註105〕

〔註101〕俞長城：《題楊誠齋稿》，載《可儀堂一百二十名家制義》卷一。
〔註102〕俞長城：《題於廷益稿》，載《可儀堂一百二十名家制義》卷二。
〔註103〕俞長城：《題謝木齋稿》，載《可儀堂一百二十名家制義》卷五。
〔註104〕俞長城：《題顧東江稿》，載《可儀堂一百二十名家制義》卷五。
〔註105〕俞長城：《題唐虞佐稿》，載《可儀堂一百二十名家制義》卷七。

論楊慎：「先生詩、古文最富，制義僅數首，而光氣不可沒，誦其文者，莫不悲其志。容容之福，皎皎之名，榮辱當何如也？予既錄先生文，而並記太保公之言。然則，履豐盛者念憂危，受恩遇者思報效，忠智隨時，庶足盡人臣之義乎？」〔註106〕

論海瑞：「忠介為人絕不識揣摩為何事，故文亦然，崛強不屈，自適己意而止。……世儒見忠介文必狂走，以其違俗。夫文而違俗，不過不遇而止，未若人之違俗，可以得禍也。」〔註107〕

論趙南星：「趙高邑賦性剛介，不能容物。悲時憫俗、惡佞嫉邪之旨，盡發於文……今觀其文行，矯矯自異，恥同流俗，可不謂雞群鶴立者歟？」〔註108〕

論郝敬：「當是時，小臣畏而不言，大臣言而不盡。先生抗疏，事雖不報公論始奮。諫官若此，其與摭拾浮詞者異矣。君子所以誦其文而如見其人也。」〔註109〕

論孫鑛：「余觀淇澳先生文，簡潔高古，上逼左氏，蓋深得《春秋》之旨，不徒似其貌也。世教頹靡，抗節不回。前出孼藩，社稷以安；後忤逆璫，紀綱復振。百世而下，披覽遺編，猶為起敬，而況親炙其風采者乎？」〔註110〕

論文震孟：「嗚呼！觀湛持感悟族人，化行鄉邑，幾於善善同清、惡惡同污矣。讀所著制義，激昂感憤，有澄清天下之志。率掩於鄙夫，猶不得展媢嫉之臣，惡可與同中國哉？」〔註111〕

上列諸位皆是明代中期制義大家，他們文章在後代廣為流傳，是與他們的人品高潔相聯繫的。他們多能與姦臣相抗爭，或是「賦性剛介」，或是「崛強不屈」，保持其忠貞的品格，見其文而思其人，其文之傳亦以人也，宜焉。到了晚明，對於人品的評價則表現為對明室的忠誠，在國家危亡之際敢於赴湯蹈火，為國捐軀。

〔註106〕俞長城：《題楊升庵稿》，載《可儀堂一百二十名家制義》卷七。
〔註107〕俞長城：《題海剛峰稿》，載《可儀堂一百二十名家制義》卷十四。
〔註108〕俞長城：《題趙儕鶴稿》，載《可儀堂一百二十名家制義》卷十九。
〔註109〕俞長城：《題郝楚望稿》，載《可儀堂一百二十名家制義》卷二十五。
〔註110〕俞長城：《題孫淇澳稿》，載《可儀堂一百二十名家制義》卷十八。
〔註111〕俞長城：《題文湛持稿》，載《可儀堂一百二十名家制義》卷三十。

如論艾南英：「遭時喪亂跋履間關，同時名士狼藉載路，而公獨視死如歸，游說萬端，終莫之屈。孔子所云篤信好學，守死善道，東鄉不愧其言矣！」〔註112〕

論凌敬渠：「吾讀先生文，情辭悱惻，發乎不自己之哀。蓋忠義本自性成，不以爵賞而始勸也。若夫士君子遭時得志，既蒙一顧之恩而不圖千里之效，聞茗柯先生軼事，可不知所愧哉！」〔註113〕

論左光斗：「左蘿石先生文，出之性靈，本之經術，鬱為堅光，抒為秀采。文至是不問其節亦傳，而況兼之？天步既移，此心不易，素車白馬，視死如歸。《易》曰：王臣蹇蹇，匪躬之故」；《詩》曰：『豈不懷歸，畏此簡書。』先生有焉。厥稿具存，可與古人爭烈矣。」〔註114〕

論陳了龍、艾南英：「中酉兵起，大樽致命，東鄉殉難，八閩千里契合。故曰：君子同歸而殊途一致而百慮。又曰：和而不同，群而不黨。觀二公節義文章，百世猶為興起，豈與世之面是背非、始昵終睽者比哉。」〔註115〕

論金聲：「金道隱先生建言受廷杖，撫字書下考。迨乎邦家淪喪，隱於浮屠，斯亦云門、雪庵者流歟！試讀其文，英氣勃發，壯心如在，而豈緇衣之流哉？古人不惜死，亦不徒死。文文山欲以黃冠歸故鄉，先生亦同此意乎！」〔註116〕

論黃道周：「吾謂有制義以來，他人可言者未必可行，惟陶庵可行；他人能言者未必能行，惟陶庵能行，癸未名士如林，而皆出於浮飾，大節既隳，文亦鮮傳。陶庵發於至情，體於實踐，故身名並烈。昔人云：舉業不患妨功，惟患奪志。盡如陶庵，則勵志莫如文，又何患乎？」〔註117〕

這幾位在明末清初湧現出來的制義大家，他們在明亡之際皆有不顧生死、

〔註112〕俞長城：《題艾千子稿》，載《可儀堂一百二十名家制義》卷三十一。
〔註113〕俞長城：《題凌茗柯稿》，載《可儀堂一百二十名家制義》卷三十一。
〔註114〕俞長城：《題左蘿石稿》，載《可儀堂一百二十名家制義》卷三十四。
〔註115〕俞長城：《題陳大樽稿》，載《可儀堂一百二十名家制義》卷三十六。
〔註116〕俞長城：《題金道隱稿》，載《可儀堂一百二十名家制義》卷四十八。
〔註117〕俞長城：《題黃陶庵稿》，載《可儀堂一百二十名家制義》卷三十七。

為國赴難之高行，其人值得人們景仰，其文亦當傳諸後世。

次論學問與文章，俞長城特別重視學識、涵養對於制義寫作的意義，認為作者學問淵博，涵養深厚，則其文自然達到上佳境界。比如丘濬：「彌綸天地之謂才，囊括古今之謂學，詞章非才也，飣餖非學也。……所著《世史正綱》《大學衍義補》諸書，廣博浩瀚，然皆明義理，切時務，縱橫上下，以經以緯，非才與學兼，其孰能之？至於時文，有才而不可恃才，有學而不可誇學，試讀公之制義，又何其謹嚴深厚，不逾繩尺也。」〔註118〕這裡講到丘濬的才學對於其制義的謹嚴深厚有規範的效果。因此，他強調多讀書，特別是經史百家之書。其《題袁太沖稿》云：

> 有問津者，余曰：「曾讀古乎？」對曰：「《析義》熟其半矣。」
> 「通《五經》乎？」對曰：「不能。」「《三傳》《史》《漢》、八家能
> 遍觀乎？」對曰：「無暇。」「《管》《晏》《韓非》《越絕》《法言》《說
> 苑》《新序》《韓詩》等書亦嘗披覽乎？」對曰：「安用之？」嗟乎！
> 古人博極群書而後成一藝，故事實之核，議論之奇，用筆之變化，
> 人皆知其古而莫測所自。夫經史子集，烏有一句一字之無用，而子
> 云爾哉！因於几上取袁太沖稿，摘其「北郭騷」「驂乘之忠」二語詢
> 之，其人汗下如雨，噤不能言。嗟乎！荒經蔑古，舉世皆安於盲。
> 若此人者，尚可指之途以行者也。因錄太沖文，遂記其言於端，以
> 志慨焉。〔註119〕

通過這一段對話，他鮮明地表達了其為文首在博學的觀點，也就是人們經常說的多讀書，所讀之書當是經史子集無所不覽，正所謂「古人博極群書而後成一藝」是也。對於晚明以禪入制義這一有悖傳統的做法，他也不是完全否定。

> 以禪入儒，自龍溪諸公始也；以禪入制義，自貞復先生始也。
> 貞復受業羅近溪，次近溪會語，故其文率多二氏之言，東鄉每以為
> 訾。乃文之從禪入者，紕繆固不堪人目。偶有妙悟精潔之篇，則亦
> 非人所及。故歸、胡以雄博深厚稱大家，而貞復與相頡頏，其得力
> 處固不可沒也。公人侍經筵，崇志勤學，幾於醇儒；扶喪哀毀，感
> 寒成疾，近於篤行，其可議獨在文耳。然披沙得金，鑿石成璞，實

〔註118〕俞長城：《題丘仲深稿》，載《可儀堂一百二十名家制義》卷三。
〔註119〕俞長城：《題袁太沖稿》，載《可儀堂一百二十名家制義》卷十三。

光自著於宇宙，烏得以一家之論掩之哉！〔註120〕

他認為楊起元的制義「偶有妙悟精潔之篇」，「烏得以一家之論掩之哉」？從文章學的角度，他肯定了楊啟元以禪入八股的做法，也可看出他的通達觀念。

俞長城的以文論史，還表現在他特別重視作者之遭遇與文章的關係，認為作者遭際鍛鍊了他的品格和修養，其文與其人相一致。比如吳寬：

「每誦吳匏庵先生稿，春容爾雅，不動聲色，文之以養勝者。

及考先生傳，始困於試事，終阻於仕路，而聞寵若驚，見辱不怒，

生平之養，亦驗於文。」〔註121〕

吳寬在科途及仕途上皆不順，但能做到寵辱不驚，因此，他的制義表現出「春容爾雅，不動聲色」的特徵。在那種千軍萬馬過獨木橋的科舉制度下，大多數應試者都有著屢試而不中的人生體驗，這一點艾南英的《前歷試卷自敘》已有非常生動的描述，並受傳統文論的啟發提出了「發憤為制義」的觀點。俞長城在這一問題也接受了艾南英的看法，在談到張壽朋的八股文時聯繫其坎坷經歷說：「宦途不遂，足跡遍天下，口授生徒，慨然以神仙自命，何其志之超也。古人文雖性成，亦有觸而發。少陵不奔竄，何以有紀行諸詩？子厚不貶逐，何以有柳州諸記？使西江優游廟廊，黼黻盛治，縱著述千古，亦不能盡發其幽奇瑰異之致於制義間也。窮而後工，豈不信乎？」〔註122〕這裡再次重申了「窮而後工」的觀點，指出作者坎坷的人生閱歷，對於其制義之「工」也起著十分重要的推動作用。

第三節　呂留良的八股文批評

呂留良（1629～1683），字莊生，又名光輪，字用晦，號晚村，別號恥翁、南陽布衣、呂醫山人等，暮年削髮為僧，浙江嘉興府崇德縣（今浙江省桐鄉市崇福鎮）人。在明亡之時，他曾參與太湖義軍抗清，旋即兵敗，後隱居於湖山之間。後歸里，於順治十年癸巳（1653）被迫出試，為邑諸生，其時改名光輪，字用晦。康熙元年（1662），始教子讀書於梅花閣，與高斗魁、

〔註120〕俞長城：《題楊貞復稿》，載《可儀堂一百二十名家制義》卷二十。
〔註121〕俞長城：《題吳匏庵稿》，載《可儀堂一百二十名家制義》卷四。
〔註122〕俞長城：《題張魯叟稿》，載《可儀堂一百二十名家制義》卷二十三。

黃宗羲、黃宗炎、吳之振、吳爾堯等人詩文唱和不斷。康熙五年（1666），棄諸生，誓不仕清，「一郡大駭」〔註123〕。自此便與同鄉張履祥等人潛心編輯朱子之書，發明洛閩之學，評選八股文，名聲大振。康熙十七年戊午（1678），清廷有博學鴻儒之徵，浙省推薦呂留良，他誓死拒薦。康熙十九年（1980）又有山林隱逸之徵，浙省復舉薦，呂留良遂削髮為僧，法名耐可，字不昧，號何求老人，隱居於吳興妙山。錢穆曾在其著作中充分肯定呂留良在清初學術史上的地位，認為呂留良在思想上的影響可以與黃宗羲比肩，甚至有過之而無不及。〔註124〕

呂留良一生筆耕不輟，著述頗豐，而生前刊刻者惟有時文及時文評語。其時天蓋樓刊刻時文選本風行天下，士子奉為金科玉律。王應奎在其《柳南續筆》卷二《時文選家》中記載了當時呂選八股文的熱銷盛況：「本朝時文選家，惟天蓋樓本子風行海內，遠而且久。嘗以發賣坊間，其價一兌至四千兩，可云不脛而走矣。」〔註125〕戴名世在其《九科大題文序》中也說道：「近日呂氏之書盛行於天下，不減艾氏。」〔註126〕但不幸的是在他死後四十九年，卻因時文評選遭遇文字慘案，不僅被剖棺戮屍，其子孫門人也未能幸免，或同遭戮屍，或慘死於屠刀之下，或被流徙為奴，罹難之慘烈，實為清朝定鼎以來文字獄之首。其平生著述也遭到禁燬，誠如沈宗畸《東華瑣錄》所載：「呂晚村文字，咸在禁例……於是向之家弦戶誦者，至此遂成絕調。」〔註127〕

一、呂留良與八股文評選

呂留良與八股文結緣，始於明崇禎十三年（1641）。當時年及十三的呂留良，與侄兒呂宣忠、同鄉孫爽、王瞱等人結為徵書社，它與明末的許多文社一樣，以研討八股文為主要活動。次年，有社集《壬午行書臨雲》之選。他說：「雯若於是與同社有《壬午行書臨雲》之選，選自此始也。」〔註128〕雯

〔註123〕呂公忠：《行略》，徐正等點校：《呂留良詩文集》（上冊），杭州：浙江古籍出版社，2011年，第199頁。

〔註124〕錢穆：《中國近三百年學術史》，商務印書館1997年版，第92～93頁。

〔註125〕王應奎：《柳南隨筆續筆》，中華書局，1983年版，第163頁。

〔註126〕戴名世：《九科大題文序》，見戴名世撰，王樹民編校《戴名世集》，中華書局，1986年，第101頁。

〔註127〕卞僧慧：《呂留良年譜長編》卷十七，中華書局，2003年版，第466頁。

〔註128〕呂留良：《東象遺選序》，見徐正編著：《呂留良詩文選》，浙江古籍出版社，2009年版，第330頁。

若，即呂留良的好友陸文霖。呂、陸二人因徵書社結識，在隨後的交往中，成為莫逆之交，而呂留良後來之所以長期參與八股文評選的活動，更是與陸文霖有著密不可分的關係。《壬午行書臨雲》當是呂留良參與編選的第一部八股文選。

　　然而不久之後，呂留良不再參與評選之事。其具體原因，呂留良在《東皋遺選序》中說得很清楚：

> 始之社也，以氣節、以文字、以門第世講互為標榜，然猶修名檢、畏清議，案驗皂白，故社多而不分。及是，則士習益浮薄傾險，一社之中，旋自搏軋，鏃頭相當，曲直無所坐。於是郡邑必有數社，每社又必有異同，細如絲髮之不可理，磨牙吮血，至使兄弟姻戚不復相顧、途遇宴會引避不揖拜者咸起爭牛耳、奪選席。販夫牧豬皆結伴刊文，清晝爭道而不避。社與選至是一變而大亂。〔註129〕

可見，呂留良之所以擯棄社事，乃是出於對當時社中士人傾軋爭鬥、追名逐利之風的不滿，呂留良的第一次評選經歷就這樣結束了。但到了清順治十二年乙未（1655），呂留良又一次參與了八股文評選之事。是年冬，他應好友陸文霖之邀請，同事房選《五科程墨》。據回憶：「乙未之冬，燕坐玄覽樓。群居由然，無所用其心，因與雯若同事房選於吳門。市傭一室，如農車大，鍵閉其中，匝月而竣事……故《五科程墨》，則予之論居多焉。」〔註130〕清廷自順治三年（1646）會試天下，以八股取士，至順治十一年（1654），共開五科。呂留良與陸文霖評選的就是這五科的時文，故而名為《五科程墨》。從序文中可以看出，呂留良這次應邀參與時文評選，「樂為其所驅」，直接原因則是填補內心的空虛。

　　順治十四年丁酉（1657）正月，在評選時文的同時，呂留良也幫助陸文霖倡社崇德。據呂留良長子呂公忠所作《行略》記載：「時同里陸雯若先生方修社事，操選政。每過先君，虛左請與共事。先君一為之提唱，名流輻輳，玳筵珠履，會者常數千人。女陽百里間，遂為人倫奧區。詩筒文卷，流佈宇內。人謂自復社以後，未有其盛。」〔註131〕呂、陸二人此次結社選文，規模甚大，

〔註129〕呂留良：《東皋遺選序》，見徐正編著：《呂留良詩文選》，第 330 頁。
〔註130〕呂留良：《庚子程墨序》，見徐正編著：《呂留良詩文選》，第 341 頁。
〔註131〕呂公忠：《行略》，見徐正編著：《呂留良詩文選》，浙江古籍出版社，2009 年，第 399 頁。

影響頗廣，呂留良選文評文之聲名也日益遠播。順治十五年戊戌（1658），呂留良仍與陸文霦繼續從事評選八股文之事。他說：「酉、戌以來，類皆分閱而互參。凡有事一選，輒屏棄他業，汲汲顧景，以徇賈人之志……而顧累累焉數見其成書，若甚樂此而不知疲者，蓋中無恒業，則日見無事，見無事則益由然無所用其心，心無所用則其苦有甚於逼迫程限之役者，故欣然受之而不辭也。」〔註132〕由此可見，呂留良在這一段時間之所以汲汲於時文評選，一方面是排遣無所適從的苦悶心情，另一方面則是出於生計的考量。

　　然而，這一段八股文評選過程也沒能持續下去。順治十八年（1661）辛丑，呂留良辭去社集及評選之事，課子侄於家中。呂留良之所以做出這樣的決定，主要是因為家人和朋友的勸誡。呂留良仲兄呂茂良認為呂留良如此下去，必定「馳騖而漸失先人之志」〔註133〕，呂留良之友黃晦木也寫詩相贈曰：「勸君截斷千條路，收拾聰明一線尋」〔註134〕，勸告呂留良不要將聰明用錯了地方。從順治十八年（1661）到康熙十年（1671）的這段時間，呂留良不再評選八股文，終日與黃宗羲、吳之振、張履祥等友人交遊論學。

　　到了康熙十一年（1672），呂留良第三次涉足評選之事。其時，陸文霦已去世四年，呂留良即受託為其整理遺著，補輯其生前未完成的八股文選本，刻印為《東皋遺選》。次年（1673），呂留良將這部選本帶到南京發售，一時名聲大振。「市人謂風氣乍旋，此書如飆激也。」〔註135〕康熙十三年（1674）以後，呂留良便居鄉里，謝絕世務，將重心放到選本的刊刻上，先後刊刻了《補癸丑偶評》《大題觀略》《小題觀略》等時文評本。康熙十六年（1677）七月，好友吳爾堯去世，呂留良悲痛萬分。從這一年起，呂留良輯錄並刊刻諸亡友之八股文章，取名為《質亡集》。康熙二十一年（1682）十一月，呂留良刻成《江西五家稿》。所謂「江西五家」是指艾南英、章世純、羅萬藻、陳際泰及楊以任。呂留良認為他們「文品相近，且生同時、產同地」〔註136〕，遂將他們的八股文章分別點評，刊刻行世，名為《江西五家稿》。

〔註132〕呂留良：《庚子程墨序》，見徐正編著：《呂留良詩文選》，第341頁。

〔註133〕呂留良：《庚子程墨序》，見徐正編著：《呂留良詩文選》，第341頁。

〔註134〕俞國林：《天蓋遺民——呂留良傳》，浙江人民出版社，2006年，第57頁。

〔註135〕呂留良：《東皋遺選附錄》，見俞國林編：《呂留良全集》第10冊，中華書局，2015年，第2200頁。

〔註136〕呂公忠：《刻江西五家稿記言》，見俞國林編：《呂留良全集》第10冊，第2017頁。

據呂公忠《行略》載，呂留良晚年，還打算輯錄明代至清初三百年來八股文，為《知言集》。康熙十六年（1677），呂留良便正式開始了《知言集》的編訂工作。

> 自後病益劇，先君自知不起，嘗歎曰：「吾今始得尺布裹頭歸矣，夫復何恨？但夙志欲補輯朱子《近思錄》及三百年制義名《知言集》二書，倘不成，則辜負此生耳！」於是，手批目覽，猶矻矻不休。〔註137〕

然而天不遂人願，康熙二十二年（1683），《知言集》尚未完成，呂留良便與世長辭，其與八股文之間的糾葛，也暫時有了了結。

可以說，評選八股文，是呂留良一生學術經歷中最為重要也最有影響力的活動。有關呂留良的八股文批評理論，主要見於其時文評語之中，另有部分觀點散見於他的詩文創作中。這裡主要依據的是俞國林所編《呂留良全集》一書。

二、從事八股文評選的動因

對大多數人來說，「時文評選家」是呂留良給人的第一印象，是他身上最鮮明的標籤。如袁枚稱他為「時文鬼」〔註138〕，梁啟超也認為他「不過是個帖括家」〔註139〕。但他的門生車鼎豐在《呂子評語餘編略例》中，道出了呂留良評選時文的特殊性：「呂子之評文，非為評文也。即以評文論，亦自獨有千古。近代諸名選家不足論，六朝唐宋以來，論定詩文者夥矣，有一足與之頡頏者乎？有目者試取從來評語，細加對勘，當自得之。實非予阿好也。」〔註140〕

（一）時代風氣的刺激

呂留良之從事八股文批評，與明末清初文壇的風氣有著密不可分的關係。前文也已經提到，呂留良最初接觸八股文評選，就是在徵書社。可見，呂留良之與八股評選結緣，直接原因便是明末清初文人結社之風的刺激：「凡社必

〔註137〕呂公忠：《行略》，見徐正編著：《呂留良詩文選》，浙江古籍出版社，2009年，第400頁。
〔註138〕袁枚：《新齊諧》，齊魯書社，1985年，第530頁。
〔註139〕梁啟超：《中國近三百年學術史》，商務印書館，2017年，第211頁。
〔註140〕車鼎豐：《呂子評語餘編略例》，見俞國林編：《呂留良全集》第10冊，第1903頁。

選刻文字以為囮媒，自周鍾、張溥、吳應箕、楊廷樞、錢禧、周立勳、陳子龍、徐孚遠之屬，皆以選文行天下。選與社例相為表裏。」〔註141〕入清以後，文人結社之風漸息，但仍對呂留良的八股文評選有著直接的影響。在陸文霦的邀請下，他在家鄉崇德重修社事，一時「數郡畢至，敦盤裙屐，讌樂紛沓」〔註142〕，影響甚廣。由於文社的主要活動是研討八股文，文社與八股文選是互為表裏的關係，因此，呂留良在這一階段繼續從事八股文批評活動，便是順理成章的事。

　　呂留良之所以長期從事時文評選，還與當時文壇不良的風氣有關：「今日文字之壞，不在文字也，其壞在人心風俗……無不以躁進躐取為事……吾聞之先輩大家，研究聖賢之書，浸淫於古文字，不知墨幾凡，退筆幾簏，敗紙殘稿幾百束，而不敢幾一得。」〔註143〕面對當時文壇士子不讀書、走捷徑、盜襲模擬等「庸惡陋劣」的風氣，呂留良十分痛心，因此產生了起而救之的決心。他認為：「一省一科之風氣，定於主司。天下數科之風氣，定於選手。」〔註144〕要想改變這種由庸劣不堪的選手帶來的負面影響，只能從源頭開始矯正風氣。因此，呂留良選擇從評選八股文入手，糾正文壇之風。他認為文章必須「有所發明於經傳，裨益於後學」〔註145〕，而近日後生則常常為庸劣秀才和村師所耽誤，因此，呂留良之所以熱衷於時文評選，也是出於對後學的強烈的責任感。

（二）學術思想的驅動

　　如果說時代風氣是促進呂留良參與八股文評選的外部原因，那麼呂留良一生抱定謹守的學術思想，則是其汲汲於評選之事的內在驅動力。呂留良的學術思想的形成，與其少年時代接受的教育有著直接的關係。在傳統科舉教育的影響下，呂留良不可避免地要讀四書、做八股。根據呂留良後來回憶，他從幼年時第一次接觸朱子學說，便篤信不疑：「某平生無他識，自初讀書，

〔註141〕呂留良：《東皋遺選序》，見徐正編著：《呂留良詩文選》，浙江古籍出版社，2009 年，第 330 頁。

〔註142〕呂公忠：《行略》，見徐正編著：《呂留良詩文選》，浙江古籍出版社，2009 年，第 405 頁。

〔註143〕俞國林編：《呂留良全集》第 10 冊，中華書局，2015 年，第 1924 頁。

〔註144〕呂留良：《東皋遺選今集附錄》，見俞國林編：《呂留良全集》第 10 冊，第 2198 頁。

〔註145〕俞國林編：《呂留良全集》第 10 冊，中華書局，2015 年，第 1936 頁。

即篤信朱子之說，至於今，老而病，且將死矣，終不敢有毫髮之疑。」〔註146〕
正是因為對朱子《四書章句集注》的研讀，呂留良開始瞭解周、程等人的理
學思想，又因為對程朱思想的推崇，呂留良才得以信守孔孟之道。在某種程
度上，呂留良對朱子學說的推崇甚至超過了孔孟：「今日老兄與某，得以尊信
孔子之道者，由孟子也。而得尊信孟子以及孔子者，由朱子也。故某之尊信
朱子也，又親於孔孟。」〔註147〕所以，對於當時有人篤信孔孟卻深疑程朱的
想法，呂留良感到十分不解：「果篤信孔孟，則未有更疑程朱者。若疑程朱之
不合於孔孟，某將謂孟子便應疑卻。」〔註148〕可以說，朱子思想是呂留良一
生學術思想的根源，也是其中最重要的一部分。不瞭解這一點，就不能理解
呂留良評選八股文的苦心。

　　然而，在明末清初的社會環境中，朱子思想卻處在一個尷尬的境地。順
治十一年（1654），呂留良所作《寄秦開之先生》一詩，就描繪了這一狀況：

　　　　汗漬制科書，低頭死櫛句。細於蒼蠅聲，輕於薤上露。累墜及
牛腰，無非速朽具。人心忽異類，成群畔傳注。罔畏聖人言，充塞
仁義路。〔註149〕

　　所謂「人心忽異類，成群畔傳注」，講的就是當時人們不以程朱為宗的情
形。在寫給友人張考夫的書信中，呂留良也提到這種狀況，並表現出深深的
憂慮：「毒鼓妖幢，潛奪程朱之坐，以煽惑天下也亦久矣，此又孟子以後聖學
未有之烈禍也。」〔註150〕他認為，之所以出現「成群畔傳注」的情況，與當
時流行的各種其他學說有關。首先是王陽明心學的影響：「自白沙陽明以來，
以本心力行為說，不求義理之學盈天下，目前竊其緒餘以鼓動賢豪者不少。」
〔註151〕其次則是講章之學與禪學等「異端」之學說的影響：「今不特儒者絕

〔註146〕呂留良：《答吳晴岩書》，見呂留良著，徐正等點校：《呂留良詩文集》（上冊），
　　　　第24頁。
〔註147〕呂留良：《答吳晴岩書》，見呂留良著，徐正等點校：《呂留良詩文集》（上冊），
　　　　第25頁。
〔註148〕呂留良：《答潘用微書》，見呂留良著，徐正等點校：《呂留良詩文集》（上冊），
　　　　第18頁。
〔註149〕呂留良：《寄秦開之先生》，見呂留良著，徐正等點校：《呂留良詩文集》（上
　　　　冊），第259頁。
〔註150〕呂留良：《與張考夫書》，見呂留良著，徐正等點校：《呂留良詩文集》（上冊），
　　　　第9頁。
〔註151〕俞國林編：《呂留良全集》第10冊，中華書局，2015年，第1916頁。

於天下，即文章、訓詁，皆不可名學，獨存者異端耳……而有自附於訓詁者，則講章是也。儒者正學，自朱子沒，勉齋、漢卿僅足自守，不能發皇恢張。再傳盡失其旨，如何、王、金、許之徒，皆潛畔師說，不止吳澄一人也。自是講章之派，日繁月盛，而儒者之學遂亡。惟異端與講章，觭互勝負而已。異端之徒，遂指講章為程朱；而所為儒者，亦自以為吾儒之學，不過如此。語雖誇大，意實疑餒。故講章諸名宿，其晚年皆歸於禪學。然則講章者，實異端之涉廣，為彼驅除難耳，故曰獨存異端也。」〔註152〕對於當時流行的講章之學，呂留良深惡痛絕，指出：「近來坊間盛行本子，淺陋更甚，又有增改各刻，愈出愈謬。然且家佔戶嘩，取其簡便。穢惡既極，勢不得不變，變則必將復出於異端，此有心吾道者之所深憂而疾首也。」〔註153〕面對這種狀況，呂留良直陳：「講章之說不息，孔孟之道不著也。」〔註154〕在他看來，當時士子皆為村師之講章所誤導，以為可以走捷徑，便不再向章句傳注中研窮辨析義理，長此以往，必定被「異端」之說所禍。

對於篤信朱子學說的呂留良來說，當前的狀況讓他痛心疾首，憂心忡忡：「今日理學之惑亂，未有不由此者，而其原則從輕看經義，不信章句、傳注焉始，此某所以皇皇汲汲，至死而不敢捨置也。」〔註155〕因此，前文所提到的有人對呂留良從事八股文評選的困惑便有了答案，誠如吳爾堯所說：

> 昔者程子遇碑於途，有禪子同過焉；讀之，曰：「公看，皆字也；某看，皆理也。」又語學者曰：「某何嘗不教人習舉業，但於上面求必得之道，是惑也。」今晚村所見為《論語》《大學》《中庸》《孟子》之理，而公且以為文字。即晚村所見為文字者，而公又且以為必得之道。其滋惑也，不亦宜乎？如凡為隱居必當仇時文也，將世舉孝悌力田，則去父兄廬墓；舉博學宏詞，則焚經史典籍；舉高蹈丘園，不求聞達，則蒼皇反覆，為馬首之顰、由而可哉？晚村則以為文字之壞，生於人心，而文字之善，又足以正人心隱微深錮之疾。其將回魯陽之斜暉，障支祁之潰浪；經天行地，一反其常，固非一手一

〔註152〕俞國林編：《呂留良全集》第7冊，中華書局，2015年，第21頁。
〔註153〕俞國林編：《呂留良全集》第7冊，中華書局，2015年，第22頁。
〔註154〕俞國林編：《呂留良全集》第7冊，中華書局，2015年，第22頁。
〔註155〕呂留良：《答葉靜遠書》，見呂留良著，徐正等點校：《呂留良詩文集》（上冊），第29頁。

足之烈，吾非斯人之徒與而誰與？而且擊拳撐腳，獨往獨來；行路
之人，挨肩迭足而不顧。咄嗟！晚村其捨此識字秀才讀書者而安望
耶？東萊有云：「假試課以為媒，借逢掖以為郵，遍致於諸公長者之
側，其有豐獲焉。」予或者不失晚村意乎？猶以為房書也，選政也，
是蕭公之崇佛，達摩以為毫無功德者也。〔註156〕

呂留良之於八股文，就如同程子之於碑文。時人看八股，皆字也；呂留良
看八股，皆理也。呂留良的這番幽微用心，其門人子弟也有所洞察，車鼎豐就
直接點明了呂留良為發揮朱子學說所做的貢獻：「朱子而後，學朱子之學，心朱
子之心，而氣魄力量又實足以發揮朱子傳注遺書之蘊者，晚村呂先生一人而已。
今特尊之曰『呂子』，尊呂所以尊朱也。」〔註157〕當時選家評八股，為的是名，
為的是利；呂留良評八股，評的是是非人心，評的是文運升降，評的是世道沉
浮：「是非不明於人心，此邪說之所以橫流，江河之所以不返也。呂子之說，只
不肯含糊是非。不肯含糊是非，只為要正人心。人心正，則邪說者不得作。故
嘗論評語之功在人心，直與孟子好辨等，不是尋常事業。」〔註158〕通過評選八
股文，呂留良得以傳播其篤信的朱子學說，從而起到「正人心」的作用，這便
是呂留良與當時諸多選家的根本區別。誠如呂留良門人曹度所言：

甚矣！制科之於講學不相為通也。晚村氏深衰定志，不惜以其身
屈都講之壇，願與天下遵發矇之路，卹卹乎其似憂也，憬憬乎其更有
懼也。憂斯人之習於制科者，不得聞聖人之言也。又懼斯人之絕乎聖
人之言，而一意於制科也。……故其言根柢乎六經，而繩尺以洛閩之
旨……則其操筆也不可謂不勤，其用志也不可謂不苦矣。〔註159〕

除了寄託自己的學術思想，以評選明道救時，期望朱子之學復興於世之
外，呂留良在評選八股文的過程中，也能對程朱之學加以研討辨析。呂留良
曾在書信中坦露自己的這一心思：「某衰病日深，支骨待死，較丁巳追隨時
先生所睹憔悴之容，已不可復得矣。醫事久已謝絕，惟點勘文字則猶不能
廢。平生所知解，惟有此事，即微聞程朱之墜緒，亦從此得之，故至今嗜好

〔註156〕吳爾堯：《天蓋樓偶評大題觀略序》，見俞國林編：《呂留良全集》第2冊，
　　　　　第462～463頁。
〔註157〕車鼎豐：《呂子評正編略例》，見俞國林編：《呂留良全集》第7冊，第3頁。
〔註158〕車鼎豐：《呂子評正編略例》，見俞國林編：《呂留良全集》第7冊，第4頁。
〔註159〕曹度：《十二科程墨觀略序》，見俞國林編：《呂留良全集》第2冊，第477頁。

不衰。」〔註160〕至此，我們才能理解呂留良對於八股文評選或棄或選的矛盾與糾結心態，也才能把握呂留良「不足為外人道」的苦心。

三、八股文之文體論

對八股文文體本身的看法，是呂留良八股文批評理論的核心，也是呂氏評文之特色所在。這裡將主要探討呂留良八股文批評理論的文體論。

（一）「文即文耳，何古與時之有？」

自嘉靖以來，對古文與時文關係的討論，一直是八股文批評領域的一個熱點話題。儘管爭論不休，但從總體上看，主要觀點無外乎分為兩種：一是將古文與時文割裂開來，一是將二者聯繫起來。明末清初，文壇上「以古文為時文」的說法頗為流行，艾南英、歸有光、唐順之等人均倡此說。這一觀點儘管是將古文與時文聯繫起來，但總體上仍具有明顯的重古文而輕時文的傾向。然而，呂留良對八股文文體的看法，與當時的主流觀點均不一致，頗有個人特色，值得關注。

呂留良的門人就曾以歸有光「以古文為時文」的理論詢問他的看法，呂留良十分明確地提出了自己的時文觀：

> 門人問曰：「太僕以古文為時文，故近是耶？」
>
> 先生曰：「否，文即文耳，何古與時之有？曰古曰時，是二之也。又以古為時，則太僕強造為太僕之文耳，於時文且失其宜矣，奚取焉？」

在他看來，所謂「以古文為時文」的說法，乃是歸有光牽強附會之說，文章本不應有所謂「古」與「時」之分。隨後，呂留良進一步分析了後世專門以文體格式論文的弊端，認為古往今來騷、賦、奏、疏等各類文體均有特定的格式以區別於其他文體，但格式不應該成為論文的唯一標準：

> 曰：「時文自有格式，豈竟與古文同耶？」
>
> 先生嘅然曰：「此正後世論文之病也，今即與子言古文。夫騷賦有騷賦格式矣，奏疏有奏疏格式矣，碑誌有碑誌格式矣，其為記序、書、啟、論、策、傳、贊、哀、誄、銘、頌、辨、難、喻、說，下

〔註160〕呂留良：《答葉靜遠書》，見徐正等點校：《呂留良詩文集》上冊，第27～28頁。

至演連珠、大小言之類，不各有格式乎？」〔註161〕

曰：「然。」

「然有謂某以古文為騷賦，某以古文為奏疏碑誌記序之類，則
公必笑之。何也？蓋略格式而專論文，則均之古文，不可贅斯名也。
夫既略格式而專論文，即時文何異焉？〔註162〕

在呂留良看來，時文中那些能夠經得起時間考驗的部分，和古文一樣，
都能流傳到後世，而後人也會將它們視為古文。世人之所以有「以古文為時
文」的說法，乃是源於對時文的偏見，總是認為「煙消草腐者」才是時文正
宗，因此不能正確看待時文文體。

然則時文皆可為古文乎？是又不然。其不可為古文者，雖騷賦
奏疏碑誌記序之類，唐荊川所謂以大地為架、安頓不下者，皆煙消
草腐，與今之時文同也。時文之足傳者，經緯終古，光景長新，與
古之傳文同也。惟今人視時文，必以煙消草腐者為正宗，見有異乎
其狀者，若馬隊之驚橐馳也，而又不敢遂非之以貽笑於識者，於是
乎有「以古文為時文」之說。〔註163〕

接下來，呂留良進一步抨擊了「以古文為時文」的說法，說明善於作文
的人，面對各種文體均能等而視之，並不會覺得時文有什麼特殊，也不會專
注於所謂古文與時文的區別。而那些不能將各種文體等而視之，將古文與時
文割裂開來，認為時文只是時文、與古文毫無關係的人，只是因為寫不好時
文罷了。他舉王守溪、瞿昆湖、鄧定宇、李九我、湯睡菴、許鍾斗等人為例，
指出他們是時文家所稱的正宗，但其文章作品，卻並不能與歸有光相提並論，
原因就在於他們不能「一古文與時文」。他說：「故善為文者，自騷賦奏疏碑
誌記序以至演連珠大小言之類皆一焉，而何有乎時文？其不能一者，時文則
時文而已，必不可為古文者也，非不可為古文，不能為時文而已矣。此可於
先輩驗之……大都不能一者也。不能一者，非其古文不如，乃其時文故卑也。」
〔註164〕最後，呂留良還對歸有光的文章給予了充分的肯定，認為他是「一古
文與時文」的典範：「若太僕則不知有所謂時文者，故其文集亦不知有所謂古

〔註161〕俞國林編：《呂留良全集》第 10 冊，中華書局，2015 年，第 1933 頁。
〔註162〕俞國林編：《呂留良全集》第 10 冊，中華書局，2015 年，第 1933～1934 頁。
〔註163〕俞國林編：《呂留良全集》第 10 冊，中華書局，2015 年，第 1934 頁。
〔註164〕俞國林編：《呂留良全集》第 10 冊，中華書局，2015 年，第 1934～1935 頁。

文焉，一而已。」〔註165〕至此，呂留良的時文觀也呼之欲出：「言之無文，行之不遠，古文時文皆文也。」〔註166〕

毫無疑問，呂留良的這種「古文時文皆為文」的看法，在一定意義上是對傳統的「以古文為時文」理論的一種解構與突破，從理論上提高了八股文的文體地位。所謂「一古文與時文」，乃是將古文和時文之間的界限抹掉，讓文字回歸承載事理的工具本身，而不是被文字的形式所綁架。誠如其所言：「事理無大小，文字亦猶是也。」〔註167〕

（二）「非時文不足以明道」

充分肯定時文的「明道」功能，是呂留良八股文文體理論的重要組成部分，也是其獨具特色之處。呂留良對評選八股文樂此不疲，曾多次引發其家人、朋友的不滿。張履祥就曾勸誡他放棄評選之事。然而，呂留良卻有自己的考量。他曾經感慨：「道之不明也久矣。今欲使斯道復明，捨目前幾個識字秀才，無可與言者。而捨四子書之外，亦無可講之學。」〔註168〕正因如此，他才一直堅持評選八股文，為的就是明道救時。據張履祥的弟子姚瑚轉述，呂留良曾直陳：「非時文不足明道」。這可以說是呂留良對八股文批評理論的又一貢獻。

「非時文不足以明道」觀點的形成，首先是建立在呂氏「一古文與時文」理念的基礎上的。前文提到，呂留良「一古文與時文」的觀點，是讓文字回歸到傳達道理、思想的工具本身。在此觀念下，並沒有所謂古文與時文的區別，二者均為文，也均是傳遞道理與思想的工具：「有德者必有言，若更用力於詩、古文，則言中工夫又加詳矣。八股不過體格異耳，道理文法豈有異乎？」〔註169〕其次則來源於呂留良對「心」、「文」、「理」三者關係的理解，他指出：「文由心生，心正則文正，心亂則文亂，此不可不辯也。」〔註170〕又：「文義不通，病在心有蔽錮。心有蔽錮，病在不求明理。欲明理奈何？亦仍求之文義

〔註165〕俞國林編：《呂留良全集》第 10 冊，中華書局，2015 年，第 1935 頁。
〔註166〕俞國林編：《呂留良全集》第 10 冊，中華書局，2015 年，第 2177 頁。
〔註167〕呂留良：《與施愚山書》，見呂留良著，徐正等點校：《呂留良詩文集》上冊，第 22 頁。
〔註168〕呂公忠：《行略》，見徐正編著：《呂留良詩文選》，浙江古籍出版社，2009 年，第 404 頁。
〔註169〕俞國林編：《呂留良全集》第 10 冊，中華書局，2015 年，第 2165 頁。
〔註170〕俞國林編：《呂留良全集》第 10 冊，中華書局，2015 年，第 1920～1921 頁。

而已矣。」〔註171〕「理之明不明，何從辨？必於語言文字乎辨之……蓋言者，心之聲也；字者，心之畫也。心有蔽疾隱微必形於語言文字，故語言文字皆心也。」〔註172〕從這些論述中可以知道，在呂留良眼中，「心」、「文」、「理」三者密切相關，其中任何一方出現問題都會影響另外兩方。不明於理，便會使人心產生痼疾，而人心之弊又會通過語言文字顯現出來，外化為文章上的各種毛病。因此，要使人明於理，解除人心之弊病，也只能從文字上求取。

綜上所述，呂留良是希望通過八股時文來明理、進而糾正人心的，而在當時的情況下，這一目標也只有借助八股文才能達到。所以，呂留良認為，八股文的寫作是一件嚴肅且意義重大的事，不能不用心對待：

> 言為心聲，書為心畫，古人於嚬笑舉止，足以窺人底裏，況經營成章之言乎？厭薄語言文字，無如王伯安，然伯安所作八股，理法亦未嘗不謹嚴也。程子寫字甚敬，云即此是學。故謂八股不必作則可，謂八股不必用心，即此語便是不學，則其所為程朱晉魏方王者皆屬可議矣，此雖一時應付之語，然學者不可為訓。〔註173〕

因此，在具體批評實踐中，呂留良十分注重八股文對世事、人心的關注，這些都是其文體觀念的具體表現：「洞民生之細微，得國計之弘達，方是名儒經世，有本有用之文。」〔註174〕對於艾南英所謂「時文不足以關世事」的說法，呂留良給予了無情的批判，因為這與他的「非時文不足明道」的觀念是背道而馳的：「求深奇，乃真平淡，此精於論文矣……戊辰以後，文日高古，論者乃謂文字不足關世事，不知此等處不辨，直與聖學相悖謬而不知，雖高古適成亂亡之音耳。」〔註175〕如果說呂留良「一古文與時文」的觀點是從理論上抬高八股文體的地位，那麼其「非時文不足以明道」的觀念與批評實踐，則進一步提升了八股文在現實中的影響。

呂留良極力淡化古文與時文之間的界限，倡導「一古文與時文」、「古文時文皆為文」的文體觀，並將之付諸批評實踐，極大地提高了八股文的文體地位，這在明末清初的八股文批評史上留下了濃墨重彩的一筆，值得進一步研究。

〔註171〕俞國林編：《呂留良全集》第 10 冊，中華書局，2015 年，第 1917 頁。
〔註172〕俞國林編：《呂留良全集》第 10 冊，中華書局，2015 年，第 1912～1913 頁。
〔註173〕俞國林編：《呂留良全集》第 10 冊，中華書局，2015 年，第 2165 頁。
〔註174〕俞國林編：《呂留良全集》第 10 冊，中華書局，2015 年，第 1992 頁。
〔註175〕俞國林編：《呂留良全集》第 10 冊，中華書局，2015 年，第 1994 頁。

四、八股文之文氣論

文氣論是呂留良八股文批評理論中又一個重要組成部分。呂留良在時文評語中表現出的對「文氣」的看法，在繼承以往文氣論觀點的基礎上，又有所創新，帶有鮮明的個人印記。

（一）「文以氣為主」

在呂留良的八股文評語中，以「氣」論文的做法隨處可見。例如，在評論歸有光的文章時，呂留良說：

> 震川精於理，密於法，而出之以沛然之氣，渾浩流轉，斯為獨立。〔註176〕

> 驀直寫去，如大江東注，隨地為曲折，卻只是一脈赴海，其氣足也。〔註177〕

在評論唐順之的文章時，呂留良說：

> 其氣直達，其勢雄勁。〔註178〕

在評論黃陶菴的文章時，呂留良也每每以「氣」相論：

> 起收轉側，出沒迴翔，皆有大氣運旋其中。〔註179〕

> 達心而傳以沛然之氣，故循勢出險，皆有江河之觀……〔註180〕

在評論江西五家的文章時，他說：

> 典制茂實，非所難也。運以大氣，緯以宏議，錯以峭辭，而矩麗之觀備矣〔註181〕。

> 文氣極高曠靈幻，而見識粗在，故少古人大境界，而自闢一途。〔註182〕

論及錢吉士的文章時，呂留良這樣說：

> 人為圓，斯軟熟矣，而吉士圓中有方闊生勁之氣；人為密，斯恬滯矣，而吉士密中有蕭疏宕逸之風。〔註183〕

〔註176〕俞國林編：《呂留良全集》第10冊，中華書局，2015年，第1938頁。
〔註177〕俞國林編：《呂留良全集》第10冊，中華書局，2015年，第1953頁。
〔註178〕俞國林編：《呂留良全集》第10冊，中華書局，2015年，第1974頁。
〔註179〕俞國林編：《呂留良全集》第10冊，中華書局，2015年，第2005頁。
〔註180〕俞國林編：《呂留良全集》第10冊，中華書局，2015年，第2008頁。
〔註181〕俞國林編：《呂留良全集》第10冊，中華書局，2015年，第2034頁。
〔註182〕俞國林編：《呂留良全集》第10冊，中華書局，2015年，第2049頁。
〔註183〕俞國林編：《呂留良全集》第10冊，中華書局，2015年，第2062頁。

評論陳大樽的文章瑕不掩瑜時，呂留良說：

　　　大樽文亦多掇美詞，但氣體高貴，其音自旨……〔註184〕

此類說法，在呂留良的評語中屢見不鮮，此處僅舉以上幾例，其餘不再贅述。

在《大題觀略論文》中，呂留良直接提出了其文氣觀：

　　　文以氣為主，有氣方能曲，曲而晦澀軟滑，是無氣也，非曲之

　　過也，一往粗直，亦是無氣。〔註185〕

文以氣為主，是呂留良文氣理論的核心觀念。在他看來，文章如果沒有「氣」，是不能稱為好文章的，崇禎時期的一些文章便是例子：「崇禎庚辰癸未間，一時趨尚以周秦子書之古峭，魏晉文選之雕組，而無理以為之主，無氣以為之運。故浮綴促數而日流於怪穢。」〔註186〕

在呂留良的文氣理論中，文之「氣」與文品之高貴與否有著直接的關係：「體格合法，而機神宕逸，有高朗秀發之氣，有寬閒和豫之音，文品之雅貴者也。」〔註187〕同時，文氣也直接影響作品的整體風貌：「文有沉雄之氣，斯為真渾融，今之所謂渾融者，乃不尷尬東西也。」〔註188〕

從氣的類型與風格上看，呂留良所推崇的文章之「氣」在類型上比較多樣，但大體以剛健之「氣」為主，如：

　　　氣貴橫，橫則運旋有力。〔註189〕

　　　文氣貴清辣，「清」字人所愛，辣則群然噪之矣。然清而不辣，

　　不成作家，其所謂清，乃白肚皮撈漉不出活計耳，即修飾盡善，亦

　　止是空疏軟媚，非吾所謂清也。〔註190〕

　　　頓跌排宕，文氣淋漓，最是議論文字勝場。〔註191〕

　　　文以靜氣為至貴，而時論每以俗文之卑弱無氣者當之，不知靜

　　出於雅，正與俗反。靜文必矜卓，正與卑反。靜則骨勝於肉，正與

〔註184〕俞國林編：《呂留良全集》第 10 冊，中華書局，2015 年，第 2058 頁。
〔註185〕俞國林編：《呂留良全集》第 10 冊，中華書局，2015 年，第 2092 頁。
〔註186〕俞國林編：《呂留良全集》第 10 冊，中華書局，2015 年，第 2077～2078 頁。
〔註187〕俞國林編：《呂留良全集》第 10 冊，中華書局，2015 年，第 2059 頁。
〔註188〕俞國林編：《呂留良全集》第 10 冊，中華書局，2015 年，第 2099 頁。
〔註189〕俞國林編：《呂留良全集》第 10 冊，中華書局，2015 年，第 2099 頁。
〔註190〕俞國林編：《呂留良全集》第 10 冊，中華書局，2015 年，第 2099 頁。
〔註191〕俞國林編：《呂留良全集》第 10 冊，中華書局，2015 年，第 2101 頁。

弱反也。從此推之，可以得靜之真。〔註192〕

在「文以氣為主」的基礎上，呂留良進一步提出：想要學古，必須從文氣上求取，而不能僅僅追求形似。他說：

> 欲學古人，勿求形似，須先得其氣。欲得其氣，須先開膽力，膽力何由開？只是看得道理明白，坦然無疑，橫衝直撞，無所不可，隨地觸發議論，不論金銀銅錫，都可開點寶丹，則膽力足而氣沛然矣。但區區衲補幾句古文，麻布夾紵絲，死口取活氣，何處討此景象來？〔註193〕

所以，對於那些僅從字句等形式上學古的說法，呂留良總是給予堅決的反駁。艾南英在評論歸有光「周公成」六句文時說：「古筆單行，得韓歐之神。」陳名夏則這樣評論：「中段單行，非數句數節不可。若單句題忽於中段散落，則漫漶不緊嚴矣。」對此二人的說法，呂留良直接進行批評：「文之古不古、高不高，豈以單行偶對分耶？二評皆低，而陳論尤陋……」〔註194〕在評點黃淳耀的文章時，呂留良更直接指出：「學古在神氣，不在皮毛矣。」〔註195〕可見，在呂留良看來，學古只能從古文之「氣」入手，如果專注於句式、技法等皮毛，便是走進了死胡同。

（二）「文之氣，必以理為主」

在呂留良的觀念中，文之「氣」，最終必須以「理」為歸宿，這是對「文以氣為主」觀點的重要補充，也是呂留良文氣理論的鮮明特色。

艾南英在評論金聲的八股文章時說：「正希舊文，稍遜近作者，少渾灝之氣耳，乃知古文以氣為主。」〔註196〕對此，呂留良明確地表達了不同的看法：

> 文氣隨理變。先生文俱從刻削而得，初時所見之理，依傍儒門，故繩尺謹嚴，而於儒之精微未盡，故氣亦澀縮。後通宗門旨趣，文亦縱逸不可控制。然其弊病亦不小矣。千子止解文氣，故其言然耳。吾謂古文之氣，必以理為主。〔註197〕

〔註192〕俞國林編：《呂留良全集》第 10 冊，中華書局，2015 年，第 2168 頁。
〔註193〕俞國林編：《呂留良全集》第 10 冊，中華書局，2015 年，第 2173 頁。
〔註194〕俞國林編：《呂留良全集》第 10 冊，中華書局，2015 年，第 1952 頁。
〔註195〕俞國林編：《呂留良全集》第 10 冊，中華書局，2015 年，第 2001～2002 頁。
〔註196〕俞國林編：《呂留良全集》第 10 冊，中華書局，2015 年，第 1983 頁。
〔註197〕俞國林編：《呂留良全集》第 10 冊，中華書局，2015 年，第 1983～1984 頁。

　　呂留良認為艾南英文氣之說，是單從文氣論文氣，只知其一，不知其二，因此提出了自己的文氣觀念，即將文氣與「理」聯繫起來，認為「文氣隨理變」，「文之氣，必以理為主」。

　　縱觀呂留良的八股文評語，我們看到，在「文氣」與「理」的關係上，「理」是處於絕對的主導地位的。例如，在評論歸有光的文章時，呂留良說：

　　　　理真故氣足。〔註198〕

　　　　對仗圓稱，必多扭捏那借之談；體認曲折，必多軟媚甜熟之調。

　　　　震川何以不犯，只看書的當，氣從理達故也。〔註199〕

　　在評論錢吉士的文章時，呂留良這樣說：

　　　　逐比有精義，便不見其排垛之多，但覺轉說轉通暢耳。故文格高下隨氣使，氣之盛衰大小明晦隨理使，僅於股法局法講是非者，真偷破瓶罐鈍賊也。〔註200〕

　　在《程墨觀略論文》中，呂留良這樣說：

　　　　文章到輕重虛實皆渾化無跡，無他，只是理明，理明便氣貫。〔註201〕

　　　　孫若士云：「勢者，馭文之善物。」可謂知言矣。然取勢必先煉氣，煉氣必先明理。理明則題之髖髀腠理，皆以神遇，謋然已解，如土委地，所謂目無全牛也，但向文法中求勢，那可得？〔註202〕

　　凡此種種，均直接說明了「理」對「氣」所起到的決定性作用。

　　在「文之氣，必以理為主」的觀念影響下，呂留良在評選八股文的實踐中，首先關注的往往是文章在「理」上的毛病，其次才是「氣」。例如，面對歸有光「穆穆文王」一節文時，艾南英評道：「一氣奔瀉，瘦硬蒼嚴」，張爾公評道：「簡鍊精確，而長江大河之勢自見」。呂留良則這樣評價：「理至則氣達，達而不泛溢於支辭，則簡。簡而曲折運意於不窮，則理益厚而氣益充，此瘦硬蒼嚴而長江大河之所由然也。千子、爾公，見其氣體矣，百史謂『其率爾操筆，何微妙之存？』其諸聾者無與乎鍾鼓與！」〔註203〕又如，在評論章世純

〔註198〕俞國林編：《呂留良全集》第 10 冊，中華書局，2015 年，第 1942 頁。
〔註199〕俞國林編：《呂留良全集》第 10 冊，中華書局，2015 年，第 1942～1943 頁。
〔註200〕俞國林編：《呂留良全集》第 10 冊，中華書局，2015 年，第 2065 頁。
〔註201〕俞國林編：《呂留良全集》第 10 冊，中華書局，2015 年，第 2190 頁。
〔註202〕俞國林編：《呂留良全集》第 10 冊，中華書局，2015 年，第 2150 頁。
〔註203〕俞國林編：《呂留良全集》第 10 冊，中華書局，2015 年，第 1947 頁。

「大學之道」一節文時，艾南英說：「意境粗淺，何不澄氣凝神以出之？」呂留良則評道：「亦非氣不澄、神不凝，且請先明理耳。理不明，澄氣凝神何益？越澄凝，越差遠去。」〔註204〕又如，艾南英在評論歸有光的文字時說：「先生之文以氣為主。有以澎湃浩瀚為氣者，史記之封禪平準書之類也，有以精悍圓緊為氣者，史記之論贊類也，然皆得其氣而御之。時文以排偶為體，而能本史遷之散為整，體變而氣不傷者，其惟先生乎？」〔註205〕呂留良則對這一評語頗為不滿：「東鄉但知文字體氣，故說來說去，只在整散處。要之震川文字之妙，在理蘊精到，高人數等，故出手便不同耳。論氣已落第二義，況整散粗跡耶？」〔註206〕顯然，在他看來，以理論文，才是第一義。凡此種種評論，均是在強調「理」優先於「氣」的主導地位。「文之氣，必以理為主」的理念雖然頗為新穎，但仍是與呂留良的學術思想、文體觀念等一脈相承的。

此外，呂留良屢屢糾正或補充其他評選家評語的做法，似乎也意味著，「文氣以理為主」不僅僅是對作文者的要求，也是對評文者的要求。

五、八股文之文境論

文境，即文章在整體上呈現出的一種風格、風貌或境界，其內涵之豐富，涵蓋了中國古代文論中的許多範疇。呂留良在評點八股文時，對「文境」是非常重視的。

（一）崇「雅」

雅俗之辨在古代文論中有著悠久的歷史，呂留良在評點八股文的過程中，也多次強調，文章首先必須「辨雅俗」：「文字首辨雅俗。」〔註207〕「看書先辨真偽，行文先辨雅俗，不雅則不可以為文，不真則文何以為得失乎？近之論文者，皆以偽作真，以俗作雅，須以真雅之文藥之。」〔註208〕這是將「雅」提到了很高的地位。

呂留良在評文過程中流露出的對文章之「雅」的推崇，也是顯而易見的。如評歸有光文時說：「其烹煉古雅，則遇物皆法器也。」〔註209〕在評羅萬藻

〔註204〕俞國林編：《呂留良全集》第 10 冊，中華書局，2015 年，第 2041 頁。
〔註205〕俞國林編：《呂留良全集》第 10 冊，中華書局，2015 年，第 1948 頁。
〔註206〕俞國林編：《呂留良全集》第 10 冊，中華書局，2015 年，第 1948 頁。
〔註207〕俞國林編：《呂留良全集》第 10 冊，中華書局，2015 年，第 2157 頁。
〔註208〕俞國林編：《呂留良全集》第 10 冊，中華書局，2015 年，第 2087 頁。
〔註209〕俞國林編：《呂留良全集》第 10 冊，中華書局，2015 年，第 1940 頁。

「臨之以莊」三句文時說：「其氣體則端凝和厚，其風采則典雅高華，真盛世之音。」〔註210〕在評論黃洪憲的文章時，他這樣說：

　　……後來講提綰鉤渡，費無數小巧伎倆，非稗即鑿，不則節外生枝。看古大家作截搭題，只消順文直行，而未嘗無照應攬絕之法，此文字以自然大雅為第一流也。〔註211〕

　　小題布置生發之巧固矣，而尤難其典雅蘊藉。今文即有其心思，不得其學問運用，開口便俗，徒增醜耳。〔註212〕

　　在評論黃淳耀之文時，呂留良說：「讀陶菴而未嘗有顯者句文，天然大雅，信讀書人真是無所不可。」〔註213〕在《程墨觀略論文》中，又說：「無時人閒套頭，亦不涉老教書講章語意，理所至，情詞自備，斯為大雅之音。」〔註214〕在《質亡集》中說：「文無典雅為本，秀逸為骨，強為大言竑議，徒增鄙俗耳。」〔註215〕在談及做小題之法時，呂留良這樣說：

　　筆不靈活即黏，語不典雅即窘，意不雋穎即呆，做小題須具此三樣，缺其一，使不成手段。〔註216〕

　　文貴雅而昌，華而則，日見枵胸俚吻，集濃釅之鄙語，奉吉祥之乞詞，自以為得金馬玉堂之訣，不知其於題為膚，於文為俗，於品為污，於心術為邪也。〔註217〕

　　顯然，在推崇「雅」的同時，也伴隨著對「俗」的摒棄。而呂留良之所以對「雅」如此推崇，與當時的時代風氣不無關係：「及萬曆之變則不然。初變為村師之講章，繼變而為佛經語錄，是二種者，似乎異趣，而其實一家。蓋以俗學始者，必以邪學終，未有講章而不歸於佛經語錄者也。」〔註218〕呂留良認為，講章之學與佛經語錄等「異端」之學進入文章中，便會使文章變得庸陋惡俗。因此，寫文章必須以六經和傳注為根本，只有這樣，才能由「俗」變「雅」：

〔註210〕俞國林編：《呂留良全集》第 10 冊，中華書局，2015 年，第 2019 頁。
〔註211〕俞國林編：《呂留良全集》第 10 冊，中華書局，2015 年，第 1980 頁。
〔註212〕俞國林編：《呂留良全集》第 10 冊，中華書局，2015 年，第 1983 頁。
〔註213〕俞國林編：《呂留良全集》第 10 冊，中華書局，2015 年，第 2010 頁。
〔註214〕俞國林編：《呂留良全集》第 10 冊，中華書局，2015 年，第 2152 頁。
〔註215〕俞國林編：《呂留良全集》第 10 冊，中華書局，2015 年，第 2079 頁。
〔註216〕俞國林編：《呂留良全集》第 10 冊，中華書局，2015 年，第 2081 頁。
〔註217〕俞國林編：《呂留良全集》第 10 冊，中華書局，2015 年，第 2139～2140 頁。
〔註218〕俞國林編：《呂留良全集》第 10 冊，中華書局，2015 年，第 2013 頁。

　　　　點染襯貼處，皆出入風雅，滿幅經籍之氣，此為雅音。今日除講
　　章俗文外，不知宇宙尚有何書，而欲求大雅之復作也難矣。〔註219〕

　　　　用經語為肌膚，用古筆為筋骨，烹煉融洽而出之，故其豔為古
　　豔，其音為雅音。〔註220〕

　　　　其博雅皆從經術自得，非若近人古典，但本之時文者也，故雖
　　有疏處，亦高於依樣葫蘆數等。〔註221〕

　　　　其旨趣法律，又未嘗稍溢於洛閩之言，斯可以稱大雅矣。〔註222〕

　　　　論極情事，必有根據，根據經術者，精當典雅，根據後世史集
　　者，多不合於理而情事亦謬。〔註223〕

　　以上評語均表明，呂留良所推崇的文章之「雅」，首先是建立在對程朱理
學的遵守與發揮上的。

　　其次，呂留良所推崇的「雅」，也並非當時人所推崇的「修飾浮麗」、「淺
滑」之文字，這些在呂留良看來都是「俗」文：

　　　　此文刻畫皆在俗情細事，而天真爛漫，無中生有，空際散花，遂
　　成奇絕，乃知後人之以修飾浮麗為雅者，正古人之所為俗也。〔註224〕

　　　　今人好言醇雅，不知二字極難承當。醇之反為偏僻，所知也，
　　而不知膚鄙之非醇。雅之反為粗悍，所知也，而不知淺滑之非雅。
　　〔註225〕

　　針對近代文字難以擺脫「俗」字影響的狀況，呂留良認為，文章若要求
「雅」必須從古文中汲取營養：「近文亦講典制，亦講機局，亦講風調之頓蕩，
詞采之韶令，只難逃一俗字耳。不食左、國之腴，何從得雅秀？」〔註226〕

（二）尚「實」

　　「虛」與「實」也是古代文論中的一對重要範疇，其具體內涵主要包括

〔註219〕俞國林編：《呂留良全集》第10冊，中華書局，2015年，第2127頁。
〔註220〕俞國林編：《呂留良全集》第10冊，中華書局，2015年，第2112頁。
〔註221〕俞國林編：《呂留良全集》第10冊，中華書局，2015年，第2010頁。
〔註222〕俞國林編：《呂留良全集》第10冊，中華書局，2015年，第2072頁。
〔註223〕俞國林編：《呂留良全集》第10冊，中華書局，2015年，第2034頁。
〔註224〕俞國林編：《呂留良全集》第10冊，中華書局，2015年，第1972頁。
〔註225〕俞國林編：《呂留良全集》第10冊，中華書局，2015年，第2187頁。
〔註226〕俞國林編：《呂留良全集》第10冊，中華書局，2015年，第2107頁。

兩個方面：一是指向創作手法的，一是指向創作的題材即內容的。在呂留良的八股文批評理論中，所謂「實」通常是就文章的內容而言的，具體而言即充分關注文章的內容、道理。

在具體的評語中，呂留良首先肯定了文章之「實」並不易得，必須有很深的學問功底：

> 圓悟之言易工，切實之言難到。〔註227〕

> 文字樸實頭說得出，即見思學交至之功。若求仿套於爛冊子，與撰新異於白肚皮，未有能工者也。〔註228〕

其次，呂留良指出，「實講道理」是儒者之文的第一要義：

> 論文不講實道理，而拘牽章句語言，豈復有儒者之文哉？〔註229〕

> 說理文字所貴，曰真，曰實，曰醇……〔註230〕

接著，呂留良指出，「實講道理」正是古人獨到之處：

> 古人文字造極，只是細心靠實，無一句游移活蛻，此後人以為不必然者，古人以為非此不成文字。〔註231〕

> 先民不可及，只在精細老實處。似乎板近而其實高遠，若後人弄虛頭作稀奇事，乃先民之不屑污齒者也。〔註232〕

> 先輩只老實正講，而意思深厚，不覺其敷衍，是最上本事。虛含下意，便是隆、萬後巧法，以隱約不著跡為佳……〔註233〕

> 不巧之巧有二，先輩樸實頭寫本文意盡處，下意精神越湛。〔註234〕

在當時，「棄實取虛」成為一時風尚，文人作八股，往往不再採取正面「實講道理」的辦法，而是專注於詞句、語氣、技法等「虛」處。這些做法在呂留良看來，實在是本末倒置，都是不學無術之徒的無聊辦法，因其不學，故於理不明，故而不能「實」也：

〔註227〕俞國林編：《呂留良全集》第10冊，中華書局，2015年，第2027頁。
〔註228〕俞國林編：《呂留良全集》第10冊，中華書局，2015年，第1939頁。
〔註229〕俞國林編：《呂留良全集》第10冊，中華書局，2015年，第1962頁。
〔註230〕俞國林編：《呂留良全集》第10冊，中華書局，2015年，第2148頁。
〔註231〕俞國林編：《呂留良全集》第10冊，中華書局，2015年，第1962頁。
〔註232〕俞國林編：《呂留良全集》第10冊，中華書局，2015年，第1964頁。
〔註233〕俞國林編：《呂留良全集》第10冊，中華書局，2015年，第2021頁。
〔註234〕俞國林編：《呂留良全集》第10冊，中華書局，2015年，第2098頁。

時人作長題，實處只忙忙地點逗過去，虛實卻添出許多閒文，扭捏周折，所謂揚卻甜桃樹，沿山摘醋梨也。〔註235〕

凡為文不肯正面實講，只是道理不明，講不出耳，乃生旁敲借擊討便宜法，此不學者無聊之術也。後且反謂不宜正面實講，豈不斷絕讀書種子耶？〔註236〕

於書理剖析晶融，無絲毫疑隔，故能暢達其所以然。凡人不能正面老實講者，只是書不明。所謂書不明，不止是訓本句，於道理各處貫通不來，則本句似明原不明耳。〔註237〕

此外，呂留良還指出，要達到「實」的境地，就必須注意以下幾件事：

絕不向語句下偷腔竊氣，老老實實，只講正面道理。〔註238〕

凡扼要語，爭道理精實，不爭語句闊大。〔註239〕

凡做極空活道理，其妙處只在靠實。〔註240〕

總結起來，就是將文章的道理放在第一位，必須老老實實把道理講明、講實，這才是為文的基礎。

儘管呂留良十分推崇文章之「實」，但也並未全盤否定「虛」，相反，他認為「虛」與「實」之間並不是完全對立的：

文章虛妙處皆生於實，彼不能實者，不能虛也。〔註241〕

文無論虛實，虛中有厚味，不落空疏枯寂。實中有真氣，自然官止神行，兩種境界都到，方見作家本事。〔註242〕

文章能事要在實地耳，虛神所以助勢而出奇。然無實地，則虛神亦無所附。〔註243〕

近人苦無實際本事，故喜言虛神閒趣，專以挑弄語氣為能，不知無實際本事，則虛實皆失，有則虛實皆得。故欲講虛實，先

〔註235〕俞國林編：《呂留良全集》第10冊，中華書局，2015年，第2103頁。
〔註236〕俞國林編：《呂留良全集》第10冊，中華書局，2015年，第1946頁。
〔註237〕俞國林編：《呂留良全集》第10冊，中華書局，2015年，第2063頁。
〔註238〕俞國林編：《呂留良全集》第10冊，中華書局，2015年，第1941頁。
〔註239〕俞國林編：《呂留良全集》第10冊，中華書局，2015年，第1978頁。
〔註240〕俞國林編：《呂留良全集》第10冊，中華書局，2015年，第2138頁。
〔註241〕俞國林編：《呂留良全集》第10冊，中華書局，2015年，第2165頁。
〔註242〕俞國林編：《呂留良全集》第10冊，中華書局，2015年，第2045頁。
〔註243〕俞國林編：《呂留良全集》第10冊，中華書局，2015年，第2170頁。

講精切。先輩所爭，切一分，便是妙一分，便是真本事，此外更別無奇。〔註244〕

可見，「實」是文章的根基，有「實」才有「虛」，而文章無論虛實，都必須以意思、道理為主。

（三）重「味」

以「味」論文，是呂留良八股文批評的又一顯著表現。呂留良關於八股文之「味」的論述，在繼承以往文學批評中「味」的內涵之外，又有所拓展，其中深意，值得仔細推敲。

在評語中，呂留良多次談及文章之「味」：

雖寥寥數語，而言簡意厚，自然含蓄有味。〔註245〕

文至冰清雪淡，直是難得滋味出，須不食煙火老仙，可與畫地爐共語耳，便是急流勇退人，到此也去不得，何論俗物。〔註246〕

在評論章大力的文章時，呂留良也是關注其文章之「味」：

讀章文……其回斡雄勁，間架簡潔，自得古大家之遺，而思力刻深，每於奧窔族膝之間，別開幽徑，窅渺冷峭，其味無窮。〔註247〕

落實到「味」的具體類型上，呂留良更加欣賞老淡、樸實之「味」：

平正老淡處，正有滋味，所謂朱弦疏越、大音希聲者也。〔註248〕

行文至漸老漸熟處，只是要言不煩，令人愈讀愈有味而已。〔註249〕

凡文鋪張闊綽，推演高空，變詭百千，總不若平實數語，久味之而益永，舊人所謂樸拙之中至巧存焉者也。〔註250〕

如果說以上論述以繼承前人之「味」的內涵為主，那麼將「味」與「理」聯繫起來，便是呂留良「味」論的創新之處。在評語中，呂留良多次強調，只有精於「理」，文章才可能出「至味」：

〔註244〕俞國林編：《呂留良全集》第10冊，中華書局，2015年，第2152頁。
〔註245〕俞國林編：《呂留良全集》第10冊，中華書局，2015年，第1954頁。
〔註246〕俞國林編：《呂留良全集》第10冊，中華書局，2015年，第1968頁。
〔註247〕俞國林編：《呂留良全集》第10冊，中華書局，2015年，第2037頁。
〔註248〕俞國林編：《呂留良全集》第10冊，中華書局，2015年，第2046頁。
〔註249〕俞國林編：《呂留良全集》第10冊，中華書局，2015年，第2088頁。
〔註250〕俞國林編：《呂留良全集》第10冊，中華書局，2015年，第2064頁。

言當於理，則似乎平淺，而深切至味，乃所謂高也。俗學之平淺，則真平淺矣。〔註251〕

精乎理，熟乎經，馳縱乎古今文字之變而往復不已，而其味愈出，此非近人所之所能領也。〔註252〕

理真則文愈輕而力愈厚，愈淡而味愈永，此可為知者道耳。〔註253〕

文止刻畫中理處，真有敲骨打髓之能，皆不走人心熟路，故驟覺生澀，久之味出矣。〔註254〕

文章雋永之妙，止在言中，而言外之味，玩之不盡，亦無他奇……須知此是說意理，不是說文法。〔註255〕

可見，「味」之有無、深淺，全賴文章之「理」是否精熟，是否真切。

在論文上，呂留良對明末著名八股文批評家艾南英十分推崇，認為「自有制義以來，論文者甚多，然吾以為知文者，先生一人而已。於古今體格之變，無所不知，故其見處極高，非餘子所及」，但是，對於艾南英評文不重「理」的做法，呂留良也表達了惋惜之情，並進一步指出，艾南英在八股文創作上也有同樣的毛病：

所少者理境不精耳，其自作也亦然。文品老而益尊，得古人皮毛落盡之妙……但理境不精，則簡淡高老，無有至味出其中，未免外強中乾，時流因謂江淹才盡……〔註256〕

他認為，正因為艾南英之文於「理」未精，所以才沒能出「至味」。

而「理」之精熟與否，顯然必須本諸經傳注疏。只有如此，文章才能有「真味」：

得注疏之精，無一點注疏氣，平平淡淡說來，如故鄉人道土語如老成世故人談向來家常事，自然津津有真味，淺學者未許容易到得識得。〔註257〕

〔註251〕俞國林編：《呂留良全集》第10冊，中華書局，2015年，第1942頁。
〔註252〕俞國林編：《呂留良全集》第10冊，中華書局，2015年，第1946～1947頁。
〔註253〕俞國林編：《呂留良全集》第10冊，中華書局，2015年，第1950頁。
〔註254〕俞國林編：《呂留良全集》第10冊，中華書局，2015年，第2021頁。
〔註255〕俞國林編：《呂留良全集》第10冊，中華書局，2015年，第2174頁。
〔註256〕俞國林編：《呂留良全集》第10冊，中華書局，2015年，第2044～2045頁。
〔註257〕俞國林編：《呂留良全集》第10冊，中華書局，2015年，第2188頁。

　　總的來說，呂留良的八股文文境理論，主要由崇雅、尚實、重味三部分構成。具體而論，這些理論大多在繼承前人理論內涵的基礎上又有一定的發展，融入了呂留良鮮明的個人特色，但都統一於其尊朱的學術思想，也是其明道救時、研析義理的評選目的在理論上的具體體現。

　　通過對呂留良八股文批評理論的梳理，我們不難看出，呂留良在延續艾南英「尊朱辟王」的八股文論方向上的努力與苦心。呂氏於八股文評點中發揮朱子之學，影響深遠，無數學人因其八股文評點而瞭解到程朱之學，在明末清初朱子之學的發展史上，呂留良的貢獻實在不能被忽略。而在八股文批評領域中，呂留良的貢獻與影響亦是不小，他從理論和實踐兩個方面對八股文文體地位的提高、對八股文批評理論的豐富和發展，在清初八股文批評史上，都是值得大書特書的。

第四節　戴名世的八股文批評

　　戴名世（1653～1713），字田有，一字褐夫，別號南山，安徽桐城人，是康熙時期的時文名家。「褐夫少以時文發名於遠近，凡所作，賈人隨購而刊之，故天下皆稱褐夫之時文。」〔註258〕戴名世自二十歲始方從事時文寫作，為了養家糊口，承其父業，以課徒為生。儘管他以制義知名於時，但在科場卻是屢經坎坷，直到康熙三十四年（1704）才中舉，四年後以一甲第二名成進士，授翰林院編修，這時已是五十七歲的老人。三十餘年的時文教學與科場經歷，鍛鍊了戴名世的寫作能力和鑒賞水平，使他對時文的寫作及其審美追求形成了自己獨特的看法和見解，並對後起桐城派理論之形成及發展產生深刻之影響。

一、由舉業而學問

　　在戴名世的時代，時文已是腐爛至極，人們對八股文的批評聚訟之聲不斷。在清初已有顧炎武「舉業之害有甚於焚書」之論，戴名世也有「今夫講章時文其為禍更烈於秦火」之言，但問題的關鍵還是科舉制度造成士風的空疏不學。他說：

〔註258〕方苞：《南山集偶鈔序》，王樹民編校《戴名世集》附錄，中華書局，1986年，第451頁。

時文興而先王之法亡。世之從事於舉業者，冥冥茫茫，不以通經學古為務，其於古今之因革損益，與夫歷代治亂廢興之故，無所用心於其間。則雖其文辭爛然，而識不足以知天下之變，才不足以應天下之用，是舉業之有累於先王之法也。〔註259〕

他認為當世舉業之徒，為求科途之便捷，「相習為速化之術」〔註260〕，平時只讀爛熟之時文。對於《四書》《五經》無所用心，在科場應試時或是模仿或是鈔襲，一旦得雋則棄置不顧。這是一種急功近利的行為，「譬若叩門之石然，門開而石即棄去」〔註261〕，「收魚兔之利而遂置筌蹄不顧」。〔註262〕時文既然被作為一種獲取利祿的工具，其結果是先王聖人之道不明，背離了當政者選才取士之初衷。所謂「自先王之道不明，而世有講章時文之學，蓋講章時文之毒天下也。」〔註263〕這樣的做法，何異於秦始皇之焚書坑儒，即讓天下之人廢書不讀。「豈天之欲喪斯文滅六經，而假手於俗儒，以補秦火之遺漏，不然則鄙夫小生其罪不減於始皇、李斯，而獨居窮經之名，取富貴之資，聖人之道幾何而不息也！」〔註264〕在他看來，時文寫作之目的，本來是為了發明聖人之道的，並非全為舉業而事之。「君子者，沉潛於義理，反覆於訓詁，非為舉業而然，引申觸類，剖析毫芒，於以見之於舉業之文，實亦有與宋儒之書相發明者。」〔註265〕經義之功用在明天地萬物之理，是為了體察「古今之因革損益與夫歷代治亂廢興之故」。如果儒生只是求其文辭之爛然，這樣的舉業文章是有百害而無一益的，因為它偏離了為文意在明理的目的。

在這裡，戴名世提出了「通經學古」的要求，認為這才是舉業之正途，時文之祈向，學問之根本。通經學古的主要途徑，就是學習儒家經典，特別是《四書》《五經》。「《四書》《五經》，明道之書也。」〔註266〕它是古之聖人用來講明古今因革及歷代治亂廢興的，但自漢以來對它的理解與闡釋皆有其弊，直到宋代諸儒出才使聖人之道「大明」：

〔註259〕戴名世：《汪武曹稿序》，王樹民編校《戴名世集》卷四，第100頁。
〔註260〕戴名世：《送劉繼莊還洞庭序》，《戴名世集》卷五，第136頁。
〔註261〕戴名世：《劉光祿墨卷序》，《戴名世集》卷四，第125頁。
〔註262〕戴名世：《宋嵩南制義序》，《戴名世集》卷四，第114頁。
〔註263〕戴名世：《贈劉言潔序》，《戴名世集》卷五，第137頁。
〔註264〕戴名世：《自訂周易文稿序》，《戴名世集》卷三，第60頁。
〔註265〕戴名世：《己卯科鄉試墨卷序》，《戴名世集》卷四，第95頁。
〔註266〕戴名世：《丁丑房書序》，《戴名世集》卷四，第94頁。

　　周之衰至於今，儒學既摒焉，聖人之道掃地無餘。獨幸有其書尚存，而學者大抵皆淺陋，不能申明聖人之意，自漢之訓詁箋疏已失其旨，而學宮所立《五經》家皆無當於大道之要。蓋道莫著於宋，宋之時不能用之，至有明而顯。嗟夫！其言雖顯於明矣，而其道或未之能行也。天下之士非科舉之文無由進，而科舉之文非宋氏諸儒之說輒斥不收。夫非宋氏諸儒之說不收，其意豈不盛哉，而學者第假其說以為進取之階，問其何以學，曰以科舉故也。則即其始學之日而固已叛於宋氏諸儒之道矣。然當世學者習其書，猶能為其言，兢兢不敢失墜。至於正德、嘉靖以來，諸儒紛紛而起，良知家言最行於天下，浸淫蔓延，而士皆以叛攻宋氏為賢，於是橫議之禍漸流為門戶，天下亦自此多故矣。〔註267〕

他非常認同明代以經義取士的政策，但不滿於科舉之文對於朱氏之學的偏離，特別是晚明王學對於儒家經典的歪曲。因此他一生極力於對朱氏之學的恢復，並在晚年編成《朱子四書大全》一書。「古人罷黜百家，獨尊孔氏；今之尊朱氏，即所以尊孔氏也。……諸儒之說，其龐雜割裂而疵謬者，使學者眩瞀莫辨而誤其所從，汰而去之，固其宜也。……學者但明於朱子一家之言，而諸儒之說是非邪正，自了然於胸中，而不為其所亂。」〔註268〕但是，自舉業時文起，人於先王之教棄而不務，「而研精覃思從事於場屋之文」〔註269〕，聖人之道因之衰息也。因此說，「《四書》《五經》之蟊賊，莫甚於時文」。〔註270〕對於從事於舉業時文者而言，必須以通經學古為務，「洗脫凡近而講明乎義理之所以然」，「而後文章之事，父子兄弟脈脈相授而不至於失墜」〔註271〕，這樣才會達到「學以明道」、「道以持世」的目標。〔註272〕他記載自己聞先輩論制義之言曰：「制義之為道無所用書，然非盡讀天下之書，無所由措思也，無所用事，然非盡更天下之事，無由措手也。」〔註273〕博古通今而後為文，就不會為一時科場得失所左右。在他看來，「學莫大於辨道術之邪正，

〔註267〕戴名世：《送許亦士序》，《戴名世集》卷五，第132頁。
〔註268〕戴名世：《朱子四書大全序》，《戴名世集》卷三，第76頁。
〔註269〕戴名世：《狄向濤稿序》，《戴名世集》卷四，第87頁。
〔註270〕戴名世：《四書詩義合刻序》，《戴名世集》卷二，第35頁。
〔註271〕戴名世：《課業初編序》，《戴名世集》卷四，第128頁。
〔註272〕戴名世：《困學集自序》，《戴名世集》卷三，第77頁。
〔註273〕戴名世：《野香亭詩序》，《戴名世集》卷二，第36頁。

明先王大經大法，述往事，思來者，用以正人心而維持名教也」。作者如果進入這一境界，那麼就會獨立於波靡之中，其心不為外在之物所誘，富貴貧賤亦不足以易其節。「苟其得志也，持是而往，恢恢乎有餘也；苟其不得志也，亦若將終身焉。此則真所謂功名者也！此則真所謂讀書之有成者也。」〔註274〕相反，即使有人僥倖獲致，但對先王大經大法不甚明瞭，也難說是讀書有成。從大之禮樂制度、農桑學校、明刑講武所不知，到古文辭之茫如，其所為舉業之文，雖一時能得當於場屋，卻是臭敗而不可近。「雖其富貴利達之僥倖而獲，而固已為有志君子之所不屑矣！」〔註275〕

在戴名世看來，國家以八股取士，意在使讀書人專注儒家經典──《四書》《五經》。如果人之學之，自少而壯而老，終身鑽研於其中，吟哦諷誦，揣摩習熟，那麼就會見理也明，擇言也精，其心思才力，亦中以縱橫馳騁於世。從這個角度看，「文章之事，學問中之小者；制舉之文，又文章中之微者」。〔註276〕但是，求道還需借助於古文，而對於古文之法不甚明瞭，所作必然無法臻於時文之佳境。他說：「不從事於古文，則制舉之文必不能工也；從事於古文，而不能學問以期於聞道，則古文亦不能工也。」〔註277〕因此，寫作時文當有良好的古文根基，他自謂少時先是學為儒家經典，接著泛覽周、秦、漢以來諸家之史，「間嘗作為古文以發抒其意」，最後是因為家貧無以養親，不得已而開門授徒，始從事於制義。由時文而古文而道，亦即由舉業而古文辭，再由古文辭而上之，至於禮樂制度、農桑學校、明刑講武之屬，終於聖人之大經大法，這才是從事舉業者必須經過的一條通衢大道。他認為「文章之道」與「聖人之道」要求不同，「聖人之道」經宋儒的發明已大明於天下，「學者終其身守宋儒之說足矣」，「至於文章之道，未有不縱橫百家而能成一家之文者」。〔註278〕他講到自己作時文，即是：「根柢於先儒理學之書」，「取裁於六經諸史以及諸子百家之言」，而形成「一家之文」，故所為文「意度各殊，波瀾不一，不可以一定之阡陌畦徑求也」。〔註279〕這是自明代以來人們已經達成的一致共識，也是今之從事舉業者所當遵守的。在時文昌盛的明代中後期，

〔註274〕戴名世：《蔡瞻岷文集序》，《戴名世集》卷三，第79頁。
〔註275〕戴名世：《己卯科鄉試墨卷序》，《戴名世集》卷四，第95頁。
〔註276〕戴名世：《答張氏二生書》，《戴名世集》卷一，第21頁。
〔註277〕戴名世：《答張氏二生書》，《戴名世集》卷一，第21頁。
〔註278〕戴名世：《與何屺瞻書》，《戴名世集》卷一，第19頁。
〔註279〕戴名世：《意園制義自序》，《戴名世集》卷四，第124頁。

人之所以為時文者，不徒於時文求工而已也。「自《六經》之文，以至歷代史乘、諸子百家之書，無不有以心知其意。」〔註280〕

二、時文為古文辭之一體

但是，在當時的情況是，人們將古文與時文歧之為二，重時文，輕古文。對於時文，「天下之人，童而習之，至於白首」；而對於古文，「以為非功令之所在，而終其身而莫之為」，「使之為古文，宜其驚愕惶惑而不能執筆也」。〔註281〕甚至連《左》《國》、莊、屈、秦漢、唐宋諸大家之文「舉天下而莫之知也」。〔註282〕在戴名世看來，古文與時文並不矛盾，如明代著名的唐宋派作家歸有光，「要亦為科舉之業者，而未嘗累其為古文」〔註283〕，其實時文之法乃從古文辭而來，時文實為古文辭之一體。他說：

> 余平居讀書從事文章之際，竊以為制舉之文，亦古文辭之一體也。世之人廢古文辭不觀，而別有所以為制舉之文，曰時文之法度則然，此制舉之文所以衰也。今夫文之為道，雖其辭章格制各有不同，而其旨非有二也。……夫制舉之文，所以求得舉也，然而得失之故，初不繫於此。其得之者，未必其文之皆工也；其不得者，亦未必其文之果不工也。而特君子之所以為之者，必不肯鹵莽滅裂以從事，而得失之數不以介於心。是故其制舉之文即古文辭，其旨莫之有二也。〔註284〕

這裡，他特地強調時文之工拙，與科場之得失並無必然聯繫，時文與古文只是體制上稍有差異而已。本來，古文宗旨在「明聖人之道」，「窮造化之微」，「極人情之變態」；〔註285〕時文也應如此，由古文而上之，至於聖人之大經大法。但是，在現實生活中，人多以時文為獵取功名之目標所在，因此，時文之風氣必然隨時而變，特別是考官的趣味。「制義者，與時為推移，故曰時文。時之所趨，遂成風氣，而士子之奉以為楷模者胥會於一。然而勢有所止，情有所厭，思有所窮，運有所轉，於是乎數十年而變，或數年而變，或變

〔註280〕戴名世：《謝玉臨稿序》，載戴廷傑《戴名世年譜》卷四，第208頁。
〔註281〕戴名世：《小學論選序》，《戴名世集》卷四，第91頁。
〔註282〕戴名世：《再與王靜齋先生書》，《戴名世集》卷一，第20頁。
〔註283〕戴名世：《歸熙甫稿序》，《戴名世年譜》卷二，第52頁。
〔註284〕戴名世：《李進潮稿序》，《戴名世集》卷四，第105頁。
〔註285〕戴名世：《與劉大山書》，《戴名世集》卷一，第11頁。

而盛，或變而衰，往往相為倚伏。」〔註286〕決定時文文風變化的是世風，世風通過科舉取士體現出來，科舉卻使得載道之文變成了敲門磚，從這個角度看，是科舉造成了「文風敗壞」、「文妖迭出」。比如以論與制義相較，「時文者，時之所尚，而上之所以取於下，下之所以為得失者，則今之經義是也。至於論者，則群以為古文之體，而非上之所以取於下，下之所以為得失者，則遂終其身而莫之為。」對時文，人們自幼習之，至於白首而不輟；對於論之一體，以為其非功令所在，故亦無所用心，終其身而莫之為，其原因蓋在區別古文與時文而二之，惟以科舉功令作為衡文之唯一標準。「今夫經義之與論也，雖皆古文之派別，而其體制亦各有不同者。」對於制義，因為是代聖人賢人之語氣而為之摹擬，其語脈之承接與題詞之上下文義，皆有所避忌，在文法上也有嚴密的要求。「一毫髮之有差，則遂至於猖狂凌犯，斷筋絕膞，而其去題也遠矣。」〔註287〕對於論來說，因其可以出之己意，反覆辨難，窮盡事理，以求無餘蘊，於題之上下文義也不必有所避忌，只須斟酌損益，而不必使輕重賓主或至倒亂於其間，其用力之處自不如經義。

因為重在功令，本來在文法上與古文相通的時文，漸漸與聖人之道相背而馳。它既不通於理，也不適於用，「兩者之相懸隔，若黑白冰炭之不相及也」。他說：

> 自科舉取士而有所謂時文之說，於是乎古文乃亡。夫所謂時文者，以其體而言之，則各有一時之所尚者，而非謂其文之必不可以古之法為之也。今夫文章之體至不一也，而大約以古文之法為之者，是即古文也。故吾嘗以謂時文者，古文之一體也。而今世俗之言曰：「以古文為時文，此過高之論也。」其亦大惑矣。且夫世俗之言既舉古文時文區劃而分別之，則其法必自有所為時文之法，然而其所為時文之法者陋矣，謬悠而不通於理，腐爛而不適於用，此豎儒老生之所創，而三尺之童子皆優為之。至於古文之法，則根柢乎聖人之六經，而取材於左、莊、馬、班諸書。兩者之相懸隔，若黑白冰炭之不相及也。今世俗取時文之法與古文並立而界限之，曰：「吾所為時文，其法具在也，而無用於古之法為。」是其意殆以聖人之六經及左、莊、馬、班諸書，不若今之豎儒老生與三尺之童子也。毋

〔註286〕戴名世：《宋嵩南制義序》，《戴名世集》卷四，第113頁。
〔註287〕戴名世：《小學論選序》，《戴名世集》卷四，第91頁。

－190－

乃叛聖侮經而與於無忌憚之甚者乎。故曰，自科舉取士而有所謂時
文之說，於是乎古文乃亡，非亡於時文也，亡於時文之法也。〔註288〕

　　既然古文之法為時文所遮蔽，科舉功令造成了古文的消亡，何以救之？
戴名世提出的策略是：「救之以古文之法」。在他看來，古文之法莫備於韓
（愈）、柳（宗元）二家之所論，韓之言曰：「將蘄至於古之立言者，則無望
其速成，無誘於勢利，養其根而俟其實，加其膏而希其光。」〔註289〕柳子
之言曰：「本之《書》以求其質，本之《詩》以求其恒，本之《禮》以求其
宜，本之《春秋》以求其斷，本之《易》以求其動，此吾所以取道之原也。
參之穀梁氏以屬其氣，參之《孟》《荀》以暢其支，參之《莊》《老》以肆其
端，參之《國語》以博其趣，參之《離騷》以致其幽，參之太史公以著其潔。」
〔註290〕這就是人們通常理解的古文之法，如果寫作時文能取乎此，則時文
莫非古文也。因為科舉功令把古文之法消解了，這使人們對古文之法的理解
存在多種分歧：或「學古而失」，或「背古而馳」。何謂「學古而失」？就是
從事於格調字句之間，跬步不敢有失，摹擬彷彿，飾為聲音笑貌，而以近於
某家之文相矜許，這樣只會帶來「古之學廢矣」的惡果。學古失去自己，自
是為文失敗之處。那麼，「背古而馳」又會是什麼樣的情形呢？其失亦然，
因為它捐棄古文之法，偏離了自《史》《漢》而唐宋八大家以來所形成的為
文之道，率而相習為駢偶之風。「排偶駢麗之盛行，其節促以亂，其音淫以
靡，學者相沿而不知怪，遂儼然以此為古文之體，而左、國、莊、屈、秦、
漢、唐、宋諸大家之文，舉天下而莫之知，而古之學又廢矣。」如何救之？
戴名世認為，當明體、平心、養氣，「捐其近名之心，去其欲速之見」，這樣
才會自然得之，「其去古也不遠矣」。〔註291〕

　　對於以古文為時文，戴名世的理解是，當以時文行古文之法。「夫舉業
之文號曰時文，其體不列於古文之中，而要其所發明者聖人之道，則亦不可
不以古文之法為之者。」〔註292〕古文之法來自經典，作時文自當行以古文
之法。他曾有感於當時文運波靡，「乃集學徒，告以文章之源流，而極論俗

〔註288〕戴名世：《甲戌房書序》，《戴名世集》卷四，第88～89頁。
〔註289〕韓愈：《答李翊書》，《韓昌黎集》，商務印書館1930年版，第58頁。
〔註290〕柳宗元：《答韋中立論師道書》，《柳河東集》，商務印書館1933年版，第459
　　　　頁。
〔註291〕戴名世：《再與王靜齋先生書》，《戴名世集》卷一，第20～21頁。
〔註292〕戴名世：《汪武曹稿序》，《戴名世集》卷四，第100頁。

下文字之非是」。〔註293〕故特別稱譽友人汪份力挽世俗頹風,「以先儒之旨,前輩之法,為之正告天下,天下之從事於舉業者,乃恍然悔悟其向者之非,而思改其所為」,武曹所自為文,亦自橫絕一世,是以古文為時文者。「顧自時文興而古文亦亡,頃者余與武曹執以古文為時文之說,正告天下,而真能以古文為時文者,武曹而外,余未之多見也」。〔註294〕在談到讀歸有光時文時,他聯想到當世時文之弊,深有感慨地說:「使震川生今之時,見今之文,其為太息痛恨,當何如者哉?嗚呼!人以為古文自古人,時文自時人,而豈知不能古文者,即不能時文者乎?」〔註295〕如何糾正時文之弊,他發表的意見是:「余向與詒孫言,欲天下之平,必自廢舉業之文始,因勸之從事於性命與用世之書。」〔註296〕也就是從儒家經典與經史百家之書入手,只有博覽群書才會使其文臻於至佳之境。「吾之書固已讀而吾之文固已工矣。夫是故一心注其思,萬慮屏其雜,直以置其身於埃壒之表,用其想於空曠之間,遊其神於文字之外,如是而後能不為世人之言。不為世人之言,斯無以取世人之好,故文章者莫貴於獨知。」〔註297〕但後之人務為速化之術,目不睹古人之書,剽竊乎世俗之習,以之逢迎當世,世喜其雷同近己,遂從而稱之,而要豈得之文哉?他稱自己即是從古文而時文的。「自初有知識即治古文,奉子長、退之為宗師,暇從事於制舉之文,於諸家獨好歸太僕、唐中丞。」〔註298〕

三、「道、法、辭」與「精、氣、神」

在闡述了時文與古文關係的基礎上,戴名世進一步從文本內在構成的角度,談到時文是由「道、法、辭」組成的,行文當做到道、法、辭三者合一。他說:

> 在昔選文行世之遠者,莫盛於東鄉艾氏,余嘗側聞其緒言曰:「立言之要,貴合乎道與法。而制舉業者,文章之屬也,非獨兼夫道與法而已,又將兼有辭焉。」是故道也,法也,辭也,三者有一

〔註293〕戴名世:《意園制義自序》,《戴名世集》卷四,第123頁。
〔註294〕戴名世:《汪武曹稿序》,《戴名世集》卷四,第101頁。
〔註295〕戴名世:《歸熙甫稿序》,《戴名世年譜》卷二,第53頁。
〔註296〕戴名世:《吳七雲制義序》,《戴名世集》卷四,第108~109頁。
〔註297〕戴名世:《與劉言潔書》,《戴名世集》卷一,第5頁。
〔註298〕戴名世:《答張氏二生書》,《戴名世集》卷一,第21頁。

之不備焉而不可謂之文也。〔註299〕

　　這裡所說東鄉艾氏是指晚明著名八股名家艾南英，也就是說他對道、法、辭關係的論述受到艾南英的直接影響。關於文與道的關係，向為歷代論文者所重視，艾南英在《陳大士合併稿序》《四家合作摘謬序》中亦針對時文作了重點論述。較之艾南英而言，戴名世更為清晰地分析了三者之間的內涵與關係，比如「道」與「法」、「理」與「文」、「法」與「辭」等。

　　戴名世所謂「道」，首先是指先王之大經大法，亦即由朱熹所闡揚的孔孟之道。「今夫道具載於四子之書，幽遠閎深，無所不具，乃自漢、唐諸儒相繼訓詁箋疏，率無當於大道之要，至宋而道始大明。」〔註300〕但戴名世對於「道」的理解，也不全然出自儒家之道統，它還指天地萬物之「理」。他曾引用荀子、文中子二家之說，表達了他的這一觀點：文即是理，理即是文，言文而不及理，是天下無文也。「今夫天地萬物莫不有理，文也者，為發明天地萬物之理而作者也。理之不明，是已失其所以為文之意矣，而何文之有乎？」這是從文的角度看的，再從人的角度看也是這樣：「君子之言，正其名，當其辭，以務白其志義者也。」人的「志」與「義」也是「理」，這「理」與「文」相關聯，「文」又是「志」與「義」的外在表現。「吾見近世之士，本無所為志義之存也，舉筆為文，於理曾未之有當，正如荀子之所謂『芴然而粗，嘖然而不類，諧諧然而沸』者耳，而可以謂之文乎？」〔註301〕戴氏所謂「道」較之一般人之論述更為寬泛，主要是從文章內容方面談的，既指儒家的聖人之道，也有天地萬物之理。

　　「法」與「辭」實為「文」的兩個層面，「法」指的是文章的內在結構（章法），「辭」指的是文章的外在表達（語言）。先說「法」，在上文之後，戴名世進一步解釋說：

　　　　且夫道一而已，而法則有二焉：有行文之法，有御題之法。御
　　　　題之法者，相其題之輕重緩急，審其題之脈絡腠理，布置謹嚴，而
　　　　不使一毫髮之有失，此法之有定者也。至於向背往來，起伏呼應，
　　　　頓挫跌宕，非有意而為之，所云文成而法立者，此行文之法也，法
　　　　之無定者也。〔註302〕

〔註299〕　戴名世：《己卯行書小題序》，《戴名世集》卷四，第109頁。
〔註300〕　戴名世：《己卯行書小題序》，《戴名世集》卷四，第109頁。
〔註301〕　戴名世：《楊千木稿序》，《戴名世集》卷三，第67頁。
〔註302〕　戴名世：《己卯行書小題序》，《戴名世集》卷四，第109頁。

這裡講到時文有二法：行文之法，御題之法。所謂「御題之法」，就是圍繞文題而展開的八股文法，比如破題、承題、起講、入題、分股、收結等程式要求，所謂「扼題之要」、「盡題之趣」、「極題之變」是也〔註303〕，像李元春《四書文法摘要》、高塘《論文集鈔》、路德《仁在堂論文各法》都有此類論述。所謂「行文之法」，涉及到文章內在層面的「向背往來、起伏呼應、頓挫跌宕」等，這類文法是從文章產生以來漸以形成的，是古文之法在時文中的具體表現。它是在文本生成之後而確立的，並非有先在的格式或要求，所以說它是法之無定者。對於「御題之法」，戴名世論述不多，對於「行文之法」則有較多強調。他說：「余又以為文章者，無一定之格也，執一格以言文，而文不足言矣。」〔註304〕他反對拘於一格的做法，認為這樣會造成溺於世俗腐爛雷同之習，失去作者的個性。「今夫時文之弊，在於拘牽常格，雷同相從，習為判聖侮經之言，而時莫悟其非。」〔註305〕他認為「行文之法」猶如人之體態，不能預先設定，是文成而法立。「夫文章之事，千變萬化，眉山蘇氏之所謂如行雲流水，初無定質，其馳騁排蕩，離合變滅，有不自知其所以然者。既成，視之，則章法井然，血脈貫通，迴環一氣，不得指某處為首，某處為項，某處為腹，某處為腰，某處為股也。而方其作之之時，亦未嘗預立一格，曰此為首，此為項，此為腹，此為腰，此為股也。天之生人也，妙合而凝，形生神發，而必預立一格以為人，曰：如是以為首，如是以為項，如是以為腰腹，如是以為股肱手足也，而人之生者少矣。故曰：文章不可以格言也，以格言文而文章於是乎始衰。」〔註306〕

很顯然，「法」有定與不定之分，前者是文章的骨架，後者才是文章的生命；前者更多體現為時文的外觀，後者則是古文之法在時文中的表現。因為，人們對時文文法有不同理解，在時文寫作中便形成了「凌駕」與「鋪敘」兩派。他說：「鋪敘者，循題位置，自首及尾，不敢有一言之倒置，以為此成化、弘治諸家之法也。凌駕者，相題之要而提挈之，參伍錯綜，千變萬化而不離其宗，以為此史、漢、歐、曾之法也。於是言鋪敘者則絀凌駕，言凌駕者則絀鋪敘，兩者互相詆訾而莫之有定。」〔註307〕所謂「鋪敘」就是依八股文程式

〔註303〕戴名世：《丁丑房書序》，《戴名世集》卷四，第93頁。
〔註304〕戴名世：《浙江試牘序》，《戴名世集》卷四，第128頁。
〔註305〕戴名世：《歸熙甫稿序》，《戴名世年譜》卷二，第53頁。
〔註306〕戴名世：《小學論選序》，《戴名世集》卷四，第91～92頁。
〔註307〕戴名世：《丁丑房書序》，《戴名世集》卷四，第93頁。

寫作，所謂「凌駕」，就是圍繞主題，反覆盤旋，力求變化，不拘一格，然變化卻不離其宗（主題）。戴名世主張在掌握了「鋪敘」之法後，應該以追求「凌駕」為目標所在。一般說來，鋪敘之法便於不學無文之人，不過循題位置，尋討聲口，兢兢不敢失尺寸，捨史、漢而取法於成化、弘治，於理道曾不能有毫髮之發皇；而凌駕之法則要求更高，必扼題之要，盡題之趣，極題之變，洞悉乎題之理，而無用之厄辭，不切之陳言，無所得入乎其間，這才是真正的「以題還題」。

再說「辭」，戴名世認為它有古今之分：「古之辭，左、國、莊、屈、馬、班以及唐宋大家之為之者也；今之辭，則諸生學究懷利祿之心胸之為之者也。其為是非美惡，固已不待辨而知矣。」古之辭就是古文辭，今之辭就是時文之辭，他認為古之辭清真馴雅，精純正大，今之辭多是以「相與揚眉瞬目以求得當於場屋」的利祿之心為之，出言吐詞，非鄙則倍。「且其所為鄙倍者，又非盡出所自造，而雷同剿襲，大抵老生腐儒之唾餘，雄唱雌和，自相誇耀。」〔註308〕對於辭，不但要求「雅」，而且要求「潔」。所謂「潔」，就是言簡意賅，旨遠辭微。這一點則得之史家之文法。「易曰：『其旨遠，其辭文』，以太史公之雄傑，覆冒百家，而柳子厚蔽之以一言，曰『潔』。然則修辭之道，莫貴於潔矣。潔者，即予之所謂旨遠而辭文者也。」〔註309〕

較之艾南英強調文與道，戴名世更重視道與法的關係，認為文者所以載乎道也，而行文又不能以無法，「今茲之得之者，何其於道之一無所發明而適形其乖以舛也」？他談到自己編選《九科墨卷》，其主要標準就是要體現「道」與「法」：「余之選之者，選其與道與法合者也，即不盡合，而猶有所依據，而不致畔而去之之遠，且或背於道而猶有法之可觀，與法之不合而道猶不至於大失者，皆余選之所不遺也。」〔註310〕但在道與法合的前提下，還要重視「辭之修也」，亦如孔子所云「言之不文，行之不遠」。「夫言之行世而垂遠者，則又不可以無文。君子冥心孤詣，其於古人之載籍，沉浸濃鬱，得其精華而去其糟粕。舉筆為文，灑灑自遠，雖歷年之多而常新不敝，此所謂擇焉而精者也。」〔註311〕道、法、辭三者合一，才是文之最高境界。

〔註308〕戴名世：《己卯科鄉試墨卷序》，《戴名世集》卷四，第95頁。
〔註309〕戴名世：《浙江教條》第二「正文體」，《戴名世年譜》卷八，第478頁。
〔註310〕戴名世：《九科墨卷序》，《戴名世年譜》卷八，第503～504頁。
〔註311〕戴名世：《己卯科鄉試墨卷序》，《戴名世集》卷四，第95～96頁。

在辨明道、法、辭三者關係後，戴名世又提出了精、氣、神三者合一的觀點。他說：

> 蓋余昔嘗讀道家之書矣，凡養生之徒從事神仙之術，減慮絕欲，吐納以為生，咀嚼以為養。蓋其說有三，曰精，曰氣，曰神。此三者煉之，凝之，而渾於一，於是外形骸，凌雲氣，入水不濡，入火不蒸，飄飄乎御風而行，遺世而遠舉，其言云爾。余嘗欲學其術而不知所從，乃竊以其術而用之於文章。嗚呼！其無以加於此矣。〔註312〕

很顯然，他的觀點是受道家思想啟發而提出來的，對於「精」、「氣」、「神」的理解亦須從道家論述說起。道家從天人合一和天人相通的觀念出發，指出天有三寶「日、月、星」，人亦有三寶「精、氣、神」。「精者，滋身者也；氣者，運於身者也；神者，主宰一身者也」。「人身精實則氣充，氣充則神旺，此相因而永其生者也。精虛則氣竭，氣竭則神逝。」〔註313〕戴名世認為道家所謂神仙之說並不可信，但其養生之術卻可以用來討論文章，也就是說他把一篇文章視作為一個生命整體。對於文章來說，所謂「精」，指的是文辭之凝煉：「雅而清」。「太史公纂《五帝本紀》，『擇其言尤雅者』，此精之說也。蔡邕曰『煉余心兮浸太清』，夫唯雅且清則精。精則糟粕、煨燼、塵垢、渣滓，與凡邪偽剽賊，皆刊削而靡存，夫如是之謂精也。」何謂「氣」？就是文章的氣勢。他用了這樣一個形象的比喻：「而有物焉，陰驅而潛率之，出入於浩渺之區，跌宕於杳靄之際，動如風雨，靜如山嶽，無窮於天地，不竭如江河，是物也，傑然有以充塞乎兩間，而蓋冒乎萬有。嗚呼，此為氣之大過人者，豈非然哉！」所謂「神」，就是文章的神韻，實為一個生命的外在表徵，它寄之於文章卻又不見其形跡。在他看來，通常所說的「文」是「語言文字」，「行墨蹊徑」，「非所以文也」。「文之為文必有出乎語言文字之外，而居乎行墨蹊徑之先。」好比九方皋之識馬，人見之為牝而黃，他視之則是牡而驪，蓋其識馬非以形而以神也。「夫非有聲色臭味足以娛悅人之耳目口鼻，而其致悠然以深，油然以感，尋之無端而出之無跡者，吾不得而言之也，夫唯不可得而言，此其所以為神也。」〔註314〕他還以人之魂魄為例，指出有形的「行墨字句」為

〔註312〕戴名世：《答伍張兩生書》，《戴名世集》卷一，第4頁。

〔註313〕徐文弼：《壽世傳真》卷三，中醫古籍出版社1986年版，第19頁。

〔註314〕戴名世：《答伍張兩生書》，《戴名世集》卷一，第4頁。

「魄」，無形的出乎語言之外的「魂」才是「神」。「今夫文之為道，行墨字句，其魄也；而所謂魂也者，出之而不覺，視之而無跡者也。……嗚呼，文章死生之幾，在於有魂無魂之間。而執魂之一言以觀世俗之文，則雖洋洋大篇，足以嘩世而取寵，皆僵而腐者而已，而豈可以謂之文乎？」〔註315〕文章的生命在其是否有「魂」，那麼譁眾取寵的洋洋大篇，儘管也有語言文字，行墨字句，卻只是毫無生命意義的僵屍腐肉而已。

四、「自然之文」與「自成一家」

文章從構成看有「道」、「法」、「辭」，從體徵看有「精」、「氣」、「神」，從外在表現看則有「自然之文」與「雕飾之文」之分。戴名世在35歲那年所作的《送蕭端木序》中說：

> 蓋余平居為文，不好雕飾，第以為率其自然而行其所無事，文
> 如是，止矣！〔註316〕

這裡講到的「自然」與「雕飾」，也就是劉勰所說的「為情造文」與「為文而文」，戴名世強調作文應以性情為本，經史為根柢。他說：「夫文章者，出於性靈之所為，此心此理，天下之所同也，而何以應試之士，自十百而千萬，操筆為文，卒不得所為性靈焉？」〔註317〕如果以性靈為之，創作時自然是為情所驅使，而非以習見所蒙蔽。他曾有文描述自己進入創作的狀態是：「當夫含毫渺然意象之間，輒擬為一境，以追其所見。其或為海波洶湧，風雨驟至，瀑瀉岩壑而湍激石也；其或為山重水複，幽境相通，明月青松，清冷欲絕也；其或為遠山數點，雲氣空濛，春風淡蕩，夷然翛然，遠出於塵外也；其或為江天萬里，目盡飛鴻，不可涯涘也；其或為神龍猛虎，攫拏飛騰，而不可捕捉也；其或為鳴珂正笏，被服雍容；又或為含睇宜笑，絕世而獨立也。凡此者，要使行墨之間，彷彿得之。」〔註318〕這就是率其自然，就是水到渠成，就是蘇軾所說的「行其所當行，止其所當止」。在戴名世看來，為文之法，雖然變化不同，而為文之本旨非有他也，第在率其自然而行其所無事。「即至篇終語止，而混茫相接，不得其端」。〔註319〕這一原則是自左、莊、馬、班以來便已

〔註315〕戴名世：《程偕柳稿序》，《戴名世集》卷二，第71頁。
〔註316〕戴名世：《送蕭端木序》，《戴名世集》卷五，第135頁。
〔註317〕戴名世：《浙江試牘刪本序》，《戴名世年譜》卷九，第534頁。
〔註318〕戴名世：《意園制義自序》，《戴名世集》卷四，第123～124頁。
〔註319〕戴名世：《與劉言潔書》，《戴名世集》卷一，第5頁。

達成的，並且諸家之旨未之有異也，只是今之為時文者遺棄了這一原則。他不禁感慨道：「何獨於制舉之文而棄之？！」〔註320〕

當然，這樣的自然之文，對於作者來說，有比較高的要求。只有學養深厚、人格高尚的正人君子才能進入這一境界。「君子之文，淡焉，泊焉，略其町畦，去其鉛華，無所有乃其所以無所不有者也。」他還以自己經歷為比，說明只有歷經千難萬險才能走進這一境域。

> 僕嘗入乎深林叢薄之中，荊榛胃吾之足，土石封吾之目，雖咫尺莫能盡焉，余且惴惴焉懼跬步之或有失也。及登覽乎高山之巔，舉目千里，雲煙在下，蒼然，芒然，與天無窮。頃者遊於渤海之濱，見夫天水渾淪，波濤洶湧，惝恍四顧，不復有人間。嗚呼，此文之自然者也。（《與劉言潔書》，《戴名世集》卷一）

戴名世把這種自然之文的審美特徵概括為：「質」與「平」。「質」就是樸素自然，「平」就是巧奪天工，亦即：隨物賦形，不事雕飾。「莫質乎素，而本然之潔，纖塵不染，而彩色無不受焉。莫平於水，而一川泓然，淵涵渟蓄，及夫風起水湧，魚龍出沒，觀者眩駭。是故於文求文者非文也，於奇求奇者非奇也。」做文不是從文中求文，也不是從奇處求奇，而是順乎性情，自然天成而已。從這個角度講，「質者，天下之至文者也；平者，天下之至奇者也」。〔註321〕

但是，在當時，整個科場之文充斥著趨時之作，它們有一個共同的表現：「雷同」。「曩者文章之風氣，亦嘗萎薾卑弱而不振矣。儒先之精義不明，古文之規矩盡裂，上之人所以取於下，下之人所以獻上者，皆雷同相從而已。」〔註322〕這看似只是文章風氣，其實也關乎士風，是士風的不正造成了文風的敗壞。「士風之敝也，僥倖苟且之術……即其於文字一道，隨時俯仰，雷同相從，恬不為恥，所謂黃茅白葦，彌望皆是。挾其區區雷同之技，欲於數十百千人之中求得當於場屋，不得則怨且怒，此其人品心術已可知矣。」〔註323〕他在多處撰文描述今之才士的媚俗之態，或是「習剽竊之文，工側媚之貌」，或是「奔走形勢之途，周旋僕隸之際，以低首柔聲乞哀於公卿之門」。何以致此？

〔註320〕戴名世：《李潮進稿序》，《戴名世集》卷四，第105頁。
〔註321〕戴名世：《與劉言潔書》，《戴名世集》卷一，第5～6頁。
〔註322〕戴名世：《再上韓慕廬大宗伯書》，《戴名世集》卷一，第9頁。
〔註323〕戴名世：《考卷選序》，《戴名世年譜》卷九，第630頁。

戴名世分析了他們這樣做的心理是：「雷同也而喜其合時，便佞也而喜其適己，狼戾陰賊也而以為有用」。〔註324〕在他看來，考官對文風的轉變起著重要的引導作用。如果司教者之不得人，因循怠廢，溺於世俗腐爛雷同之習，則士無以發其矇，開其聵，愈益汩沒敗壞，「而文章之事遂至於舉一郡一邑而失其傳」。〔註325〕這說明是司教者的因循怠廢，造成了世俗的雷同之習，士子在科試時只取速成，寫出來的文章自然是雷同腐爛。「自世俗趨於雷同，士之所作皆若出於一手然者，主司於此，雖欲操衡量定其短長輕重，而已困於錙銖毫髮之間，故其錄者未必果勝於弗錄者。」而在時文走向全盛的明代隆慶、萬曆時期，卻不是這樣的。「當是時，人人自為機杼，不相剿襲，其品格之高下，辭章之雅鄭，波瀾之大小，皆一一自呈露於行墨之間。」〔註326〕在戴名世看來，其時之典範就是歸有光，「震川之時文一以古文之法為之者也」〔註327〕，正如上文所說，歸氏之文，有自然之美，為天下至文。

與反雷同相對，他標榜「獨得」，要求不從俗，「自成一家」。他說：「百工技藝之為其事，必有所用力焉而自得於心。」他特別讚賞顧和達，「當是時天下文章陋矣」，卻能掉臂獨行，不從流俗，不趨時好，全力為之，利其器，精其技，「所謂有所用力焉而自得於心」。〔註328〕他認為「士人讀書為文章」，不肯雷同詭隨，以趨時俗之所好，這是江南地區文風的重要傳統。「居常被服古人，闇然自晦，不求人知，蓋猶有先民之遺風焉」。〔註329〕他自己也是這一傳統的維護者，不為時好所動，因此遭到人們的嘲弄。「始余居鄉年少，冥心獨往，好為妙遠不測之文，一時無知者，而鄉人頗用是為姍笑。」〔註330〕但他始終不為時趨所動，以求自得之心，而為一家之言。「竊嘗有志，欲上下古今，貫穿馳騁，以成一家之言，顧不知天之所以與我者何如，妄欲追蹤古人。」〔註331〕對自己的「一家之言」，「妙遠不測之文」，他有一個非常形象的比喻：「遠山縹緲，秋水一川，寒花古木之間，空濛寥廓，

〔註324〕戴名世：《送蔣玉度還毗陵序》，《戴名世集》卷五，第135～136頁。
〔註325〕戴名世：《課業初編序》，《戴名世集》卷四，第128頁。
〔註326〕戴名世：《闈闈墨卷序》，《戴名世集》卷四，第126頁。
〔註327〕戴名世：《歸熙甫稿序》，《戴名世年譜》卷二，第53頁。
〔註328〕戴名世：《顧希才稿序》，《戴名世年譜》卷十，第681頁。
〔註329〕戴名世：《梅文常稿序》，《戴名世集》卷三，第71頁。
〔註330〕戴名世：《方靈皋稿序》，《戴名世集》卷三，第53頁。
〔註331〕戴名世：《初集原序》，《戴名世集》卷三，第59頁。

獨往焉而無與徒也。」〔註332〕但是，這樣的「一家之言」，卻與世俗時趨格格不入。世俗之文不過是記誦熟爛之辭，互相鈔襲，恬不知恥，但在當時卻形成了一股強大的勢力：「苟有異己者之出於其間，輒相與誹笑詬厲，不壅蔽遏抑之不已。」〔註333〕儘管如此，他不改初衷，一如既往，對於友人時文的批評亦如是。比如他論方舟、方苞，讚揚他們為文皆原本於左、史、歐、曾，「其所造之境詣則各不相同也」。〔註334〕另一位友人趙傳舟，他的文章亦有不盡諧於世俗者。「余嘗稱其文殆如古人，所云欲語羞雷同者，而驂期亦久困公車」。〔註335〕還有鄭允石的制義，「能自出機杼，不蹈科臼，卓然成一家之言」。〔註336〕特別是高明水、高念祖父子，在晚明文運波靡之時，以清真刻露之文拄其間，「真意獨出，不染時解」。這樣的文章是天下至文，因為它有自己的獨得之見，不趨時俗。他不禁發出這樣的慨歎：「余觀於高氏父子之遺文，益知文章之真偽之所由別！」〔註337〕至文標準就是一個字：「真」。

通過以上討論，對戴名世的時文理論大致有了這樣的認識，他是以古文觀念來總結時文理論的，有一種將古文論與時文論相打通的傾向。但必須說明的是，我們過去把戴名世對於時文問題的論述，當作他的古文理論來討論，卻是不妥的。儘管他確實有以古文為時文的提法，並力主以時文行古文之法，但是他的論述重心畢竟還是放在時文上面。

〔註332〕戴名世：《成周卜詩序》，《戴名世集》卷二，第40頁。
〔註333〕戴名世：《與白藍生書》，《戴名世集》卷一，第17頁。
〔註334〕戴名世：《方百川稿序》，《戴名世集》卷三，第51頁。
〔註335〕戴名世：《趙傳舟制義序》，《戴名世集》卷四，第120頁。
〔註336〕戴名世：《鄭允石製義序》，《戴名世集》卷四，第111頁。
〔註337〕戴名世：《高工部兩世遺稿序》，《戴名世集》卷三，第73頁。